摆渡人

杨仁才 著

中国言实出版社

图书在版编目（CIP）数据

摆渡人 / 杨仁才著. － － 北京：中国言实出版社，
2021.12

ISBN 978 - 7 - 5171 - 3903 - 4

Ⅰ. ①摆… Ⅱ. ①杨… Ⅲ. ①短篇小说 - 小说集 - 中
国 - 当代 Ⅳ. ①I247.7

中国版本图书馆 CIP 数据核字（2021）第 194036 号

摆渡人

责任编辑：史会美
责任校对：王建玲

出版发行　中国言实出版社

地　　址：北京市朝阳区北苑路 180 号加利大厦 5 号楼 105 室

邮　　编：100101

编辑部：北京市海淀区花园路 6 号院 B 座 6 层

电　　话：64924853（总编室）　64924716（发行部）

网　　址：www.zgyscbs.cn　E - mail：zgyscbs@263.net

经　　销：新华书店

印　　刷：北京荣泰印刷有限公司

版　　次：2022 年 6 月第 1 版　2022 年 6 月第 1 次印刷

规　　格：710 毫米 ×1000 毫米　1/16　19 印张

字　　数：262 千字

定　　价：78.00 元

书　　号：ISBN 978 - 7 - 5171 - 3903 - 4

目 录

CONTENTS

风　骨

一

　　林道礼原籍随县高城，1948 年出生。因家庭成分不好，作为知青，下乡五年后被分配到县地方国营砖瓦厂上班，天天干些运砖运瓦的工作。因他能写会画，38 岁那年混了个厂办公室主任。一直单身，原因想必是复杂的。

　　林道礼46 岁那年，砖瓦厂停产，工人及部分管理人员转入新建的火力发电厂上班，林道礼还是因有一技之长，当了个厂工会副主席。那时候下乡也算工龄，他工龄长，单位分了他两室一厅的住房。

　　发电厂新招了一批青工。新招的小王，叫王学礼，与几名青工就住在他隔壁，因都爱好书法，一来二去两人便混熟了。王学礼很崇拜林道礼，林道礼不光书法好，为人也正直，爱打抱不平，不管是厂领导还是普通工人，都很喜欢他。

　　王学礼要拜林道礼为师，学习书法。王学礼瘦高个，长得白净，说话斯斯文文，标准的帅哥。林道礼见王学礼人很机灵，人也勤奋，工作认真，书法又有很好的基础，悟性也高，就同意收他为徒。

林道礼对王学礼要求很严，练字从魏碑临摹开始，这一临就是六年。后让王学礼学楷书、行书，草书还没让他沾边，说是要打好基础，基础不牢，地动山摇，说得挺玄乎的。

王学礼与赵晓梅同年，他俩都是从艺校毕业，又是同时被招工进厂的。赵晓梅在学校是校花，在电厂是厂花。他俩在学校就认识，聊得来，所以成就了这场姻缘。

王学礼、赵晓梅是天生的一对，走到街上，是风吹柳枝的回头率。

二

大年初一，王学礼提着两瓶西凤大曲酒，两条软黄鹤楼香烟，来给师傅拜年。

林道礼是个非常讲究的人，两室一厅的房子收拾得一尘不染。衣架上挂着铁灰色总统风衣，二八分头梳得溜光，上身穿着棕色貂皮袄，下身穿着深蓝色裤子，中间的裤缝熨得笔直，三接头皮鞋擦得铮亮。别说是过年，就是平时他也容不得半点马虎。喝的车云山毛尖，杯子一端，嫩茶像仙女跳舞似的，盈盈香气飘满房间。大中华香烟放在桌上，上面搁着精致的气体打火机。

王学礼已结婚四年，小孩都3岁了。因是双职工，厂里分了他两室一厅的房子，还是住林道礼隔壁。

师徒二人坐下后，王学礼说："师傅，跟你学书法这么多年了，你看我的字写得怎么样？今年市里举办书法大赛，得奖者可上省里比赛。如果我俩同时报名，我不敢说，你的字一定能得奖……"

林道礼点上一根烟，不紧不慢地说："怎么，坐不住了？想一鸣惊人天下知呀？"

王学礼赶紧道："不是，不是！"

林道礼抽了一口烟，慢条斯理地说："你一定要戒掉浮躁，老古话说得好，文无第一，武无第二。中国书法博大精深，中国字没有可比性，只有相对性。从古至今谁也不能说谁的书法在中国算第一。谁的字好，只是因人而异，各人欣赏的角度不一样。书法是一门高雅的艺术。一旦沾上功名利禄，就玷污了这份高雅！"

王学礼说："说得有道理，那你每年还卖对子？我们一直忙到腊月二十九？"师徒俩这么多年了说话也很随便了。

林道礼说："你又要抬杠了？买纸要不要钱，买墨要不要钱？费那么多功夫该不该得点报酬？"

王学礼说："也是，还分了我 600 块呢。"

"嫌少了？总共才赚了 2000 块。"林道礼说道。

王学礼忙说："不少，不少。"

林道礼说："我的字是不会参加比赛的，你也不许参加。"

王学礼说："那练它干吗？"

林道礼说："你看这么多人买我们的对子，证明老百姓喜欢，修身，养性，个人爱好。"

王学礼说："那我听师傅的，不参加。"

林道礼笑着说："这就对了，世上有学问的多得很，字写得好的也多得很，人上有人，天外有天呀。今天你媳妇和你儿子儒煌不在家，你就在我这里吃饭，我掌勺，你打下手。"

王学礼说："好。"赵晓梅到她高中同学家去了，她同学从大城市广州回来的。

林道礼起身围上围裙，准备饭菜。王学礼帮忙淘米，择菜。不大一会儿工夫，饭菜上桌，师徒二人围桌而坐。林道礼开了一瓶 53 度五粮液，两人边喝酒边聊天。

王学礼说："师傅，喝这么好的酒？"

林道礼说："过年嘛。"

王学礼说："师傅，明年的对子让我多写点。"

林道礼说："不要慌，我家五代都写对子，我也写了几十年了，这一方百姓都认我的字。你不要急功近利，要下苦功夫练字。"

王学礼举起酒杯说："来师傅，我敬你一杯。"

林道礼举杯一饮而尽说："一会儿要参加比赛，一会儿又要写对子，我看你早着呢。"

师徒俩你一杯我一杯，大半斤白酒下了肚，话也多了。

林道礼说："你看，我叫道礼，你叫学礼，我当你师傅那是天意。"

王学礼忙说："是的，要不，为什么我要拜你为师呢？"

林道礼话锋一转说："什么师傅不师傅的，要靠自己勤学苦练。"

一瓶五粮液叫师徒俩干了个底朝天。师徒二人都有三分醉了。

林道礼说："师傅今天高兴，拿几件宝贝给你看看。"

"那我赶紧收拾碗筷。"王学礼起身迈着踉跄的步子一边收拾碗筷，一边说。一不小心将一只杯子掉在地上，摔得粉碎。

王学礼当时有点难堪。

林道礼却说："没事没事，岁岁平安、岁岁平安！"

三

林道礼出身书香门第，过去在高城是有名的。家里有药铺、染行、百货、匹头、裁缝五个商号，请的伙计都几十人。由于为人厚道，童叟无欺，给穷苦人家免费看病、送药，遇到灾荒之年，还出手救济百姓，在这一方有非常好的人缘，生意做得风生水起。

从林道礼老太爷林先立就开始写对子，一直传到林道礼手里。林家对子半买半送，没钱的穷人白送。

林道礼到屋里从他很少打开的大箱子中拿出一幅字和大箱中套装的像古董样的小紫檀木箱子。他先把箱子放在桌上，然后拿出干净的单子垫在地上，再小心翼翼将装裱精美的一幅字打开，只见"竹软风骨劲，雪压青松直"十个大字遒劲有力。那落款更是了得，是清朝宰相刘墉，把王学礼看得目瞪口呆。

林道礼说："你知道这幅字的来历吗？我老太爷年轻时是青年才俊，字写得了得，随州知府都很看重他的字。随州知府与宰相刘墉有点私交，就让我老太爷写了一幅字，他进京带给宰相刘墉看。刘墉是个爱才之人，他一看，甚是喜欢，就让知府带信给我老太爷，让我老太爷明年参加科举考试，考上功名，好与他同朝为官。我老太爷觉得官场险恶，钩心斗角，自己不适合当官，就婉拒了刘墉的好意。人各有志，刘墉也没勉强，就送了我老太爷这十个大字。"

王学礼着实大开了一回眼界，对林道礼更是佩服得五体投地。林道礼又打开紫檀木箱子，拿出八方印章给王学礼看。八方印章都是上乘鸡血石

雕刻。最大的是林道礼老太爷林先立的两枚，一枚足有一斤半重，第二大的是林道礼太爷林安净的两枚，第三大的是林道礼爷爷林中厚的两枚，最小的是林道礼父亲林义明的两枚。林道礼又拿出一堆新疆和田羊脂玉随意章，对王学礼说这印章必须要有两枚，叫阴阳章，道教讲阴阳平衡。随意章可多可少，比方说"良师益友"呀，"我师百家"呀，"春华秋实"呀，等等。随后向王学礼解释道，印章一对比一对小，不是买不起，而是对前辈的敬重。

王学礼说："开眼了，师傅这学问还真不少。"

林道礼说："知道了吧，就你那点墨水还想参加比赛呢？"

王学礼说："不敢了师傅，学无止境。"

四

这年五一劳动节放假，王学礼骑上五羊摩托车到他老表家做客，带上他3岁的儿子王儒煌，7个多月身孕的老婆赵晓梅。

晚上回家，行至316国道八里岔时，迎面一辆140货车开着大灯驶来，照得王学礼睁不开眼睛，摩托车一晃，王学礼被甩到路边水沟里，汽车从赵晓梅及他儿子王儒煌身上轧过……

路人将140车拦下，有的打120急救，有的打110报警。八里岔就在电厂附近，只隔一条火车道，不大一会儿，全电厂人都知道王学礼他们家出车祸了！

林道礼这天在红石岩水库钓鱼，正在家中剖鱼，准备做晚饭。一听说徒弟出车祸，丢下手里活计，骑上自行车就往现场赶。

120救护车拉着警报，闪着警报灯到了现场。现场围观的人很多，林道礼扒开人群来到摩托车前，只见地上几摊鲜血。救护人员把赵晓梅和王儒煌抬上救护车，拉着警报奔向随州一医院。

王学礼并无大碍，只是在泥水沟里滚了一趟。他看到师傅来了，号啕

大哭起来："师傅呀，是我害了晓梅娘儿俩呀！"

林道礼说："作为大男人现在要的是冷静，走，跟我一起到医院去。"并叫厂里熟人回厂拿一套干净衣服送到医院，以便王学礼换。林道礼带上他徒弟骑上自行车飞快地奔向医院。

林道礼、王学礼到医院后，林道礼交了住院押金，急忙找到主治医生了解情况。

戴着眼镜的主治医生讲："女的左腿膝盖以上粉碎性骨折，但生命体征正常，羊水已破，现在就看腹中的胎儿保不保。幼儿轧断一只胳膊，现在还处于昏迷中，我们将尽力抢救。"

王学礼六神无主，呆呆地看着师傅。

林道礼说："大人、小孩、肚子里的胎儿全部要救。过去说养七不养八，七个月的婴儿救得，养得活。"

这段时间林道礼成了王学礼的主心骨。

经救治，大人断了一条腿，剖腹产下一健康男婴，王儒煌断了一只胳膊，被摔成脑震荡，时而昏迷，时而清醒。

三条人命保住了，但司机赔偿是个问题，才买的新车，保险没买，购车还是借的亲戚的钱。驾驶证才拿几天，驾驶技术不很熟练，所以才造成这次车祸。

一台新车才 4.8 万元，要想拿到赔偿款，还要经过一段漫长的等待。前期治疗，后期治疗，包括康复后安装假肢、假臂等都需要大量的钱。这可愁死了王学礼，本来欢乐的家庭，现在变得痛苦不堪。

医疗费已用了 6 万多，王学礼亲朋好友能借的都借了。为钱的事可愁坏了王学礼。

一天林道礼找到王学礼，说："钱你不用担心，我有。"王学礼知道，师傅每月工资不到 1000 元，日常离不开烟、茶、酒，穿着又讲究，根本就没有结余。林道礼看到王学礼怀疑的目光，说："我真的有钱。"

王学礼说："你再有钱我也不能用你的呀！"

　　林道礼有点生气地说："过去老古话说一日为师，终身为父，徒弟的事师傅哪能不管呢?"

　　王学礼内疚地说："本来我就把晓梅娘儿俩害了，哪还能连累你呢?"

　　林道礼坚定地说："你别管，听我的。"

五

　　林道礼真的有钱。他40多岁还是单身，这笔钱是他爸妈、祖上攒下的。林道礼父亲20世纪60年代初去世了，临死前对他妈有交代，这笔钱不到万不得已不要拿出来，以备后人急需时用。

　　林道礼不是没谈过恋爱，也有人给他介绍过时尚的姑娘娃，可见几次面林道礼就不见了，问他为什么，他说："没共同语言，见面光谈哪个明星怎么样，哪个明星结婚了，哪个明星出轨了，俗气。"

　　谈恋爱这事没少让他妈操心。林道礼44岁那年，他妈也近80岁了，好不容易托人给他介绍了个国家干部，32岁正科级，还是青头姑娘，但林道礼却以恋爱多次失败、爱的闸门已关闭了为由推托。

　　他妈急得大哭起来，边哭边说："儿呀，我生了你弟兄四个，你三个兄娃都已结婚，有的娃子都上中学了，可你还是单身，我已80岁了，我死后怎么见你爸爸呀!"

　　林道礼是个孝子，看到母亲哭，他也哭起来说："妈呀，都是儿不孝，惹您生气了!"娘儿俩抱着大哭一场。最终林道礼同意了与那姑娘见面。

　　老太太说："道礼呀，你爸死前还留有一笔钱，你再买套三室一厅的房子，你结婚后妈死也闭眼了。"

　　林道礼父亲林义明原配夫人不能生育，一直有病。过去讲不孝有三，无后为大，原配夫人让林义明找个二房生个一男半女，好给林家传宗接代，可林义明不同意。头房连病带怄地走了。林义明后娶了林道礼的母亲，头十余年也没生，一直到林义明近60岁，林道礼母亲36岁那年才生

了林道礼，又接连生了他 3 个弟弟。林义明死时，林道礼才十几岁，最小的林道虚才几岁。

姑娘叫柳月，在媒人和林家的精心安排下见了面。老二林道让、老三林道谦、老四林道虚及侄儿们悉数到场。

柳月长得眉清目秀，一米六八的个头，标准的美人。柳月在官场上滚打多年，见面礼数得体，交流游刃有余。林道礼当过厂办主任，工会主席，柳月对他早有耳闻，也是欣赏林道礼的才华，才同意与他见面。

见面后双方同意继续交往。老太太、林家人自然高兴得合不拢嘴，盼望他俩早日成婚。

恋爱之中自然少不了看电影、喝茶聊天，以增加彼此之间的了解。

几次来往后，林道礼又不同意见面了。林道礼主动找到老太太说："妈，是儿子不孝，我的婚姻您以后不用管了。见面柳月尽说些她是怎么混了个正科级，还说一副市长打她的主意，她是怎么摆脱纠缠而没得罪副市长的……"

老太太又开始哭起来，说："儿呀，世上哪有十全十美的。"

"妈，合不拢，结了婚还不是离？"林道礼说道。

老太太自此之后顺其自然，没再多管林道礼的婚事。

老太太的身体是一天不如一天，自知不久于人世，便把道礼、道让、道谦、道虚叫到床前，说："你们兄弟四个都在，你爸死前留有 1 万块大洋，就埋在你爸坟边那棵松树下边。按说你们弟兄四个每人应分得 2500 块大洋，我想道礼还没有结婚，多分点给他，我死后你们弟兄四个要互相照应……"兄弟几个纷纷表态听妈的吩咐。

没过几天老太太就带着遗憾辞世了。老太太跟丈夫是合坟的，安葬老太太后，兄弟四个顺便把 1 万块大洋挖出。林道礼怎么都不同意多分，最终兄弟四个人每人分得 2500 块大洋。按当时的市价每块大洋兑 60 元人民币，每人得了一笔不小的财富，当时随州的房价每平方米才 640 元。

六

救人要紧。王学礼同意了师傅的意见，说："师傅，你的大恩大德，我的子孙会铭记在心的，等我有钱了一定还你。"

林道礼拿出现洋兑成人民币。有了钱，治疗顺利进行着。

王学礼跟师傅说："师傅，老大名字是你起的，老二你也给取个名吧。"

林道礼说："名我早已想好了，老二7个多月因祸没足月出生，就叫早产怎么样？"

王学礼说："师傅说了算，就叫早产吧。"

经过一年的治疗，第二年赵晓梅安了假肢，儒煌因年幼身体在长，不能安假臂，而且患上重度智力障碍。早产健康地成长着，也会开口学语了，第一次发声就是叫林道礼"爷爷"。

一天早上，林道礼到王学礼家，赵晓梅将早产抱在怀里，王学礼正在冲奶粉。早产双眼盯着林道礼，喊出了："爷爷。"一家人高兴得不得了。

林道礼眼含着泪花答应道："唉！"双手将早产抱起亲了又亲。

两年的治疗，已将林道礼的2500块大洋花得所剩无几。

王学礼经历了这场磨难，已适应了现在的家庭境况。老婆虽然不能工作，拿着低保，但洗衣、做饭等家务还能料理。一家人在林道礼的救济下生活着。

早产没病没灾，聪明伶俐，惹人喜欢。

2005年，电厂因设备老化，燃煤价格上涨，成本上升，处于亏损状况。投资方决定撤资，土地被政府收储。

经过厂职工代表与厂方艰难谈判，厂方同意按职工每年一个月的工资支付补偿金。王学礼、赵晓梅因工龄短，两人共得到13800元补偿金。女工45岁、男工55岁全部办理退休。林道礼年龄已超55岁，已办理退休手续，每月 1830 元。

初秋，一个风和日丽的下午，厂方请了爆破公司的专家，准备炸掉近100 米高的烟囱，以示电厂正式解散。全厂近千人围在烟囱周围，怀着复杂的心情准备目睹高高的烟囱倒下。

现场工作人员将围观的人群清理到安全线以外。

林道礼、王学礼、赵晓梅、儒煌、早产一同来到现场。赵晓梅坐着轮椅，儒煌、早产紧紧依偎在妈妈两边，今天他们的心情都很沉重，心里五味杂陈。

随着指挥员 5、4、3、2、1，起爆的口令，操作员按下起爆按钮。随着一声惊天巨响，高高的烟囱轰然倒下，现场升起一股浓烟直冲云霄。

这处伴随着王学礼、赵晓梅度过青春年华的电厂不复存在了。现场大多数原电厂职工流下了伤心的热泪，赵晓梅也是泪如泉涌，儒煌、早产用他俩稚嫩的小手擦着妈妈的眼泪。

这座烟囱是电厂职工的心灵家园。出差在外的员工，一下火车，看到这高高的烟囱，就知道回家了；在厂的职工看到烟囱心里就踏实。今天一切归零，心里是有多么的失落啊！原来是厂里主人，现在六神无主，什么也不是了。

王学礼一家情绪低落地回到家里。王学礼围上围裙对赵晓梅说："你去休息一会儿，今日我烧火，炒几个菜把师傅喊过来。"

赵晓梅说："我哪睡得着！"

几个菜已做好，王学礼喊道："早产，快去叫爷爷。"

早产牵着林道礼的手来到家里。

王学礼忙说："师傅坐，早产快给爷爷倒水。"

早产听话地给林道礼倒了水，王学礼解开围裙陪师傅坐下。

林道礼说："晓梅呢？"

王学礼说："在屋里。"

林道礼说："早产，把你妈叫出来。"

早产走进妈妈的房间，说："妈妈，爷爷叫你。"

早产懂事地拉着妈妈的手出了里屋。

赵晓梅喊了声叔叔。

林道礼说道："哪有不吃饭的。"

五人围桌而坐。王学礼拿出一斤散装大麦酒，给师傅和自己满上一杯。早产给妈妈、哥哥、自己各盛了一碗米饭。

赵晓梅数着饭粒说道："叔叔，往后的日子怎么过呀？我们在电厂十几年，现在已进入中年，又没有一技之长。"

林道礼说："天无绝人之路，办法总会有的。"

王学礼只管喝他的闷酒。

赵晓梅说："补偿金13800元，俩人的养老保险金还要买，早产要读书，家里四口人要吃饭。原来若不是亏了叔叔你，我们都不知道怎么度过。"

林道礼说："我有个建议，不知道行不行。我看你们可以开办个洗车店，投资少，见效快，又不要什么技术。"

王学礼看了晓梅一眼，俩人异口同声地说："行呀！"

王学礼端起酒杯说："来，师傅我敬你一杯！"说完二两的酒一干而尽。

师徒二人喝完一斤酒，王学礼非要再拿一斤不可。

王学礼说："师傅，什么也不说，都在酒里，我单独把这杯酒干了。"说着一杯酒一饮而尽。

王学礼彻底醉了，不由大哭起来，边哭边说："师傅呀！我和赵晓梅进厂时都是踌躇满志的青年，工作积极肯干，把青春和热血都献给了厂里，怎么工厂他妈的说没就没了！一大群人成了无头的苍蝇。"

林道礼说："学礼，你喝多了，去休息吧。"

赵晓梅流着泪说："让他哭吧！把他的心酸委屈都哭出来。"

王学礼与晓梅开始筹办洗车店，林道礼帮忙出谋划策。经过紧锣密鼓的筹备，洗车店很快落地。洗车店位于交通大道与明珠路十字路口，地理位置好，车流量大。虽说房租不贵，每天20元，一台高压洗车机也就2000多块，可房子要装修，地坪要倒，这样下来，把王学礼、晓梅的补偿金花得一干二净，还借了几千块的债。

洗车店一个月内开了张。人手不够，另请了两名农民工，农民工洗车按台数提成，每台按1.5元结算。王学礼又当老板又亲自洗车。

由于服务态度好，洗得认真，第一月下来，王学礼就赚了2800元，比林道礼退休工资还多近1000元。这把王学礼、晓梅高兴得不得了，自然少不了请林道礼喝酒。

一天林道礼到洗车店看徒弟，王学礼对他说："师傅，店里生意月月上升，等赚了钱，我准备在店隔壁再开个修理厂，洗车、修车一条龙服务。"

林道礼说："好啊！"

王学礼满怀信心地说："到时给你买辆桑塔纳小轿车，买两套150平方米的大房子，你一套我一套。徒弟要好好报答你。"

七

天有不测风云，随着城市化进程加快，旧城改造，王学礼的洗车店要拆除。

这可急坏了林道礼。他与王学礼一同找到房东，房东说这是政府行为，他也左右不了。林道礼、王学礼讲拆迁你是左右不了，可装修钱、倒地坪的钱要赔偿，房东说他也当不住家，于是一块儿去找开发商。

林道礼据理力争，并讲了王学礼的处境。

开发商说："我对王学礼的处境深表同情，但拆迁也不是牵扯到王学礼一家，赔偿是按建筑面积，具体赔偿第一看你们跟房东怎么定的合同，第二要找政府。"

　　王学礼没搞过经营，根本没考虑那么多，也没与房东签合同，只是口头协议。林道礼、王学礼一同找过政府，政府讲该工程一同打包给开发商了，政府干涉不上，还是要去找开发商。

　　最后房东出于同情，洗车机器按新的赔了 2300 元，房里能拿的东西全部让王学礼拿走。

　　半年赚的钱，除了家庭日常开支外，剩下的还了债。钱最后就剩下这 2300 元，赔了 10000 多元。

　　王学礼怄倒在家睡了三天三夜。人要生存，他又把师傅找来商量。

　　林道礼说："你只有先到别的洗车店打工，瞅着机会再说，干别的也没技术。"

　　王学礼长叹一声道："天老爷为什么这么不公平。"

　　王学礼按照师傅说的到一家洗车店打工。只要勤劳肯干，每月也能挣个 2000 多元，勉强维持一家人的生计。

　　王学礼怎么也想不通，命运为何总是要这样捉弄自己。他整夜整夜睡不着，怎么强迫自己也睡不着，他起床练字，一练就是一个通宵。赵晓梅看在眼里痛在心里，却也无能为力。

　　一个风雨交加的夜晚，赵晓梅躺在床上怎么也睡不着。她恨自己伤残的身子，不然就是到工地上当小工也要为这个家分担一点担子。林叔的大恩大德无法相报，家庭千斤担子压在丈夫一人身上，娘家、婆家都是农村的，姊妹又多，指望不上，父母的养育之恩也无法相报……想着想着，赵晓梅不由自主地泪流满面。

　　王学礼在客厅里练字，拼搏奋斗、拼搏奋斗，越练觉得自己写的字越丑。我拼搏过！我奋斗过！王学礼精神恍惚地看到拼搏奋斗四个字成了一堆不可雕琢的朽木。

　　一道闪电划破夜空，接着一声响雷撕破大地，如注的暴雨的哗哗声笼罩漆黑的夜晚，又是一声劈天盖地的响雷。

　　王学礼心烦意躁，根本无法静下心来写字。他将毛笔用力抛在地上，冲出门外，跑到楼下的空地上，迎着雷声、雨声他呐喊道："雷，你劈死我吧！"

赵晓梅听到重重的开门声，翻身下床，拄上拐杖，拿着雨伞出了家门。她哭喊道："学礼，回去！"

赵晓梅踉跄着来到王学礼跟前，给王学礼撑起雨伞。两人紧紧抱在一起，痛哭起来。

又一道闪电划破夜空，照着泪水汩汩的王学礼、赵晓梅。

林道礼也听到王学礼的喊声，急忙从家里跑出来，来到王学礼、赵晓梅跟前，大声说道："你们这是干什么？回去！"

雷声、雨声迅速掩盖住了林道礼的喊声。

滂沱大雨像天破了似的往下灌，三人的衣服被淋得透湿。

林道礼将王学礼、赵晓梅硬拽回家。

王学礼还是大病了一场。输几瓶液后烧退了下来，可失眠越来越严重，整个人几乎到了崩溃的边缘。

王学礼说："师傅，我怎么也睡不着。"

林道礼说："学礼呀，你是这个家庭的顶梁柱，不能垮呀。在别人眼里你也许是一棵草，但在这个家庭里你可是个宝呀！"

赵晓梅坐在轮椅上一言不发，只掉眼泪。

王学礼说："我也没办法。"

林道礼说："我看你可能是得了抑郁症，这样，改天我回老家，把我爸爸的徒弟请来给你看看，给你把个脉。"

为此林道礼专门回了一趟老家，将他爸爸的徒弟请到王学礼家中。

老中医姓高，人称高中医，叫什么，恐怕林道礼也不知道。

高中医年近 80 岁，牙齿没掉一颗，鹤发童颜，精神矍铄。高中医认真地给王学礼把了脉，说："身体并无大碍，只是忧伤过度。中医讲三分治，三七养，要安神、补脑、定心。有十几服药就可以治好。三天一服药，药不能断。我给你开方子，你自己到药铺去抓药。"

林道礼说："好，太麻烦您了。"

高中医开完药方，将王学礼客厅打量了一番，道："小王，你的字写得不错，厚德载物、拼搏奋斗，不错不错。"

王学礼道："厚德载物是我师傅写的，拼搏奋斗是我写的。"

高中医夸奖道："都不错。"

王学礼说："不错有什么用，跟着师傅临摹六年，楷书三年，行草三年，唉，不能当饭吃。"

高中医说："我师傅也送了我一幅字——医道仁义 救死扶伤，人一生要做到这几个字也难呀。"

林道礼对王学礼说："拼搏奋斗是你自己写的，你就这样垮了？"

王学礼说："师傅，难呀。"

林道礼起身道："走，吃饭去，到张痞子餐馆，我请客，都去。"

在张痞子餐馆吃罢中饭，高中医起身要回去。林道礼本来想留高中医在这玩，但高中医说家里还有病人。林道礼不好久留，从兜里掏出 200 元钱给高中医。

高中医死活不要，道："师傅对我恩重如山，我怎么会要你的钱呢。"就这样送走了高中医。高中医不光没收钱，还倒贴了车费。

按照高中医的方子，几服中药调理过后，王学礼的病情逐渐减轻。十服中药吃完，王学礼完全恢复正常，能吃能睡。

这几年随州民营改装车企业如雨后春笋般建立。王学礼辞掉了洗车店的工作，经人介绍，到一家比较大的改装车企业上班。在办公室写写画画，工作倒也体面。

转眼十几年过去了，早产长成一米八三的个子，一表人才，多才多艺，品学兼优。

王学礼征求早产考大学的意见时，林道礼说："武汉大学也是全国名牌大学，离家近，我看就报考武大吧。"

早产只报考了武汉大学这一所志愿学校，并被录取。

林道礼已退休多年，天天在家用报纸练字。虽然退休工资已涨到 3280 元，但他每月消费严格控制在 1200 元左右，剩下的钱用于早产读书。

王学礼一直在那家民营企业上班，每月工资已涨到 4000 多元，企业给他上了五险一金。

苦难早把这多姓人家连在一起，他们如同一家人，共同支撑着这个家。

八

2018 年腊月十五，王学礼来到林道礼家中说："师傅，早产明年就大学毕业了，可他还想考研，想考北大的研究生。他自己也很为难，投档了几家单位，几家单位都同意要他，有家单位愿每月给他开一万多元的工资。"

林道礼忙说："那就让他考研。"

王学礼说："我家里条件不好，这么多年多亏了师傅。"

林道礼说："再怎么也不能亏待孩子，不能留下遗憾，大人苦点没什么。"王学礼没说什么，心里非常矛盾，起身走了。

第二天，林道礼把王学礼叫到家中，说："今年咱们多买点红纸，从明天开始，咱们写对子。今年你也写，我让我侄孙也过来帮忙。多卖点钱给早产凑学费，咱们也没有别的本事挣钱。"

每年腊月是林道礼、王学礼最忙的时候，他们忙于写对子。写好后由赵晓梅坐在摊前卖，连儒煌也来帮忙，早产放假后自然也忙前忙后。

林道礼知道王学礼的楷、行、篆、隶、草都写得不错，于是打算今年就让他大展拳脚，一来多写对子卖钱，二来看看老百姓对他字的喜欢程度。

王学礼能与师傅一同写对子自然高兴，他一边写一边说："师傅，我的字怎么没有你的有劲，你看你每个字，下笔的第一笔多有力，一幅字写下来像蛟龙翻身，行云流水，苍劲有力。"

　　林道礼说："写字与个人的习惯、也与个人性格有关，我这个人是不喜欢低头的，所以第一笔下笔就重。写了几十年的字，行云流水不敢说，酣畅淋漓倒还可以。"

　　王学礼说："师傅，现在印刷的对联多漂亮，我们写这么多有人买吗？"

　　林道礼说："徒弟，这你就不懂了，印刷的都千篇一律，你看我们写的，一个字写一百遍都不一样，看手工写的字，叫欣赏流动的风景。"

　　王学礼稍加思索赞许道："流动的风景，师傅这是诗的语言。"

　　林道礼得意地说："肚子里没点干货能当你的师傅？"

　　一家人在腊月就这样忙碌着。赵晓梅与儒煌卖对子，中午饭就吃点快餐面。今年的生意特别好，王学礼写的对子也很受大众欢迎。他们一直忙到腊月二十九上午，纸写完了，对子也卖完了。一清点，整整赚了8000元。这钱足够供早产上学。林道礼、王学礼、赵晓梅、儒煌、早产虽然忙了半个腊月，但心里着实高兴。

九

　　每年腊月二十九，林道礼都与王学礼一家在一起吃年饭，因上午还忙着卖对子，年饭就安排在晚上。腊月三十，林道礼还要到林家吃团圆饭。

　　年饭由王学礼、赵晓梅操办，自然是丰盛的，少不了随州的泡泡青和春卷——吃了青菜愿一家人一年四季清清洁洁，吃了春卷愿明年农业丰收。

　　一家人围桌而坐，林道礼坐上席。酒是10元一斤的大麦酒。

　　王学礼倒满酒后，端起酒杯站起来说："师傅，我先敬你一杯，祝你新年愉快，身体健康。这么多年我连累了你，20多年前你就喝几百块钱一瓶的瓶装酒，抽几十块钱一盒的香烟，喝车云山一等毛尖，可是为了我家，现在只能喝散装酒，喝大叶片茶叶，抽 18 元一盒的黄鹤楼烟。你的情恐怕我今生今世也还不清。"说完与师傅撞杯，一饮而尽。

林道礼放下酒杯说："一切都会好的，不管什么样的东西，本质都是一样的，好酒坏酒都是粮食酿的，好茶坏茶都是大自然的精华，好烟坏烟都含有尼古丁。"

王学礼说："不对，几百元一斤的酒与 10 元一斤的酒、1000 多元一斤的茶叶与 100 多元一斤的茶叶、几十元一包的烟与 18 元一包的烟会是一样吗？"

林道礼说："过年不要抬杠，这就和字好字坏都是中国字是一样的道理。"

赵晓梅拄着拐杖站起，端着酒杯说："林叔，这么多年您对我们的付出，我无法用语言表达，我今生也无法报答，来，我敬您一杯！"说着声音哽咽了。

林道礼说："晓梅，不哭，过年。"其实他自己也眼含泪花。

早产端起酒，走到林道礼跟前说："爷爷，我敬您一杯，我一定让您喝上跳舞的茶叶，喝上瓶装酒，抽上几十元一包的烟，让您用宣纸写字。"

林道礼含着笑说："孙子，有你这句话就够了。"

儒煌说："爷……喝……酒。"

林道礼说："喝，我为我父母哭过，再就是为你们的苦难流过泪。"一饮而尽后接着说，"只要早产有出息，你们都平安，比什么都好。"

十

吃罢年饭，王学礼、早产收好碗筷，摆好桌椅，一家人要自娱自乐一番，开个家庭音乐会这也是往年的传统。

林道礼多才多艺，是厂里的文艺骨干，吹拉弹唱，样样都会，而且能写会画。每年节假日厂里出刊，晚会都由他组织。王学礼和赵晓梅是文艺青年，吹拉弹唱自然也不在话下。

早产对音乐也是无师自通，他常跑到林爷爷家，在林爷爷的指点下，拨弄爷爷家里笛子、二胡、扬琴，拨弄拨弄就学会了，不知弄断多少琴弦。

第一个节目是民乐合奏《喜洋洋》，由林道礼拉二胡，王学礼吹笛，赵晓梅弹扬琴，早产拉京胡，儒煌当观众。

第二个节目是林道礼的扬琴独奏《翻身道情》。

第三个节目是林道礼、王学礼的笛子双重奏《扬鞭催马运粮忙》。

儒煌最期待的是他妈妈与爷爷、爸爸演唱的京剧《沙家浜》中的《智斗》选段。

《智斗》也是家庭晚会的保留节目。

三人拉开阵势，林道礼演胡传魁，王学礼演刁德一，赵晓梅演阿庆嫂，早产拿起京胡伴奏，直把这京剧《智斗》演得活灵活现。

早产说："爷爷，我怎么没您拉得好听？"

林道礼说：　"这在经历和阅历有一定关系，你以后一定比爷爷有出息。"

家庭晚会结束，林道礼将他家宝贝，刘墉的字拿出欣赏。前辈的印章每年必须要擦洗一遍。

林道礼说："你们看刘宰相的字市价每平尺十几万，这鸡血石印章每枚值 100 万，这一堆和田玉随意章也值 100 万，你们算算，是不是价值上千万。我们不穷，我们是大富翁。"

王学礼说："不穷。"

赵晓梅说："我们比谁都富有。"

十一

正月初七凑足了早产的学费，送走了早产去上学。

　　林道礼、王学礼师徒俩商量着一件事。林道礼跟王学礼说："你跟我练了这么久的字，我知道你的字写得不错，也深受百姓的欢迎。你早就想参加比赛，可我一直不同意，这样，我们不参加比赛，搞个师徒二人书法展览如何？"

　　王学礼说："好是好，那也需要钱呀。"

　　林道礼说："这我想好了，今年我把钓鱼这爱好戒了，能省几千元，每年退休工资涨 5%，又要多几千元。今年对子提前加劲写，能多卖几千元。我俩刻最便宜的黄龙玉印章，四枚可能 3000 元就够了，随意章就用前辈的，宣纸得几千元，墨水要不了几个钱。这样算下来有两年我们就可以办展览了。"

　　王学礼说："钓鱼不能戒。"

　　林道礼说："我现在老了，路也跑不动了，眼睛看浮漂有点模糊了，再说这也是为了我们的梦想。"师徒二人你一言我一语，商量着他们的书法展，憧憬着他们美好的梦想。

　　林道礼说："学礼，明天是正月初八，艳阳高照天气好，我俩逛逛文化公园。"

　　王学礼说："好。"

　　林道礼拿出他 20 多年前的铁灰总统风衣说："我明天就穿这，年前我到裁缝铺花了 100 元，将这件风衣翻了新，你看，像不像新的？"

　　王学礼说："师傅真有办法，跟新的一模一样。"

　　林道礼说："要是我妈在，我还要省这 100 元钱，我妈裁缝手艺可好呢。"

十二

　　初八早上晴空万里，今年春天来得特别早，气温已上升至 18 度。

　　吃过早饭，林道礼穿上总统风衣，二八分头照着镜子梳了又梳，三接头皮鞋擦得锃亮，提上一个包，出门喊了王学礼。王学礼跟着师傅一块逛文化公园，心里特别高兴。

文化公园停车场停满了车，其中有很多奔驰、宝马、宾利等高档轿车，还有很多外地车牌的小车。

今天天气好，湖水波光粼粼，游人如织。林道礼、王学礼师徒二人来到文化公园季梁塑像前，林道礼请游人给他师徒俩在季梁塑像前照了一张合影。

林道礼对王学礼说："季梁是春秋初期随国的大贤，他的'民为神主'思想在一定程度上看到了'民'的重要性。"

师徒二人边走边聊，不知不觉穿过了七眼石桥，来到编钟小广场。

林道礼说道："2400多年前编钟就能奏出完整的曲子，随州人了不起。"说着拿出包里的竹笛，同时王学礼也从包里拿出笛子。

王学礼惊喜道："师傅，真是心有灵犀一点通，我俩想到一块儿了。"

林道礼说："来曲《江南春早》。"

师徒俩笛声响起，这笛声淋浴着初春的和风暖阳格外动听，直吹得杨柳舞动，红梅含笑，竹叶婆娑。游人们闻声赶来，不一会儿编钟小广场挤满了游人。

一曲终了。从人群中走出一中年男子，这人气度非凡，留着大背头，穿着笔挺皮尔卡丹西服，系着鳄鱼牌皮带，打着金利来金丝领带，脚穿梦特娇皮鞋，瑞士劳力士金表戴在手上，阳光一照闪闪发光。这人上前对林道礼师徒俩说道："这两位先生吹得真好，我已经听醉了。"说着递上他的名片，自我介绍道："我叫黄玉波，来，小周，给1000元的赏钱，请两位先生再吹一遍。"留着小平头的小周从鳄鱼皮包里拿出崭新的10张100元人民币准备给林道礼。

林道礼看了递过来的名片，说："哦，春深市随州同乡会的会长黄玉波先生。"

黄会长道："我是回家过年的，明天就要走了，今天来到文化公园，来到编钟前，离开后若思念家乡，就回忆回忆编钟的音乐，一解乡愁。"

林道礼将1000元钱退给了小平头，说："黄会长，我们不是卖艺的，你误会了。我师徒俩也是来踏春赏梅不负这大好春光的，用我俩的笛声与编钟对话。纵使春深市的万栋高楼大厦恐怕也换不来编钟的天籁之声。"

黄会长忙说："这位先生误会了，误会了。"

林道礼说："这样，回头曲我俩就不吹了，吹一首《扬鞭催马运粮忙》，春天到了，秋天的收获还会远吗？"

众人齐声说好。

悠扬的笛声把林道礼带回了青年时代，带到了他下乡与勤劳善良的乡亲们喜送公粮的场景。笛声委婉动听，笛声随心而出，心声随笛声而走。

一曲终了，师徒二人迎着温暖的阳光，随着迎风吹来的梅花拾阶而上，消失在回家的路上。

两个老保安

引 子

老陈今年 68 岁，叫陈友志；老周今年 65 岁，叫周洪波。

虽说两人都 60 多岁了，但身体没什么大毛病，硬朗着呢。

他俩来自随县高城镇同一个村，并先后来到县城省办油泵油嘴厂。

陈友志是正式工退休，因油泵厂是省属企业，退休是按省会武汉市标准，比随州地区高一档，后又转为了国家干部，每月拿 4000 多元退休费。周洪波是自买养老保险 15 年，每月拿 1000 多元的退休费。周洪波在油泵厂干了几十年一直没转正，属临时工。现在他俩找到离家不远的一家民营企业，在同一个班当保安。保安工作比较轻松，上一天班休息一天。报酬也不高，每月只有 1800 元，俩人各有一大心愿没了结，所以他俩退而不休，继续找一份工作做。

一

　　1973 年的盛夏，室外骄阳似火，树上的知了叫声阵阵。高城公社四大队书记蒋天明今天要召集支部成员开会。蒋书记今年 46 岁，办事公平，深得老百姓的拥护，在大队里有很高的威信，还是公社党委委员。

　　大队办公地点在小学里面。今天到会的有蒋书记、副书记江南亭、民兵连长周洪波、妇联主任艾加莲，主要是传达公社上午会议精神，布置今秋大队的工作。

　　蒋天明看支部成员都到齐后讲道："今天上午到公社开了会，主要内容是布置今秋两项工作。一是新中七里冲水库上马，大队需要 30 人出勤；二是今年国庆节公社搞文艺调演，每个大队需要出一到两个节目。支部今天开个会，商量商量看怎么办。"

　　副书记江南亭说："我们大队各项工作都走在全公社前面，今年也不能落后。"

　　妇联主任艾加莲接着说："文艺演出我们一定要争第一。"

　　周洪波今年才 20 岁，高中毕业才一年，在蒋书记的精心培养下，入了党，当上了大队民兵连长。他一米七八的个头，身材魁梧，办事利落也有魄力，是公社重点培养对象，前途无量。因年轻，说话谨慎，也很尊重别的领导，他最后才说："我听领导的安排。"

　　蒋天明看了大家一眼说："我先提个方案，看大家有没有意见。第一，上水利原来准备让周连长带队的，因公社国庆节要搞文艺调演，他在学校就是文艺宣传队的，你们都看了，他装演的李玉和像模像样，所以计划把他留下来抓文艺调演，让江南亭副书记带队上水利；第二，知青点上抽几个爱好文艺的城里娃子，由周洪波带队排练，参加国庆节的文艺调演。"

　　江南亭立马表态："没意见。"

　　蒋天明看了看周洪波和艾加莲说："你们俩还有什么意见？"

妇联主任艾加莲说："书记想得很周到，没意见。"

周洪波表态道："没意见。"

蒋天明总结道："大家没意见那就这么定了。由江书记将上水利的名额分配到各生产队。参加调演的人由周连长亲自挑，你一定要拿个第一名回来。"

周洪波信心满满地说："好，我一定努力。"

周洪波办事也是雷厉风行，第二天一大早，他就踏着露水到了知青点。知青点有20多人，全是县城下乡的知识青年。他把知青召集起来说明了来意，让爱好文艺的自动报名，或互相推荐。大家一致推荐汪小娟，说她在学校代表随县高中生参加过省里比赛，还得过名次。周洪波另外挑了4个爱好文艺的知青，安排明天上午到大队集合。

周洪波先来到大队部会议室，人到齐后，周洪波征求大家意见道："这次调演我们大队一定要争第一名，大家帮忙出出主意。"

一女知青站出来说："我们发挥我们的长处，汪小娟会跳芭蕾舞，得过奖。若把这个节目表演好了，争第一名有希望。"

这是个冷门，冷门才能出奇制胜。

另外一个男知青补充说："她跳的是《红色娘子军》中的片段《常青指路》，还得有个男演员配合。"

汪小娟想了想有些犹豫："芭蕾舞难度大，我也一年没跳了。"

"所以我们要练习。"周洪波说着转身问男知青，"你跳舞怎么样？"

男知青很诚实地说："我从来没跳过舞。"

周洪波想了想说："我在学校倒是跳过，但不是芭蕾舞。"

"那就你与汪小娟俩人跳，不是还有练习时间吗？"男知青顺口推辞道。

周洪波说："只有这样了，那你们演什么节目？"

男知青说："京剧《红灯记》中李玉和、李奶奶、李铁梅唱的那段。痛说革命家史，我们是轻车熟路。"

周洪波扫了大家一眼说："那就这样定了。"

汪小娟出身干部家庭，爸爸是县委组织部副部长，妈妈是县纺织工业局局长，姓江。汪小娟姊妹三个，两个哥哥，大哥是"文革"前最后一届应考大学生，曾在人民大学学历史，现已大学毕业，分配到国家水利部工作；二哥下乡一年后参军，在保定三十八军服役。

汪小娟一米六七的个子，发育均匀，皮肤白嫩，天生的美人胚子，特别是一双水汪汪的大眼睛甚是撩人，被爸妈视为掌上明珠。6岁上学，年年都是三好学生。比周洪波小1岁。

这天，大家正在排练中，蒋天明书记来到他们中间，说："洪波，批了你们400元钱购服装道具，好马也要配好鞍。"

一听到这个消息，大家赶紧围了过来，都兴高采烈。

周洪波开心不已道："有书记的大力支持，我们的信心更足了。"

蒋天明让大队会计将400元钱交给了周洪波。

汪小娟按照周洪波的清单回县城采购了服装、道具。

一天，学校校长找到周洪波，要求跟宣传队搞场篮球友谊赛。周洪波想男知青自然不在话下，他又征求了几个女知青意见，几位女知青都表示同意应战。

校长当场拍板："那就定在星期六下午。"

星期六下午学生们上完最后一节课，校长将全校学生集中到篮球场，并亲自担任裁判。只见他拿起哨子一吹随后宣布道："练球最后五分钟！"

双方队员进行了最后五分钟的练球。

五分钟很快到了，只见校长将球拿着，站在球场中间线，一只手将球高高举起大声宣布道："知青队攻我左手篮，学校队攻我右手篮，友谊比赛正式开始。"

学生们个个情绪高涨，加油声、呐喊声此起彼伏。

周洪波为中锋，男知青为前锋，三位女知青打后卫。男知青抢到篮板球，迅速传给周洪波，周洪波三步上篮，中球。三位女知青也毫不含糊，拼抢的劲头让老师们生畏，充分显示出知青队活力四射、敢打敢拼的精神。

学校队也毫不示弱，及时调整打法，采取紧盯周洪波、男知青的战术，使比分交叉上升。

比赛进行到下半场，有些老师终究因年纪偏大而体力不支。最终知青队以 88 比 84 的微弱优势取胜……

节目经过一段时间的排练和磨合，取得了明显的进步。

《红灯记》正在排演中，男知青扮李玉和，女知青一个扮李奶奶，一个扮李铁梅，周洪波用京胡伴奏。

排练完毕，周洪波兴奋地说："我拉京胡不要谱，你前面唱我后面就能拉。"

汪小娟很惊讶地问："真的？"

男知青也表示怀疑，说道："那我唱段《智取威虎山》《打虎上山》。"

周洪波微笑着头一歪，说："随便。"

一曲终了，周洪波伴奏得天衣无缝。

汪小娟说："你可能对京剧熟悉，唱段别的。"

周洪波自信满满地说："随便！你唱。"

汪小娟想了想，起声唱起《阿瓦人民唱新歌》。

周洪波随声伴奏，不差半分。

男知青惊奇地说："神了！"

周洪波的京胡伴奏赢得知青们的一片掌声。

周洪波放下京胡，得意地说："我们队会这样拉的多了，年轻人几乎每人有一把自制京胡，没事时就拉拉二胡，我是跟他们学的。下雨有时生产队不出工，几十把京胡拉一首曲子，可震撼呢！"

秋收各种农活要做，红薯要挖，芝麻、棉花要收，收割完稻谷又要准备打谷、秋播种麦子，农活是一茬赶一茬，排演节目是时断时续。

在分离的日子里，不知怎的，汪小娟脑海里时常浮现周洪波的影子，想按也按捺不住；周洪波也对汪小娟产生一日不见如隔三秋的思念，期盼下次排练。两人被对方深深吸引着，难道这就是爱情？

《红灯记》节目因是轻车熟路，已磨合得差不多了。主要是《常青指路》芭蕾舞还需要磨合。

蒋书记提出，既不要误农时，节目又要取得好的成绩，建议周洪波、汪小娟做点牺牲，晚上抽上两小时排练。

汪小娟再见到周洪波时，眼神总是含情脉脉的，对周洪波的生活起居也格外关心。周洪波尽量控制住自己的情绪，他要为他的前途着想。因家庭条件、地位的差距，周洪波找出多种理由来否定这种情感，说服自己。这只是异性相吸，不是爱情。

离国庆节只有十天了。每次排演完，都是周洪波把汪小娟送到知青点，他再回家。这天，天比较黑，云层比较厚，下弯月时而躲进云层，时而露出笑脸。白鹤从天空飞过，留下高昂的叫声，远方的山间时而传来猫头鹰的啼鸣。

周洪波送汪小娟回知青点，走在漂水河边一片柳树林旁，这片柳树林特别茂密，夏天有时蒋书记将全大队一千多人集中到这片柳树林下柔软的沙滩上开会。因白天有人将路基挖了一个口子用于抽水，当周洪波、汪小娟从这走过时，一不小心滑倒在坑里，两人心里像揣了只小兔子一样怦怦直跳，再也控制不住自己，紧紧地抱在一起。

他俩偷食了禁果。

爱的闸门一旦打开，想关也难。在这片柳树林里，他俩又有了多次亲密。

二

国庆节高城公社的文艺调演如期举行，周洪波、汪小娟的《常青指路》芭蕾舞赢得了观众的阵阵掌声。经过评委的认真评比，《常青指路》被评为第一名。

如此，县里10月8号的文艺调演自然是由周洪波、汪小娟俩人代表公社参加。

周洪波准备了20斤板栗、一盒5斤装的香油给汪小娟，让她将这些土特产带给她爸妈。

由公社武装部长带队，一行7人于7日坐上了开往县城的班车。县里因四大队各项工作出色，分了他们一台"神牛"拖拉机，蒋天明因此也一同前往，去县城把车提回来。

女儿的舞蹈在公社取得了第一名，汪小娟的父母自然高兴，晚上准备家宴热情招待公社武装部长、大队书记蒋天明等宣传队一行人。

汪小娟回到自己家中，自然要尽地主之谊，忙着递烟倒茶。

江局长今天亲自下厨，让丈夫汪部长陪客人喝茶聊天。

经过一天的精心准备，一大桌子好菜上桌。

武装部长推辞让汪部长坐上席，汪部长说："那怎么能行呢，你是客人？"

宾客坐好后，武装部长喊道："江局长，你快来！"

江局长从厨房走出来，看得出来她今天特别高兴，笑容可掬地坐在女儿身边。汪小娟旁边坐着周洪波。

汪部长拿出西凤酒，给武装部长、蒋天明、周洪波、男知青以及他自己和夫人各斟了一杯。女知青都不要酒，一人一瓶橘子汽水。

汪部长端起酒杯说："大家辛苦了，我先敬大家一杯。"

大家端起酒杯，随汪部长一饮而尽。

江局长接着站起，举起酒杯道："我家娟娟接受贫下中农再教育后，成熟多了，在这我要感谢公社领导、大队领导的培养。"说着又敬了大家一杯。江局长今年48岁，风韵犹存。领导纺织局系统、棉纺厂、缫丝厂、丝织厂、制线厂等，管理着一万多人，水平自然不一般。

"喝酒也讲究好事成双，大家再干一杯。"江局长说道。

盛情难却，大家又干了一杯。武装部长、蒋天明分别回敬主人的酒。周洪波正要敬汪小娟父母酒时，汪小娟怕周洪波喝多了，瞟了周洪波一眼，扯了下他的衣角，说："我们明天还有演出，周连长就算了吧。"

武装部长、蒋天明附和道："他就算了。"

晚宴结束后汪部长、江局长送走了客人，县城的知青回到各自家中，武装部长、蒋天明、周洪波登记在县第二招待所住宿。

江局长来到女儿房间，关切地问道："娟娟，你对周连长是不是有点意思？"

汪小娟低着头答道："妈，没有的事。"

江局长轻轻摸了摸女儿的头说："妈是过来人，你能瞒过妈的眼睛？你不要过早恋爱，你还年轻。你要是表现好，公社、大队会推荐你上大学的。"

"知道了，妈。"汪小娟说道。

县文艺调演，高城公社照样取得了好的名次。

8日晚上陈友志请客。陈友志还没有成家，他安排一家餐馆请家乡的领导，并邀请了汪部长、江局长，但他俩有事没来。

陈友志是蒋天明推荐参加的工作，他原来是大队民兵连长，周洪波就是后来接他的手。陈友志现在省办油泵油嘴厂工作，学车工，每月工资27.5元。

陈友志今天要招待恩人蒋天明，要不是蒋天明培养、推荐，他哪能吃上商品粮，在2000多人的省办厂成为了正式工。

陈友志今天脚穿白色深口回力鞋、深蓝色凡立丁裤子、白的确良衬衣，戴一块海牌手表，袖子挽得老高，显得特别精神。

大家落座后，蒋天明对陈友志说："一年多的变化真大呀。别是一年土，二年洋，三年不识爹和娘哈。"当然，这是玩笑话。

陈友志笑道："多亏了蒋书记的培养，不然哪有我的今天。部长、蒋书记这次到县城来多住几天，五金公司的马千里、食品公司的王长顺、民政局的吴春都说要请你们，这都是你们培养送出来的，恐怕一个星期你们也走不了……"

三

1973年冬季征兵工作开始了，今年是天津66军到随县征兵。为此成立了接兵团，周洪波作为民兵连长为征兵工作而忙碌着。

新兵团何政委在公社武装部长、新兵连长的陪同下来到四大队大队部，要找周洪波了解征兵报名情况。周洪波还没到，何政委到外边转悠，来到宣传栏时，无意间看到了周洪波写的一篇文章。何政委一口气将文章看完，发现文章的观点与自己的观点高度一致。

周洪波来到大队部与何政委、部长、新兵连长握手寒暄。何政委仔细打量了一番周洪波，问道："宣传栏的文章是你写的?"

"是的。"周洪波给政委留下了非常好的印象。

何政委回到公社，让公社武装部长把大队书记蒋天明找来，说有事商量。公社所在地高城与四大队只一河之隔，不大工夫蒋天明便来到公社与何政委见了面。

何政委开门见山地说："周连长不错，我们部队也需要这样的人，我想把他带走，你们俩看怎么样?"

公社武装部长看了看蒋天明。蒋天明表态道："天津是保卫祖国首都、保卫毛主席的东大门，把最优秀的青年送往部队，我没意见。"

何政委很高兴地说："还是你的悟性高，那你回去征求下周洪波本人的意见。"

"好。"蒋天明道。

蒋天明回去后找到周洪波，跟他讲了部队首长的意见，周洪波完全没有意见，兴奋得一晚上没睡好觉。

接着就是政审体检，周洪波也顺利通过。

周洪波的父母、两个哥嫂、两个妹妹都很支持，汪小娟知道后自然也很高兴。

周洪波将汪小娟约出，踏着月光来到后山的松林，俩人相依而坐。

汪小娟含情脉脉地望着周洪波说："我舍不得你走。"

周洪波心里也是万般不舍，他紧紧拉着小娟的手说："有这么好的机遇，我想出去闯一闯。"

寒风吹得松树呼呼作响，汪小娟深情地看了一眼明亮的月亮，依偎在周洪波的怀里流下了热泪，说："我等你。"

周洪波满怀信心地说："到部队后我一定好好干，一定干出名堂来。"

"我相信你。"汪小娟含着泪水说道。

在这个夜晚，两个人山盟海誓，互诉衷肠，有天上的月亮和这满山的青松做证。

周洪波换上崭新六五式冬军装后，更显得英俊帅气，威武雄壮。

四

过了段时间汪小娟总感觉身体不舒服，心想也许是周洪波要走的缘故吧。这天她上公社办事，顺便来到公社卫生所拿点药，公社卫生所所长是个中医，那天正好他坐诊，汪小娟便顺便请他看看。不料一把脉所长就觉得汪小娟脉相不对头，心里有些打鼓，于是说："来，再看下另一只手。"

汪小娟又把右手伸出来，所长聚精会神，这次格外小心。没错，是的。他不敢掉以轻心，汪小娟可是县领导的千金，这在高城是无人不晓，这事可大意不得。所长简单给汪小娟拿了点药，将她打发走了。

所长也是四大队的，起初在大队做赤脚医生，被蒋天明推荐到武汉中医学院上学，毕业后到公社卫生院上班，也是蒋天明送出去的人才。中医所长不敢怠慢，赶紧要了蒋天明书记的电话，向他说明了情况。

蒋天明简直不敢相信自己的耳朵，十分惊讶地说："是不是搞错了？"

所长敛色道："以我这么长时间的行医经验来看，千真万确。"

蒋天明也不敢怠慢，赶紧赶到公社，向公社李书记作了汇报。李书记也觉得这事非同小可，一则汪小娟的爸爸是组织部的副部长，二则知青下乡接受贫下中农再教育，是重点保护对象，出这种事有人是要坐牢的。

李书记考虑再三说："我看这样，公社卫生所不一定诊断准确，明天你让大队妇联主任与汪小娟一同到县医院再作检查。这事目前一定要保密，先不让任何人知道。"

蒋天明说："好，李书记，我这就回去安排。"

经过县医院的化验，报告单上明确写着确诊为有身孕。

妇联主任没让汪小娟回家，她们一同回到了高城。

公社妇联主任、大队妇联主任根据公社李书记的安排，要搞清楚致使汪小娟怀孕的男人是谁。她们三人坐在公社妇联主任办公室里，汪小娟什么也不说，只是伤心落泪。

大队妇联主任艾加莲问道："小娟，是不是你们一起的知青？"

汪小娟咬着下嘴唇摇了摇头。

公社妇联主任开导道："小汪，事已至此，我们，包括公社李书记都很关心你，你想想，组织上不搞清楚，怎么向上级交代？"

艾加莲帮汪小娟擦了擦眼泪，想稳定汪小娟的情绪。

公社妇联主任继续追问："是不是蒋书记？"

汪小娟还是摇了摇头。

艾加莲又问道："是不是周洪波？"

汪小娟哭得更厉害了："你们别问了！"

两个妇联主任对视了一下，心里明白了八成。

公社妇联主任跟艾加莲嘱咐道："加莲你要照顾好小汪，把小汪带到你家住宿，一定要小心。"

"您放心，我知道了。"

"今天就这样了。"

送走了艾加莲、汪小娟，公社妇联主任马不停蹄地来到公社李书记办公室，把刚才了解的情况向李书记作了汇报。

李书记听完后立马拿起电话给蒋书记打了过去："你现在就把周洪波叫来，我在办公室等你们。"

寒冬腊月，外面寒风凛冽，旷野飘起鹅毛大雪。

蒋天明、周洪波俩人赶到李书记办公室时已是晚上 7 点多。

公社用的是农机站八十马力的柴油机发的电，所以李书记办公室电灯时暗时明。

李书记给俩人各倒了杯白开水，让他俩坐下，然后扫了一眼穿着一身崭新军棉服的周洪波，说："知道今晚叫你俩来干什么吗？汪小娟把事情都说了。"

周洪波坐在那里直流冷汗，将头上戴的三开棉帽拿下，放在桌子上，低着头说："李书记，我错了，我辜负了组织对我的培养。"

蒋天明用力一拍桌子："哎，出这种事，你说怎么收场?!"

周洪波用手擦了擦额头上的汗珠说："我接受组织的处理。"

李书记见状安慰道："事已出了，你要正确对待，你还年轻，回去先写份深刻检讨，等候组织处理。"又回过头对蒋天明说，"你们支部一定要注意汪小娟的安全，不要发生任何意外。"

蒋天明长叹一声说："好!"

蒋天明晚饭都没时间吃，顶着漫天飞舞的雪花，来到艾加莲家。

艾加莲、汪小娟还没睡，煤油灯闪着微弱的光，一碗荷包蛋放在床头已没有了热气。

蒋天明把艾加莲叫到堂屋，说："没吃?"

艾加莲点了点头。

蒋天明低声说："你把妇女队长也叫来，一定要照顾好，千万不能发生意外。"

艾加莲叫了她丈夫，让他去喊妇女队长过来，一同照顾汪小娟。

五

发电机按规定每晚 10 点准时熄火。李书记坐在漆黑的房间里，煤油灯也没点，房外寒风伴着雪花敲打着窗户，他一根接一根地抽烟。

李书记四十岁出头，"文化大革命"初期被造反派夺权，靠边站两年，后被解放，重新当上公社党委书记。

他今天的心情特别沉重。怎么处理这件事，作为公社的一把手，自己要先理出个头绪来。处理这样的事非常头痛，搞不好还会闯出人命，他也为两个年轻人的命运惋惜。

蒋天明回到家中已是半夜，家人早已入睡。他点亮煤油灯，拿出纸和笔，向公社党委写检讨，主动承担责任。更自责平时疏于对周洪波进行教育提醒，这么好的苗子毁了，更担心汪小娟能不能渡过这道难关。

周洪波回到家中，连夜写检讨，向组织交代事情的经过，向支部作出深刻的检讨。在这风雪交加的夜晚，他心如刀绞，像在大街上被人扒光了衣服，被万人唾弃；像漂在大海中经历着万丈波涛的无助小船，他宁愿风浪将小船打翻，船与人一同葬身海底。

他最担心的还是汪小娟，担心她经不起这种沉重打击。他深深自责，他现在唯一能做的是承担起全部责任。检讨书足足写了 10 页材料纸，明确承担了全部责任，并愿接受组织的任何处理。

周洪波一夜没睡，天一亮就来到蒋天明家，向蒋书记交了检讨并作了详细交代。

蒋天明又来到李书记办公室，交了他向公社党委的检讨和周洪波的检讨。

外边白雪皑皑，大地一片寂静、苍茫。

李书记满脸疲惫地说："我也向区委写了检讨。当务之急是汪小娟的引产手术。我已跟汪部长通过电话，汪部长让我们赶紧把汪小娟送回家。"

"谁送呢？"蒋天明问道。

"由公社妇联主任与大队妇联主任俩人送，还要到医院做手术，把这些事处理好后她们再回来。党委还要向部队首长汇报情况。"

李书记通过新兵连长与政委取得了联系，将情况向政委作了汇报，政委当即表态这个兵不要了，取消了周洪波参军资格，并表示惋惜。

在公社、大队两位妇联主任的陪同下，汪小娟回到家中。

汪部长、江局长知道这个消息后也是几夜没睡。江局长脸色苍白，一句话没说。

汪部长说："先去医院做手术，你们带介绍信了吗？"因做引产手术必须要有单位介绍信。

公社妇联主任答道："带了。"

李书记召集在家的党委委员开会，研究怎么处理这件事。参加会议的有李书记、副书记、管政法的副主任、管农业的副主任、武装部长、公社党委委员蒋天明。

李书记讲道："这件事请大家发表意见，看怎么处理。"

副书记首先发言："这件事性质很恶劣，破坏了知识青年下乡运动，一切要法办，按敌我矛盾处理。"

管政法的副主任讲道："我支持副书记的意见，要坚决打击。"

武装部长发言："周洪波没有恶意破坏上山下乡运动，他当民兵连长后，荣获公社民兵训练打靶第一名，今年文艺会演又是第一名，他还年轻，我看应按内部矛盾处理。"

党委六人意见不统一。李书记、蒋天明倾向于按人民内部矛盾处理。

李书记做最后总结道："这次会议意见不统一，等妇联主任回来后再开党委会研究决定。"

汪小娟做完引产手术，回到家里休息，江局长让两位妇联主任先回去。

江局长送走了客人，来到女儿房间，面色如铁地对汪小娟说："你说！怎么回事？"

汪小娟躺在床上一言不发。

江局长吼道："是不是那个姓周的强奸的？"

"不是的，是两相情愿的。"

听到女儿的回答她如五雷轰顶，气得说不出话来。

汪部长听到母女俩的声音赶紧过来，将夫人拉了出去，说："才做完手术，过两天再说。"

蒋天明又找到李书记，想做工作，把这件事按人民内部矛盾处理，给年轻人条出路，不能让周洪波坐牢，同时，自己作为支部书记没教育好年轻人，愿承担更多的责任。

李书记说："这么大的事，我不能搞一言堂，等7名党委委员到齐后再开党委会商议。"

　　汪小娟在家里想了很久，她知道自己给家里丢了人，恨自己轻率，造成了无法挽回的后果。但她更多的是想到周洪波，也不知道周洪波现在怎么样了，她知道破坏知识青年下乡的后果。自己是自愿的，苦果不应该让周洪波一人承担，自己必须要与他一起承担。

　　汪部长两口子当父母的是刀子嘴，豆腐心。恨是恨，只有暗自流泪，天天还是老母鸡炖汤给女儿调养。

　　一个星期后，江局长看到女儿情绪稍稳定，面色也红润起来，便走到女儿床边问道："你打算怎么办？"

　　汪小娟沉沉地说："我们是自愿的，责任不能让周洪波一人承担。"

　　江局长恼羞成怒地说："你还想到他，他把你害得不够惨吗？"

　　"我要去看他，这不是他一个人的责任。"汪小娟倔强地争辩道。

　　"你怎么这样不知羞耻！"

　　江局长气不打一处来，两记耳光打在汪小娟脸上。

　　汪小娟伏在床上大哭起来。

　　江局长看着号啕大哭的女儿无可奈何地走出了房间，用手绢擦着眼泪。

　　江局长将女儿房间锁了起来，以防她偷着出去见周洪波。

　　女儿被关几天后，汪部长心疼，他将房门打开，问女儿："你打算怎么办？"

　　汪小娟看了父亲一眼："我对不起您二老，事已至此，我要向李书记讲明真实情况，这不是周洪波一人的责任，我要见周洪波。"并拿出写给公社党委的一份说明给父亲。

　　汪部长看了女儿的情况说明，找到夫人说："老锁到房里也不是办法，她也该承担她应负的责任。"

　　"儿大不由娘呀！"江局长感慨道。

　　汪小娟走到客厅看了一眼父母说："我要去高城一趟。"

　　汪部长很是担心："你的身体？"

"没什么问题，我已经恢复得差不多了。"汪小娟话语里带着淡淡的忧伤和无奈。

六

得到父母默许的汪小娟心急火燎地来到高城，找到蒋书记，并问了处理情况。

蒋书记说："还没作处理，一种意见是按敌我矛盾处理，一种意见是按人民内部矛盾处理。周洪波的参军资格被取消了。"

汪小娟听后惊讶地"啊"了一声，急切地说："蒋书记，不能按敌我矛盾处理，不是他一个人的责任。"说着将一份情况说明递给了蒋天明。

"我们一同去找李书记。"汪小娟建议道。

蒋天明、汪小娟一同来到公社李书记办公室。

李书记问道："身体恢复得怎么样了？"

"没什么问题。李书记，周洪波不是强奸，我们是自愿的，周洪波不应该去坐牢，若要坐牢我和他一起去。"汪小娟坚定地说。

"你先回去吧，等开党委会再定。"李书记说。

汪小娟没回县城，而是来到知青点，她要等待处理结果。

公社7名党委委员到齐后，又开了一次党委会。有了汪小娟的据理力争，李书记更加倾向于按人民内部矛盾处理。

会上依然是两种意见相持不下，最后举手表决，以四比三的表决结果按人民内部矛盾处理。

李书记最后表态："要是上级追查处理不妥，我愿承担一切责任。"

这件事最后按人民内部矛盾处理，周洪波牢没坐，但党籍被开除，大队民兵连长职务被撤。这个结果有很大一部分是汪小娟据理力争的功劳。

汪小娟知道周洪波按人民内部矛盾处理后，总算舒了一口气，回到家里继续调养。爸爸给她请了长病假，调养身体。

汪家在唉声叹气中过完了春节。

转眼惊蛰已过，外面已是春暖花开。听回城的知青讲，周洪波情绪低落，万念俱灰，这给在家休养的汪小娟增添了很多自责和担忧。苦果是俩人共同酿成的，为什么要周洪波一人承担？不能让他的一生就这么废了、毁了。

这天夜里，汪小娟做了一个梦。一会儿鹅毛大雪漫天飞舞，北风呼啸；一会儿又是山洪暴满漂水河，波浪翻滚，天地一片混沌；一会儿又是暴雨如注。周洪波被洪水卷走，在水中他伸出双手，绝望地呼喊着。旷野空无一人，一个浪头打来，周洪波挣扎着呼喊道："快来救我！快来救我！"

汪小娟被噩梦惊醒，吓了一身冷汗，她惊恐地坐起，耳边还回响着"快来救我"的呼喊声。"我要到高城去，周洪波太无助了。我可以再换个环境，再重新开始生活，可周洪波怎么办？"汪小娟不安地想着。

汪小娟找到父亲说："爸爸，现在周洪波什么都没有了，这对周洪波太不公平了，这是我们俩人的错，酿的苦果不能让他一人承担。"

江局长听到里面的谈话，走了进去，说："你想怎么样？"

汪小娟坚定地看着母亲说："我要与他结婚。"

江局长恼怒道："我看你是疯了。"

汪小娟十分平静地说："我没疯，我是认真的。"

汪部长语重心长地说："小娟，现在工农差距、城乡差距还很大，这是一辈子的事呀。"

汪小娟说："我想好了，我与周洪波是真心相爱，我不能丢下他一个人不管，大不了在农村种田一辈子。"

听到女儿不知天高地厚的话，江局长吼道："那我们断绝母女关系。"

汪小娟决心已定："断绝关系我也要与周洪波结婚！"

话不投机，母女俩又大吵了一架。

汪小娟一气之下又回到了知青点，并写了结婚报告交给了蒋天明。

　　周洪波变成了地地道道的农民，日出而作，日落而息。他听说汪小娟要与他结婚后，没当真，他想那是不可能的，汪小娟只是意气用事。是自己毁了自己的大好前程，也毁了汪小娟，他恨呀！

　　汪小娟找到了周洪波。

　　周洪波家三间土瓦房，父母、两个哥嫂、两个妹妹住在一起，大哥两个小孩，二哥一个小孩，分家的新房正在筹备，还没开建。

　　汪小娟深情地看着周洪波说道："周洪波我是认真的，要与你结婚，我等你回话。"说完转身回到知青点。

　　汪小娟开始与知青们一同出工劳动，等待周洪波的答复，她做好了扎根农村的准备。

　　周洪波约出汪小娟，还是那片松青林，俩人席地而坐，周洪波说："小娟，不行呀，我不能再害你呀。"

　　汪小娟伸手轻轻捂住他的嘴说："什么话。"

　　"我不能害你一辈子呀，我现在没任何前途可言了，况且农村生活这么苦。"周洪波惆怅地说。

　　"我已做好吃苦的准备，没什么了不起，农村人还不是照样过。"汪小娟坚定地说。

　　周洪波无奈地说："我家里条件也不好，房子也没盖。"

　　汪小娟深情地说："你还记得吗，去年我俩也是在这个地方定下的终身，我认定的路就是刀山火海也要走到底，相信我。"

　　周洪波长叹一声，说道："世上还有这么重情重义的女人。"说完一把将汪小娟搂在怀里。

　　汪小娟边哭边诉说："从那天开始我就准备承受一切苦难。"

　　俩人酸楚的泪水交织在一起。

　　吃罢晚饭，一群知青来到周洪波房前，汪小娟喊道："周洪波，咱们一起去看电影。"

　　周洪波走出房门，汪小娟说："是老电影《闪闪的红星》。"他有些犹豫不决。

汪小娟看出他的心思，熟人多，不好意思，她拉着周洪波的衣服说："自己是活给自己看的，不是活给别人看的，走，看电影去。"

其他知青帮腔道："走，咱们一块儿去。"

电影在高城古戏台广场放映，其他知青主动给周洪波、汪小娟腾位子，以便他俩站在一起。

电影散场，知青们走在回家的路上，"夜半三更哟，盼天明，寒冬腊月哟，盼春风，若要盼得哟红军来……"他们一路高歌一路走，歌声惊得河里的野鸭、秧鸡、飞鸟四处逃窜，稻田里蛙声一片。

转眼间稻谷黄了，金色的谷穗压弯了腰，今年又是好收成。社员们磨刀霍霍，准备开镰收割稻谷。

汪小娟找到大队书记蒋天明，说："蒋书记，我与周洪波是认真的。"

蒋天明知道汪小娟的来意后，"哦"了一声未置可否。

汪小娟急忙争辩道："蒋书记，我们有恋爱结婚的权利吧？"

"等割完谷，忙完秋收，我给公社李书记汇报后再说吧！"蒋天明回答道。

等小麦播种完，已过了霜降，一天，公社开完总结秋收秋播会后，蒋天明找到李书记，把汪小娟要与周洪波结婚的事向李书记作了汇报，并将汪小娟写的结婚申请报告给了李书记。

李书记说："别慌，我给汪部长汇报后再说。"

汪部长两口子知道女儿坚决要与周洪波结婚后，江局长还是一千个反对，表态说，若女儿与周洪波结婚，她将与女儿断绝母女关系，态度非常坚决。

汪小娟这边也不退半步，非周洪波不嫁。

一天，汪小娟拿着《婚姻法》去找李书记。

"《中华人民共和国婚姻法》明确规定，婚姻自由，任何人不得干涉，我有结婚的权利吧？"汪小娟语气坚定地说。

婚姻自由李书记还能不知道？"你爸妈也是为你好。我们商量商量后再说吧，你要慎重考虑。"李书记苦口婆心地说。

李书记专门找来蒋天明商量汪小娟的婚事。

李书记说："婚姻自由，到了结婚年龄结婚这是天经地义的事。"

蒋天明说："我看他俩是真心的。"

李书记说："作为一级党组织，我们是无权干涉婚姻的，恋爱自由。汪小娟结婚报告我已签字，你拿走吧。"说着将汪小娟的结婚报告递给了蒋天明。

蒋天明接过结婚报告说："组织处理了周洪波，现在他俩是普通群众没问题吧？"

"没问题。"

"作为知识青年上山下乡，要扎根农村是不是值得表扬？"

"是呀。"

"党组织要对扎根农村的知青给予安家帮助，国家是不是有政策？"

"有呀。"

"李书记，周洪波家弟兄多，就三间房，我们大队准备给周洪波、汪小娟盖三间房，怎么样？"

"既然同意他们结婚，就要给予支持和帮助。我看可以。"李书记想了想说。

"那我走了，李书记。"说着蒋天明走出了李书记的办公室。

蒋天明回大队后，将公社、大队同意周洪波、汪小娟结婚的报告给了汪小娟，汪小娟又将这一喜讯告诉了周洪波。

蒋天明找来一班砌匠，由一帮知青帮忙，准备给汪小娟建安家新房。

周家经过多年的筹备，周洪波大哥、二哥分家的三间房也准备于今冬开建。

房址选在周洪波老房子旁，由大队出资建了三间正屋，两间偏房当伙房。围墙、门楼、厕所一应俱全，且全部是青砖瓦房，比周家原来的三间房高级多了。

汪小娟爱花，她特意让砌匠在院子里砌了一个大花坛，并亲自种上了一株她特别喜欢的栀子花。

周洪波忙着置办新婚家具。

年底前房屋装修好，家具也置办完毕，周洪波、汪小娟到公社民政部门领了结婚证，婚期定1975年五一劳动节。

这门亲事因受到江局长的坚决反对，汪小娟不能回县城娘家过年。汪小娟是在周洪波家过的年，与周洪波两个妹妹住在一起。大妹叫周洪莉，才上小学三年级，二妹叫周洪花，才7岁，比周洪江的孩子大不了几岁。

汪小娟很勤快，家务活她抢着做，深得老婆子、两个嫂嫂、两个小姑子的喜欢。周家帮忙的人多，也没多少事需要汪小娟做。老婆子更是心疼得不得了，生怕委屈了城里姑娘汪小娟。

四月中旬，汪小娟给父母写了一封信。

　　敬爱的爸爸、妈妈：

　　　　五一劳动节我与周洪波就要结婚了，感谢你们的养育之恩，不是女儿不听你们的话，我与周洪波是真心相爱的，我不能，也舍不得丢下周洪波。你们不是常教育女儿为人要诚实讲良心吗，我与周洪波酿成的甜果也好，苦果也好，我要与他一起品尝，责任我俩要一起承担。

　　　　我们的婚姻希望得到二老的祝福。

　　　　　　　　　　　　　　　　　　永远爱你们的女儿娟娟

　　　　　　　　　　　　　　　　　　一九七五年四月十八日

汪部长收到信后，将信拿给夫人看，说五一劳动节女儿就要结婚了。

江局长看也不看，将信扔在桌上，气不打一处来，怒道："让她自作自受！"

五一劳动节期间，周洪波、汪小娟的婚礼结合了乡俗与现代婚礼，在新房中举行。

周洪波身穿深蓝中山服，汪小娟身穿浅蓝女装，二人胸前挂着胸花，分别写着新郎、新娘，虽朴素却掩不住两人内心的幸福和喜悦。

周家的亲戚能到的都到了，知青们也都来了，个个满脸笑容。支客先生忙进忙出。汪小娟娘家人因江局长强烈反对，没来一人，这个婚礼没有嫁妆，没有爸爸、妈妈、娘家亲人的祝福。

婚礼中午12点正式举行，蒋天明当证婚人。

婚礼按照流程进行，支客先生讲道："现在婚礼进行到第五项证婚人讲话，大家欢迎！"

蒋书记即兴讲道："各位来宾，各位亲友，今天我们一同来参加一对新人的婚礼，让我们共同祝福这一对新人白头到老，恩恩爱爱，早生贵子，团结乡邻，孝敬父母！"

蒋天明的祝福赢得亲朋热烈的掌声。

按照乡俗晚上要喝闹房酒。

堂屋正中挂着大气灯，院子中央也挂着大汽灯，把屋里屋外照得白昼一般。

房中两张桌子并排放着，上面铺着红布，红布上面放着各种糖果、水果、凉菜。主席坐着周洪波、汪小娟，周围坐着主要亲戚、知青。

老表是闹新房的主力。

大老表说："今天你俩要配合好，配合不好我是不得喝喜酒的。"

周洪波笑道："怎么配合？"

大老表说："说四句喝酒。"

周洪波说："你说。"

大老表道："墙上一兜葱，风吹两边嗡。今年做喜事，明年得相公。"

周洪波准备给他大老表斟酒。

大老表用手一挡，说："慢！老表你先说墙上一兜葱，表嫂说风吹两边嗡，老表你再说今年做喜事，表嫂再说明年得相公。你们两个人把四句说完，我才喝酒。"

周洪波知道闹房酒的套路，不说是不行的，他先说道："墙上一兜葱。"

老表们起哄道："归表嫂说了。"

汪小娟稍加犹豫，一旁的牵娘子道："小汪你说，不说是过不了关的。"

汪小娟含羞道："风吹两边嗡。"

周洪波说："今年做喜事。"

汪小娟道："明年得相公。"

又是一阵哄堂大笑。

周洪波给大老表敬了酒，大老表举杯一饮而尽。

坐在大老表下手的二老表道："该我了。墙上一棵草，风吹两边倒。今年做喜事，明年做三朝。"

按照上面程序，周洪波、汪小娟将四句说完。周洪波敬酒，二老表喝酒，又是一阵哄笑。

女知青拿出事先准备好的道具，将一根线拴在一棵糖果中间，让周洪波、汪小娟甜甜蜜蜜吃糖果，寓意甜甜蜜蜜过日子。

咬糖果没什么难度，周洪波、汪小娟顺利完成。

男知青拿出一个线拴的苹果，让周洪波、汪小娟咬，寓意咬完苹果后今生平平安安。因苹果大，嘴不好咬，而且新郎新娘一咬，男知青就故意提起线，增加了咬苹果的难度。几次之后，周洪波一把将苹果握住，他先咬着苹果，汪小娟咬了另一半一口，在亲朋的欢笑声中闹房酒结束。

送走了大部分客人，还有几个住得远回不去的亲戚，周家人也安排好了住处。

喜庆热闹的一天终于结束了。

周洪波、汪小娟走进洞房。汪小娟将软缎被子一掀，坐在床沿上，手摸到一堆软乎乎的东西，周洪波忙说："老表们搞的毛腊，弄到身上可痒呢。"

汪小娟拿出一床新床单准备换上，一掀床单，看到四个床角分别放着桂圆、莲子、花生、枣子，表示不解。周洪波解释道："这寓意早生贵子。"

汪小娟笑道："现在是计划生育。"

七

过完五一劳动节，接着是抢种抢收。男人们犁田打耙挑草头，女人是割麦栽秧忙不休。

汪小娟老的婆子在家炒了三碗油盐饭，用提篓将三碗油盐饭装好，准备给他三个儿子搭搭肩。

汪小娟忙说："妈，我送。"说着提起篓子就往外走。

男人们顶着烈日挑着麦草头，汗水将衣服溻得透湿。他们疲劳之际，嘴里发出"哦吼吼！哦吼吼！"的叫声，一是解除疲劳，二是互相鼓着劲。

汪小娟来到周洪波跟前，周洪波放下担子，接过汪小娟递过的毛巾擦了一把汗，扒拉着衣服将磨破皮的肩头让汪小娟看，说道："你看，破皮了，好疼。"

汪小娟心疼不已地说："毛主席说了，农业的根本出路在于机械化。来，把这碗饭吃了。哎，大哥、二哥呢？"

"在后边。我们祖祖辈辈就是这样过来的。"周洪波接过汪小娟递过来的油盐饭。

周洪江、周洪海随着挑草头的人群走来，放下担子，接过汪小娟递过的油盐饭。

一小伙调侃道："给大辈子哥扛腿来了。"

在说笑声中他们挑着担子离开了。

按往年习俗，高城过端午节是分大小端午，小端午是农历五月初五，大端午是农历五月十五。本来过小端午节要隆重一些，但因今年麦收开镰的时候下连阴雨，耽误了麦收插秧，端午节只好大端阳过。

麦收结束，秧已栽完，人们再不用泥里水里忙，可穿上干净衣服了。一些娘家人接回姑娘、女婿回娘家吃粽子、桃子、咸鸭蛋，准备满桌子好菜，喝雄黄酒过端午。像汪小娟这样刚结婚头一年回娘家，走时娘家还要准备新衣、雨伞、草帽送给新女婿、姑娘。

汪小娟知道娘家是不会接她回去过端阳的。

周洪波的哥嫂都被娘家人接回去过节了，家里就剩下老婆子、公公、周洪波及两个小姑子。

老婆子按照端午的要求该准备的都准备了，门头上插着新采集的艾蒿。

俩小姑子也嫂子长嫂子短地叫得甜蜜。

年前汪小娟栽的栀子花已盛开，她摘了不少用罐头瓶装着放在她的床头，整个房间里香气袭人。

老婆子准备了一桌丰盛的晚餐，汪小娟也没有什么胃口，草草吃过晚饭，心情不好的她让周洪波拿上洞箫，陪她出去走走，还特意摘了两朵栀子花戴在头上。他俩走到河边的柳树林，坐在流水潺潺的河边。今晚的月亮特别亮，特别圆，月光照在河面，反射着粼粼波光。

每逢佳节倍思亲。汪小娟想她的父母，也想远方的两个哥哥。

周洪波看着郁郁寡欢的媳妇很是心疼地说："想家了不是？"

"嗯。我两个哥哥对我特别好，谁要是欺负我，他们必须要去教训别人。在学校谁也不敢欺负我。"汪小娟望着远处的水面回想着往事。

白鹤从夜空中飞过，发出一阵凄凉的叫声。

"洪波我唱一首你写的《栀子花》吧，我唱你吹。"

"好。"周洪波答道。

> 栀子花呀栀子花！
> 花开洁白朵朵大，
> 香气沁心飘天涯。
> 洁白无瑕迷嫦娥，
> 香洒万里醉百花。
> 河水长流也会断，
> 风儿累了也停刮。
> 思念随云九天外，
> 断肠人儿添白发。
> 栀子花呀栀子花！

如诉如泣的笛声、歌声随风飘向远方，在这宁静的夜晚显得格外悲戚。

父母能听到吗？远方的哥哥能听到吗？这一河清水能把这声音带向远方吗？

这首歌是汪小娟离开高城那段时间，周洪波想念汪小娟时写的。周洪波知道汪小娟特别喜欢栀子花。

汪小娟看到后拿到县城让熟人谱了曲。她喜欢栀子花，也喜欢这首歌，更喜欢写这首歌的人。

栀子花在端午节前后开放，花朵洁白，花香醉人，四季常青，在高城几乎家家栽种栀子花。到了端午时节，高城处处都飘着栀子花的香气。

第二天早上，老婆子正在厨房做饭，汪小娟将刚洗好的菜送进厨房，突然一阵恶心，忍不住想吐，赶紧跑到门口摁着胸口蹲下来。老婆子看到了，赶紧问道："小娟你哪儿不舒服？你是不是有喜了？"

汪小娟平息了一下说："可能是的吧。"

老太太顿时满脸堆笑，喜出望外："你快坐下歇一会儿，别累着自己。"

汪小娟决心嫁给周洪波那一刻开始便决心扎根农村，她要学会各种农活，还要学会很多家务活。她开始跟其他农村妇女一样，上工要干活，放工要烧火做饭，有空还要上山寻猪草。

一场雷雨之后，空气格外新鲜，屋外的空气几乎抓一把就可以挤出水来。汪小娟怀着 3 个月的身孕，提着一个大篓子准备到山上打猪草。当她走到一片松树林时，惊喜地发现松树底下长着一片片松菇。暗红色的松菇像花儿长在松下，朵朵松菇挂满晶莹的水珠。松菇对自然环境要求特别高，太阳直晒它不长，见不到太阳它不长，温度高了它不长，温度低了它不长，水分少了它不长，水分多了它不长。总之，松菇不是你想采就采得到的。

汪小娟知道这种菇能吃，而且味道很鲜美。知青点后山的松林有时也长，她与知青们采过，也吃过。她没打猪草，而是采了满满一篓子松菇，吃力地提回了家。并叫来了两个小姑子再一同上山去采。

老婆子拦着汪小娟，不让她去，说她俩去就可以了。

汪小娟说："我不去她俩找不到地方，多得很。"小娟又和两个小姑子一起到山上采了好多松菇。

晚上是松菇炖腊肉，一家人围桌而坐，边吃边赞叹着这大自然的馈赠。"妈，那么多松菇，这天气好，晒干后什么时候想吃就拿出来。"汪小娟边吃边说。

八

吃罢晚饭，家家户户掌了灯，四处也安静了下来。蒋书记的家里传出噼里啪啦的摔东西声、争吵声。

蒋书记与他老婆在吵架。

他老婆叫黄敏。

湾子里的人听到吵闹声纷纷赶来劝架讲和。

　　黄敏扯着蒋天明的衣袖，哭喊道："姓蒋的，你今天不打死老娘算你没本事！老娘今天就死到你手里！"

　　湾子里的乡亲想把蒋天明夫妻俩扯开，黄敏却怎么也不松手。

　　年纪大的长辈走上前，拉着黄敏的手，说："快松开，有话好好说。"

　　两个老婆婆一同去拉黄敏，费了好大的劲儿才拉开了黄敏的手。蒋天明衬衣上的五颗扣子一颗没剩。

　　蒋天明搬来椅子让长辈们坐下。

　　一长辈道："有事好好说，不要动手哈。"

　　蒋天明哭丧着脸道："谁动手了？"

　　黄敏边哭边争辩道："你的手不是举到老高吗？我跟着你有什么好，出工带头，做活带头，别人不愿干的活，我去干！姓蒋的，你说说我跟着你得到什么好了？倒八百辈子霉了！落到什么好了！"

　　劝架的人忙说道："好了，好了，不要吵了，天不早了，明天还要干活。"

蒋天明送走了好心人，坐在那里生闷气。

蒋天明两口子打架起因是这样的：公社要在大队抽调一名老师到公社中学教书，这样大队学校就少了一名老师。蒋天明的女儿今年高中毕业，黄敏想让女儿到大队学校教书。蒋天明不同意，一是支部要开会商量，二是他想让汪小娟去，所以两口子意见不合，吵了起来。

蒋天明想，自己的姑娘才毕业，缺少锻炼，应该锻炼几年再说。什么好处都是领导干部优先，那是共产党的干部吗？我要是把自己的姑娘就这样弄去教书，老百姓还不指着我的祖坟骂我。况且汪小娟与父母断交，死心塌地嫁到我们大队，扎根农村，我们不能亏待她，也不能亏自己的良心。按汪小娟的水平，教个小学还是绰绰有余的。

绵绵的秋雨淅淅沥沥地下了三天，看来今天又不会停了。

汪小娟想等雨停后去找蒋书记，她知道书记两口子为她的事吵得不可开交，可雨就是下个不停。

下雨不能出工干活，汪小娟坐家中给未出生的宝宝织着毛衣，可她心烦意乱，常把针数搞错，只好拆了重织。反复几次后，她放下手中的活计，喊道："周洪波。"

周洪波忙应声答道："唉，怎么了媳妇？"

"走，我们一起去找蒋书记。"汪小娟说。

他俩一人找了一把雨伞，走出了家门。

秋雨茫茫，大地被云雾遮住，仿佛伸手就可以摘一把浮云。垂柳依依，几只斑鸠躲在枝下避雨，小河沟里几个人穿着雨衣在河边垂钓。几条水牛在河边吃草，不时发出"哞哞"的叫声，可能是牛妈妈在呼唤不听话的牛宝宝。

山里的土路，一下雨，就又黏又滑不好走。

两家尽管只隔着蒋天明家两里地，可汪小娟却走了一身汗。

蒋天明正好在家，黄敏也在家纳着鞋底。周洪波、汪小娟收起雨伞走进了蒋书记的家门，黄敏赶紧起身让座。

汪小娟说："蒋书记，大队教书我不去了，你安排别人吧。"

蒋天明看了一眼黄敏，说："这事也不是我一人说了算的，要开支部会定。"

说了半天也没个结果。

这天在公社开完会，蒋天明把大队学校少一个老师的事跟李书记说了。

李书记笑道："为这事你还跟老婆干了一仗。"

蒋天明道："女人嘛。我还是想让汪小娟去，她太不容易了。"他知道那天汪小娟找他说的不是真话。

李书记吸了一口烟，调侃道："这事你们支部定。不怕老婆与你打架？"

蒋天明笑了："其实我老婆心肠软得很，那次周洪波、汪小娟从我家走后，她说了汪小娟半天好话，说汪小娟心地善良，不容易。"

蒋天明回家对老婆说公社李书记也同意汪小娟到大队学校教书。其实黄敏也觉得自己女儿一毕业就教书也似有不妥，就什么也没说。

支委会上支委们的心情是复杂的，汪小娟该去，蒋书记的女儿也能去，何况蒋书记送出去那么多人，做了那么多好事。

蒋天明把公社李书记同意汪小娟教书的牌子一举，其他支委也就没再说什么。

四大队小学是块风水宝地，西有漂水河蜿蜒而过，东有一条清澈流淌的小河环绕。两条河在学校门前汇合，涓涓细流从桐柏山深处汇集而来，一路奔向滚滚长江。"二龙戏珠"的风水宝地必然是人杰地灵。

汪小娟的住地就在大河与小河的中间，与学校只隔一条小河。9月1日学校正式开学，汪小娟执起了教鞭，正式任教。

九

时间过得真快，还有十天就要过春节了。汪小娟两个哥哥、嫂子回乡探亲，要来看她。

汪小娟高兴得几夜没合眼。一家人忙里忙外，把房里房外打扫得干干净净。

周洪波挑了河沙，将院子、房外路面全部垫了一层，免得客人下雨天脚上沾泥巴。

汪小娟终于见到了两个哥哥嫂子，泪水止不住地直往外流，也不知说什么好。

大哥已结婚，大嫂是四川姑娘，与大哥是大学同学，在农业部上班。二哥在部队已提干，任排长，还没结婚，未婚妻也是军人，是军部机要室参谋，正连职，军龄比她二哥长，15岁当兵，是师长的女儿。两人都穿着六五式崭新的军服，领章帽徽闪闪发光。

周家上下对小娟的娘家人来做客十分看重，冬月间杀了一头净重280斤的年猪，周家是尽其所有招待汪小娟娘家人。还专门请了蒋天明、大队副书记、学校校长来陪远方的贵客。

觥筹交错、酒过三巡，火锅上桌，食材主要是猪肉、松菇。火锅冒着腾腾热气，顿时香气满屋。

大哥吃了一口，啧啧称赞："真好吃，这腊肉炖的是什么？"

周洪波介绍道："是松菇，小娟亲自到山上采的。"

大哥给大嫂也夹了一筷子，说："这可是正宗的家乡味道。"

"好吃，你尝尝。"二哥给他未婚妻也夹了一筷子。

大家一致赞赏腊肉炖松菇好吃。

汪小娟端起酒杯说："我只能以水代酒来敬哥哥嫂子们。我真的好想你们，我以为你们不会来了，我时常想起哥哥在学校护着我……"说着泪水涓涓往下流。

"周洪波，来，我们敬哥哥嫂子一杯。"汪小娟两口子站起来敬了哥哥、嫂子的酒。

"哥哥、嫂子不要担心我，在农村只要勤劳，是饿不死的。"汪小娟坐下说道。

"来，我俩再敬大队领导一杯，感谢领导多年来对我们的照顾。"汪小娟和周洪波又敬了大队领导、学校校长一杯。

在汪小娟及周家的再三挽留下，哥哥、嫂子一行在周洪波家玩了两天。

千里搭长棚，没有不散的筵席。尽管汪小娟是万分不舍，亲人们还是要走。

汪小娟给哥嫂们准备了近40斤腊五花肉、俩蛇皮袋干松菇、几十斤随州特有的泡泡青，让哥嫂带回家。这些礼品都由周洪波用担子挑着。

哥嫂们不要汪小娟送，因她怀孕月份大了身子不方便，但汪小娟坚决要送送哥嫂们。

送到河边，大嫂用四川话说道："你回去嘛，我们还会来的。"

大哥也安慰说："妈只是一时想不开，她还是想你的。"

汪小娟不由自主地又流下眼泪，她想她的爸爸、妈妈了。

二哥、二嫂连声说："不送了，回去吧。"

哥嫂一行上了漂水河面漫水桥，一过河就到了高城镇，穿过街道就到了随信省道。

高城到县城或到殷店、草店、信阳的班车都要在路边等，高城没有专门的车站。

随着阵阵汽车的喇叭声，班车停在了路边的停靠点。汪小娟、周洪波在千嘱咐、万不舍中送走了哥嫂。

县城汪家，江局长没事一遍又一遍地翻阅着汪小娟小时候的相册。因儿子媳妇到女儿家做客，更加思念汪小娟，泪水一滴一滴流在了女儿的照片上。

随着一阵嘈杂的脚步声，传来了敲门声。

江局长知道儿子媳妇回来了，她擦干了眼泪，合上相册，忙起身打开房门。俩儿子将汪小娟送的腊猪肉、松菇、泡泡青菜拿进家中。

大儿子汪小鸣说："妈，这是娟娟送的腊肉、松菇、青菜。"江局长一看，气不打一处来，说："不要，不要！拿出去。"

小儿媳妇玩笑道："妈，您不要我们要，这松菇就是我们军长也很难吃到。"

"妈，娟娟她流了好几次泪，我们上车时她还在擦眼泪。"小儿子汪小雷说道。

江局长伤心地说："我为她眼泪都流干了。"

"那你不想她吗？她那个地方好得很，山清水秀。"大儿媳妇用浓重的四川话说道。

"不想。"江局长赌气地说，尽管心里放不下这个唯一的女儿。

转眼正月过去了，年也走了，大地进入万物复苏的二月。汪小娟房前的大柳树上一对喜鹊忙完一冬，窝已做好，现在正孵化着下一代。这天俩喜鹊在树上叫个不停，仿佛有什么喜事要到来似的。

汪小娟在房里肚子疼得直打滚，她要临产了。周家人忙里忙外，周洪波找来一副担架，他把担架放在地上，大嫂子麻利地铺上被子，老婆子、小姑子扶着疼得直冒汗的汪小娟走到担架前，将汪小娟扶着躺下。二嫂又拿来一床被子，盖在汪小娟身上。

老婆子忙说："洪波，你们快走，我们在后面马上到。"

周洪波与他大哥周洪江抬上担架起身就走。

这天是二月初二龙抬头，艳阳高照，喜鹊欢唱的日子。公社卫生所里，周家人、医生、护士忙进忙出，准备迎接一个新生命的到来。

随着一声婴儿的啼哭，一个新的生命来到人间。

7 斤 8 两的一大胖小子。

周洪波欣喜地从母亲手里接过儿子，瞅了又瞅。

汪小娟坐月子的日子里，老婆子、嫂子、小姑子服侍得周周到到。老母鸡、鸡蛋等自家出产之物，每天都会端到小娟的床前。

随州有的地方生了小孩是喝满月酒，高城是做三朝。做三朝不用等到满月。

三朝日期定在二月十八日，亲戚朋友赶来喝糖水，公社李书记、大队蒋书记都前来祝贺，遗憾的是汪小娟娘家还是没来一人。

汪小娟给儿子起的名叫青松。她喜欢松树四季常青，她喜欢松树迎风傲雪，她喜欢松树不向困难低头，她希望自己的儿子像松树一样成长。

做完三朝，家人该出工的出工，该干活的干活。

有天周青松有点拉肚子，半天就换了四五块尿布。周青松睡着了，汪小娟起身拿了一堆尿布去洗。春寒料峭，冰凉的河水刺骨，她忘记了老婆子交代的未满月的月母子不能碰生水、冷水的嘱咐。

十

这一年是 1978 年，改革开放的春风吹遍大江南北，下乡知青可以回城了。青松已经 3 岁了，会喊爷爷、奶奶、爸爸、妈妈，会满地跑了，性格也很是乖巧，一家人都十分喜欢。

汪部长找到在油泵油嘴厂当厂长的汪小娟的舅舅，商量汪小娟回城的问题。知青汪小娟回城，孩子周青松都好说，国家有政策，可周洪波怎么办？国家没安排工作的相关政策，户口也解决不了。

江厂长的意见是把外甥女安排到油泵油嘴厂上班，周洪波来厂干临工，等有机会再说。汪部长同意了江厂长的意见。

这一年随县升级为市，改名叫随州市，属襄阳市代管。

汪小娟和周青松的户口、招工手续办下来两个月以后，油泵油嘴厂派了一辆140货车，陈友志亲自来高城接周洪波、汪小娟、周青松。房子搬不走，家具汪小娟一件没要，全给了大哥、二哥。

送行的来了不少人，公社李书记、大队蒋书记、学校校长都来了。老婆子、老公公、大哥周洪江、大嫂孙长秀、二哥周洪海、二嫂彭兰英、大姑子周洪莉、二姑子周洪花也悉数到场。

周青松今天特别高兴，在人群里穿来穿去，一会儿要爷爷抱，跟爷爷亲了又亲；一会儿要奶奶抱，非要奶奶一起走；一会儿又要姑姑抱。

在亲人们的祝福声中，汽车起动，随着一声长笛，汽车缓缓向城里驶去。

高城是千年古镇，民风淳朴。善良的乡邻、亲人、同事、领导给予汪小娟不少温暖和关爱。汪小娟从车窗内伸出头来，看着高城的山山水水，她心里有些不舍，眼含着泪花。

汪小娟被安排到车间学车工，周洪波被安排到厂食堂当采购，属临时工。

陈友志已是副厂长，因脑子灵光，能干事，实行"老中青三结合"时进了厂领导班子，在2000多人的厂负责后勤工作。食堂自然是陈厂长管，周洪波算是在他手下打工。陈厂长同时也管房子，给汪小娟分了套母子间，住在自己的隔壁。在陈友志的帮助下，周青松顺利进了厂幼儿园。就这样汪小娟一家在油泵油嘴厂安顿了下来。知青下乡算工龄，汪小娟是二级工，与陈友志拿一样多的工资，37.5元。

陈友志与武汉下乡知青，油泵油嘴厂厂花，漂亮的播音员徐露露结婚，儿子才2岁，叫陈大甲。

这一年陈友志31岁，周洪波28岁，汪小娟27岁。

汪小娟招工回城，周洪波跟着老婆进城，引来不少人的羡慕。夫妻俩终于熬到头。

徐露露也是热心快肠，更何况周洪波、汪小娟与陈友志来自一个大队。她让陈友志帮周洪波安置家具，自己忙着做饭，她要请周洪波一家三口到她家吃饭，并特意请来了江厂长一起。

简单吃了饭后，周洪波、汪小娟送江厂长下楼。

江厂长说："新的生活开始了，有什么困难跟舅舅讲。"

汪小娟十分感动地说："舅舅，你们考虑得很周到。"

江厂长说："你们回城就好，你妈那儿我再做工作，一切都会好起来的，你爸爸今天准备来的，但碰巧赶上市里开会没时间。"

车工不难，汪小娟很快学会了车工技术，并且月月超额完成任务，年底被评为劳动模范；周洪波采买工作也干得有声有色，获得大家一致好评。

1980 年春节到了，在汪部长、江厂长精心安排下，汪家、江家在一起吃团年饭。

今天是舅舅江厂长做东，大哥汪小鸣、四川大嫂、二哥汪小雷、二嫂都回来了。大哥的孩子已 4 岁了，二哥已结婚，小孩才 1 岁，二哥二嫂都是正营级干部。就此机会，江厂长想解开妹妹的心结，让母女俩和好如初。

其实江局长内心早已原谅了汪小娟，不然这顿饭她是不会来的。

大年初一，周洪波、汪小娟提着好烟好酒，带着儿子周青松去拜年，这也是六年后汪小娟重进家门。

父母、哥嫂、侄儿们都在，一家人终于团聚。再加上新春的喜悦氛围，一家人格外开心。

汪小娟对周青松说："青松，快给外公外婆拜年。"

青松立马听话地跪在地上给外公外婆磕了响头，显然是经过汪小娟训练过的。

外公外婆自然高兴，外婆代表汪家给了小青松一个大红包。

汪小娟坐在母亲身边，拉着母亲的手。江局长语重心长地说："小娟呀，妈为你头发都怄白了，也老了，现在已退二线，你爸爸还有两年退休，你舅舅明年退休。洪波还没转正，但你爸爸一辈子都不做违反原则的事。"

汪小娟心里十分明白，其实能和父母和好如初她已经很满足了，于是宽慰母亲道："妈，您不要担心，我们过得很好。"

江局长心里多少有点过意不去，望着女儿问道："娟娟，你不怪妈狠心吗？"

汪小娟撒娇道："妈，事情都过去了。哥嫂回来一趟不容易，我们唠点开心的事。"

一家人在一起其乐融融地过完了春节。

1981年，江厂长正式退休，由陈友志接任厂长。周洪波能力强，在陈友志的推荐下，在"五七"厂任厂长。"五七"厂主要做些与主厂配套的产品，招的基本都是像周洪波这样按政策不能转户口，不能招工进厂的内部人员。

陈友志接任厂长后，顺应国家形势，大胆进行改革，工人实行计件工资制，多劳多得，上不封顶。

汪小娟由于技术过硬，又能吃苦耐劳，工资翻倍地增长。

陈友志因工龄的增长，职务的调整，住房也进行相应的调整，由之前的母子间，调整为两室半一厅的住房。

搬完家，陈友志兴致勃勃地请江厂长及周洪波一家来家暖锅底。

徐露露把新家布置得井井有条，她拉着汪小娟的手，参观了每个房间，走到半室时，徐露露说："这是陈友志的书房，他自己要的，他哪有时间在家看书，你看这四大名著、二十四史，我看摆着就是个样子。"

汪小娟帮徐露露打下手，准备饭菜。徐露露教汪小娟做武汉的藕炖排骨汤。徐露露说："先要把排骨爆火炒三分熟，放少许酱油，再加水，用温火慢炖，开锅后加藕，加各种佐料。核心是温火慢炖，把骨髓的营养都熬出来。"

今天人不多，大家围桌而坐，徐露露还是一口标准的武汉话招呼大家。

陈大甲天真地说："妈妈，就你说话不一样，武汉话不好听。"

"你个淘气鬼，你妈把身心都给了随州，连乡音也不能讲？"徐露露讲完，大家一阵欢笑。

徐露露接着说："你妈是来自大江大湖大武汉。"

陈友志、周洪波、汪小娟接着用汉剧唱道："我站在黄鹤楼上看帆船……"

"妈妈，那我到底是随州人还是武汉人？"陈大甲好奇地问道。

"你是武汉人与随州人培养出的优良品种。"徐露露话毕，又是一阵笑声。

十一

这年，高城公社取消，改成高城镇，四大队改成了小河沟村。几年前实行分田到户后，周洪波家分到了责任田，父母身体还好，家里劳力多，两季忙活过后就清闲下来。

周洪江找周洪海商量道："现在改革开放，好多人都到南方打工，我们在家种地胀不死，饿不死，不如也出去闯闯。"

周洪海道："行啦，我也这么想的。"

正月十五已过，周洪江、周洪海兄弟来到深圳，经老乡介绍，来到一家家电公司上班。

一年下来兄弟俩每人攒了15000元，因担心回家坐车时被小偷偷走，兄弟俩将钱缝在贴身的裤头里。

尝到甜头的兄弟俩一致认为打工比种田强多了，于是在家过完年，周洪江、周洪海与家人商量，孩子留在家里让父母照顾，妻子一同到深圳，到家电公司打工。

孙长秀、彭兰英从来没出过远门，俩人高兴得一夜没睡。

国家推行经济体制改革，将企业推向市场，油泵油嘴厂也受到影响，需自己找米下锅，这可急坏了周洪波。大厂都吃不饱，何况周洪波的"五七"厂呢。企业生存异常艰难，周洪波大多数时间在家照顾周青松上学，并承担了所有家务活。

汪小娟因引产没休息好，再加上周青松没满月时洗尿布被冷水浸过，患了类风湿心脏病，手指严重弯曲变形，不能操作车床，被安排到厂工会任副主席。

这天吃过晚饭，周洪波与汪小娟商量道："我天天在家闲着也不是个办法。现在市场开放，个人可以做生意，人员可以流动，我两个哥哥嫂子都到深圳打工去了。"

汪小娟说："油泵油嘴厂是吃了上顿没下顿，我们是要想想办法。"

周洪波说："现在运输市场也开放，国道上厉山的私人车每天几十台车地往武汉运猪仔。"

汪小娟说："你又不会开车。"

周洪波说："我可以学。"

周洪波显然是经过深思熟虑的，主意一定，说干就干。

培训驾驶员的学校只襄阳有。周洪波花了2000多块钱到襄阳报了名，经过半年学习，考得了驾驶证。

汪部长、江局长已退休在家，知道周洪波学了驾驶证准备跑运输后，把他们两口子叫回家中。

江局长说："你爸和我与你哥嫂们经过商量，决定将我们老两口半生攒的钱，都给你们，一共10万元，你们再凑点钱买辆车跑运输，也算对你们的补偿。"

周洪波说："那怎么能行？"

汪部长说："你们哥嫂家里条件都好，他们不需要这个钱，我和你妈都有退休费。"

江局长说："你两个哥哥还每人支援了1万。你嫂子说，这钱不用还，你们就不用客气了，这12万全在这折子上。"说着将折子装进汪小娟衣兜里。

周洪波又凑了点钱，购了一台东风康明斯8吨货车，是当时随州最好的车。

汪部长第一次利用他的影响力，找到三里岗乡，他亲自培养的乡党委书记，让照顾一下周洪波往广州运香菇。三里岗乡是著名的香菇之乡。

周洪波又请了一个司机，从随州往广州运香菇。一个月四趟，回程时从广州带货到武汉。一年下来，赚回了购车本钱。辛苦是辛苦，但收入可观。

周洪波经过与汪小娟商量，用这笔钱在锦绣花园小区购了一套154平方米四室一厅的房子。锦绣花园在随州算是一处高档小区，喷泉、各种各样名贵花木应有尽有。

汪小娟负责装修事宜，装修可不是件容易的事，年中开始动工，一直到年底房子才装修好。按照随州的习俗，六月腊月不搬家，抢时间到冬月搬了家。周洪波、汪小娟在随州终于拥有了属于自己的真正的家。

1988年，徐露露意外怀孕，又生下个儿子，取名叫陈二甲，整整比陈大甲小10岁。

到20世纪90年代初，周洪波靠着运香菇，家里总算有了一些结余。可汪小娟的类风湿心脏病需要每天吃药，也是一笔不小的开支。

陈友志几次辞职，准备自谋生路，但由于企业处于艰难时期，领导不批准。这几年靠卖厂里设备发工资，还经常几个月发不出工资来。职工经常跑到他家催发工资，有的赖他家不走，要在他家吃饭，常弄得陈友志、徐露露不胜其烦却又无可奈何。

十二

周洪江、周洪海、孙长秀、彭兰英从四季分明的随州，来到四季如一的南方，很快适应了这里的环境，只是偶尔发句牢骚："这鬼天气，34度要顶我们那里三十七八度。"

周洪莉、周洪花先后高中毕业，也随周洪江、周洪海一同到深圳一家家电公司打工。

随州的水土养人，女大十八变，周洪莉、周洪花已是亭亭玉立的大姑娘，在公司上下班也是两道亮丽的风景线，经常引来众多年轻男孩子关注的目光。

兄弟俩能吃苦、肯干，深得老板的器重和同事的赞许。周洪江已是车间主任，管理着100多号人。周洪海在外跑销售，已是大区销售经理。家电公司共2000多号人，是深圳市规模企业，也是市重点支持企业。

周洪江是很有智谋的人，也是干事业的料。他让周洪海注意销售渠道、信息。他自己准备了本子，把所见、所闻、所想通通记录在本子上，生产工艺、生产流程、验收标准、检验过程等也全记录在案。他在储备知识，储备才能，准备资金，等条件成熟自己开厂。

不想当将军的士兵不是好士兵，不想当老板的员工不是好员工。周洪江安排孙长秀当仓库保管员，熟悉进货渠道和进货价格。把大妹周洪莉介绍认识产品设计工程师，把二妹周洪花介绍给产品自动化、智能化工程师作朋友。

周洪波把大哥周洪江想兄弟三人共同投资建厂、生产家电产品的想法跟汪小娟讲了。

汪小娟说："我看可以，我看你跑运输，又辛苦又累，风险又大，只要你一出门，我就提心吊胆的，这样一直一去，担心没有个头。"

周洪波说："你手里攒了多少钱了？"

汪小娟在心里计算了一下答道："有个大几十万吧。"

"明年把车子处理掉，我们一起去深圳，我们兄弟三个一起创业。"周洪波信心满满。

"明年我把病退手续办了，青松送到我爸妈那儿上学，我们一起去。"汪小娟说道。

"那我答复两个哥哥同意合伙投资，他们都是很有能力的人。"周洪波说。

周洪波刚回随州，BB 机嘀嘀直响，一看是大哥发来的，BB 机显示"速回电话"。周洪波让司机去把车洗一下，自己找了个电话亭给大哥回电话。

电话那头传来大哥的声音："太不像话，洪海出事了，你与汪小娟赶紧到我这来一趟。"

周洪波着急地问道："大哥，什么事？"

那边周洪江已挂了电话。

周洪波匆匆赶回家对汪小娟说："你准备一下，明天我们一起到大哥那里去一趟。"

汪小娟问："什么事？"

"大哥说二哥出事了，具体什么事大哥没说。"周洪波说。

简单收拾了一下，周洪波与汪小娟坐上了赶往深圳的火车，一路上周洪波的心里七上八下忐忑不安。下火车后转乘出租车到了大哥家。

周洪江租的房子里，除周洪海不在，周家其他人都在。彭兰英双眼通红，不停地抽泣着。

周洪波一看这阵势，知道不是小事，忙问："到底发生了什么事？"

彭兰英边哭边递过一张纸给周洪波："大哥、大嫂、三弟、三妹，可要为我做主呀！"

"离婚申请书？疯了！"周洪波说着将离婚申请书递给了汪小娟。

彭兰英继续哭诉道："嫌我老了，没有小妖精会妖。我给你们周家生儿育女，在家孝敬公婆，哪点做得不好？"

周洪波铁青着脸怒道："刚吃了几天饱饭，我看是忘了本！"

汪小娟帮彭兰英擦了眼泪，说："二嫂，不哭。"

"他与哈尔滨一女大学生好上了，女大学生怀孕五六个月了，挺着大肚子找到这里来了。"周洪江简直不好意思说出口。

"二哥呢?"周洪波问道。

"在隔壁,长秀,把他叫过来。"周洪江气愤地说。

孙长秀叫来了耷拉着脑袋的周洪海。

周洪波气不打一处来,冲着周洪海吼道:"这婚坚决不能离!"

"我们周家能做这样伤天害理的事吗!"周洪江也跟着冲周洪海嚷嚷。

彭兰英冲着周洪海哭喊道:"你说说,我是偷人养汉,还是好吃懒做?我做了什么对不起你的事?"说着哭着就上前去抓周洪海。

周洪海一掌将彭兰英推倒在地上。

见弟妹倒在地上,周洪江气得上前一拳打在二弟周洪海的脸上。

周洪波跟着又是一拳打在二哥周洪海的身上。

见兄弟都对他动手了,周洪海也拉开架势要拼命了。

彭兰英见状哭喊着上前用身体护着周洪海:"别打了!别打了!"

孙长秀、周洪莉、周洪花三人将周洪江、周洪波拉开。

周洪江怒道:"这是我们替爸、妈打的。爸说宁可自己吃亏,也不让别人受委屈。"

周洪波气愤地说:"老娘常说,任凭自己吃九分的亏,也不占别人的一分赢。"

"周洪海你相不相信,你再不回头我把你打残!"周洪江恨恨地说。

第二天上午,周家人找来了那个哈尔滨姑娘。

周洪江真诚地说:"你俩结婚是不可能的,周洪海做了对不起你的事,我代表周家向你赔礼道歉。"

姑娘低着头一直在擦眼泪。

周洪波又问道:"他是不是说他还没结婚?"

"不是,他说离婚后与我结婚。"

大家见姑娘梨花带雨的可怜样子也不忍心,你一言我一语地劝慰着她。

"你们周家都是有良心的人。算了，我去把孩子打掉，回哈尔滨。也怪我一时糊涂。"最后姑娘流着泪表了态。

周洪江心里的一块石头终于落了下来，说："长秀、洪莉你们请几天假，陪人家姑娘到医院做手术。姑娘你看给你30万补偿怎么样？"

"我不是冲着钱来的。"姑娘边哭边说。

等这姑娘做完手术，周洪江租了房子，让孙长秀专门照顾，好生调养。

随后，周洪波、汪小娟找到周洪江。

"大哥，我和小娟商量好了，这些年我跑运输赚了些钱，补偿姑娘的钱我们出10万元，也是我俩一点心意。"周洪波说。

周洪江叹息道："唉，这份心意我收下，你们也不容易，小娟有病，青松要读书。"

十三

1993年农历腊月二十一，周洪波准备跑完今年最后一趟运输回家过年。明年处理完车，与汪小娟一同去深圳，兄弟三个一同创业，进军家电市场。

今年冬天特别冷，从不结冰的广东韶关，迎北风的坡面结了一层薄冰。这段坡路也特别长，有30多公里。

周洪波坐在副驾驶上，司机驾驶着车辆小心翼翼地行驶在这段结冰的路上。

突然前面出现一对骑摩托车的夫妻，任凭货车司机喇叭按到惊天响，他们就是不让路。司机急踩刹车，可刹车失灵，车辆跑偏，只听得一声巨响，摩托车被撞倒在车下，汽车重重地从夫妻俩人身上碾过，大货车滚下30多米深的山沟。

货车滚落时车门被撞开，周洪波被甩出车门，抛向10多米远处长着荆棘的植被上。

车祸发生后，路过的好心司机报了110、120。受伤的四人被抬上了救护车，救护车拉着警报驶向了医院。

交警请来村民帮着看护现场，忙着测量事故现场，调查取证。

医院里，骑摩托车的夫妻俩心脏早已停止了跳动。货车司机在重症室，医生正在全力抢救。周洪波被摔晕过去，现在已苏醒，左手掌被树枝撕裂一个大口子，鲜血直流，缝了十几针，脸部有轻微创伤，没伤筋动骨。

周洪波把车祸情况用电话告诉了周洪江、周洪海。周洪江开上公司的桑塔纳，带上周洪海及他俩的媳妇风驰电掣般往韶关赶来。

汪小娟知道后，也是心急如焚，准备坐车往广东韶关赶，并约了司机的老婆一起。

死了俩人，属于重大交通事故，警方加大了警力投入，以防死者家属因悲伤过度做出过激行动。

周洪江、周洪海等一行四人，下午3点多赶到医院，问明情况后，先拿了10万元医药费交给医院，尽力抢救伤者。另外，在当地请了货车，将周洪波车上的货物转运走，并让周洪海负责把货物送往随州。其余人则在医院轮流照顾伤员。

第二天下午，汪小娟和司机的媳妇赶到了医院。

她俩首先见到了周洪波，他伤势较轻在普通病房。司机的媳妇扑上前去急切地问道："周老板，我老公怎么样了？"

周洪波满是歉意，无力地答道："正在抢救。"

汪小娟上前摸了摸周洪波被包扎的伤口，心疼极了："你怎么样？"

"不要紧。"周洪波安慰着小娟。

交警会议室里，在有关领导的主持下，周洪江与死者家属就赔偿问题进行了谈判。

交警队长先按照国家规定宣读了赔偿标准。周洪江沉重地说道："我对死者家属深感同情，不该发生的事发生了。我方按照国家最高标准进行赔偿，你们还有什么要求？"

因周家诚心诚意，在警方的主持下，双方签了赔偿协议，赔偿死者家属50万元。

司机经过一个星期的抢救，最终因伤势过重，永远闭上了眼睛。周家又经过协商赔了司机家属30万元。因路途遥远，运尸体不方便，就地火化后，司机媳妇抱着司机的骨灰盒与周洪波、汪小娟一同往回赶。

周洪江开着车，与孙长秀、彭兰英一起把周洪波、汪小娟、司机媳妇三人一同送到车站。

孙长秀不知道如何安慰，只能说："你们想开些。"

汪小娟感满是歉意："这么长时间，劳烦你们操心了。"

周洪江说："这里的交警处理意见你们就不用管了，我们离这里近，处理起来方便些。责任认定后，保险公司的现场照片我尽快给你们弄回来，以便你们找保险公司赔偿。"

周洪波两口子与司机媳妇回到随州已是腊月三十。

这次事故，周洪波前前后后一共花了近百万元。

周青松已读高一，看到爸爸妈妈这么辛苦，操这么多心，怄这么多气，便对爸爸妈妈说："爸、妈我一定好好读书，考上好的大学。"

周洪波伤已痊愈，在家等待保险公司理赔。遭遇此劫的他情绪十分低落，即便外面已是春暖花开，杨柳依依，可这段时间周洪波哪儿也没去，连给岳父、岳母拜年他都没去，倒是岳父、岳母到他家看望多次。汪小娟看在眼里急在心里。

这天，汪小娟叫上周洪波到白云公园逛逛、散散心。

公园的樱花压满枝头，鸟儿在枝头欢快地唱着歌儿。周洪波、汪小娟坐在盛开的樱花树下。汪小娟慢慢开导他："洪波，这点困难就把你吓倒了？大不了我们从头再来。"

"是呀，我还有你，还有孩子。"周洪波说。

也许是好天气的原因吧，周洪波的脸上终于露出了一丝久违的笑意。

汪小娟注视着周洪波说："你还记得《栀子花呀栀子花》那首歌吗？那时那么艰难我们都走过来了。"

俩人在这春天里，在樱花下，轻轻唱起《栀子花呀栀子花》。

轻风一吹，片片樱花洒落在他俩的头上，身上……周洪波倍感温暖、亲切，感觉力量又一点一点回到了身体里。

"你知道那次我俩在柳树林唱这首歌时，我是多么想念我的父母和哥哥吗？"想起往事，汪小娟有些伤感。

周洪波也被小娟的情绪感染了："你知道我写这首《栀子花呀栀子花》时是多么想你、担心你吗？"

星期天早晨9点半，陈友志、徐露露两口子带着陈大甲、陈二甲两个小家伙来到周洪波家。

陈友志将一袋子排骨、藕放在桌上，说："好得怎么样了？"说着凑近看了看周洪波脸上还没恢复的擦伤。

周洪波连忙回答道："差不多了。"

陈友志说："才从外地学习回来，不然早就来看你了。"

汪小娟高兴地叫道："青松，快出来跟弟弟玩。"

周青松走出卧室，非常有礼貌地叫道："陈伯伯、徐阿姨好。"

徐露露笑道："你看，那年一不小心有了二甲，下半年都要上小学了。"

"是呀，过得真快。"汪小娟感叹道。

"今天我来做藕炖排骨汤。"徐露露还是一口标准的武汉话。说着提起排骨、藕就往厨房走。汪小娟跟着徐露露走进了厨房。

徐露露说："你的手不方便，今天你打下手，你们再尝尝我做武汉排骨汤的手艺。"

"好，今天再尝尝你做的正宗武汉藕炖排骨汤，要温火慢炖哟！"汪小娟说道。

"哎呀！我的个妹妹，你的记性真好。"说完俩人都开心地笑了。

周青松带着大甲、二甲进了自己的房间，客厅就剩下陈友志和周洪波俩人。

陈友志说："你福大命大造化大。"说着递给周洪波一份批准报告。

周洪波接过报告看后说："小娟的病退报告批下来真要感谢你。"

陈友志长叹了一口气道："国企真难，天天上访堵政府，闹办公室，还是干个体好。"

周洪波感慨道："干个体风险也大呀！你看我。"

保险公司的赔偿经过漫长的等待终于下来了，赔偿了 60 万元。这样算下来周洪波倒赔了近 70 万元，虽然是一笔不小的数目，但汪小娟觉得只要人在比什么都强。

很快五一劳动节到了，汪小鸣、汪小雷就着假期，又请了几天假，带着各自的老婆、孩子回随州探亲，一来看父母，二来安慰周洪波、汪小娟。

汪小鸣已是水利部综合司副司长，孩子正在上大学；汪小雷是机步师副师长，老婆是机要处长，孩子在上初中。

周洪波、汪小娟在火车站将大哥、二哥一家人接到父母家。大家落座后，父亲看着两个儿子都这么有出息，心里多少有些得意，说道："不错，两个儿子，比爸爸强多了。"

母亲看了看大家欣喜地说："儿媳妇也比我俩强。"

四川媳妇道："强个啥子嘛！还带着副字。"

汪小雷玩笑道："我追我媳妇时，她是正连，我是排级，你看现在我高她半级了。"

汪小鸣看着周洪波两口子说："万幸，洪波没事。"

周洪波有些动容地说："你们为这事还专门回来一趟，我们很感动。"

汪小鸣关切地说："听说你们要到深圳投资办厂，看我们能帮忙做点什么？"

汪小雷媳妇也代表老公表了态："多的拿不出来，十万二十万还是有的。"

汪小娟心里暖暖的："现在只是初步想法，具体还没与两个哥哥商量。"

四川大嫂说："商量好了，有啥子困难说一声嘛。"

母亲起身说："时间不早了，我们一起去吃饭。"

汪父说："走，吃完饭再聊。"

一家人欢快地走下了楼梯，来到汪父早已订好的餐馆。

十四

周洪江精心准备着他的计划。一条生产线100多万，厂房可租，流动资金需100多万，按年前他资金准备情况，在深圳的姊妹四个启动一条生产线没问题，要是周洪波决定投资，到时候再另做打算。

周洪江走进老总办公室，老板热情接待了他。周洪江说明了来意，并对老板这么多年的信任表示了感谢。

老总姓夏，60多岁，风度、气质俱佳。夏总真诚地说道："你兄弟俩在我公司干了这么多年了，对我公司的发展做出了重大贡献，说实在的，我是舍不得你兄弟俩走，但天下没有不散的筵席，我理解。"

周洪江递过一张表格和一份离职申请，说："夏总，这是离职申请，除了我一家外，还有我两个妹妹谈的男朋友。我们不慌着走，等夏总准备好，调整好后我们再走。"

夏总道："行，够意思！不是过河拆桥，以后有什么困难只要我能做到的，我会尽力而为。"

周洪江起身与夏总热情握手后，走出了夏总办公室。

周洪波对他大哥是十分信任，对他的能力、魄力也是十分欣赏的。他在家与汪小娟商量起投资家电生产线事宜。

汪小娟盘算了一下家里的钱说："我们现在手里就剩下不到 70 万元了。"

周洪波叹了一口气说："大哥说一条生产线得 100 多万。"

汪小娟说："要不找我两个哥嫂张口?"

"买车时哥嫂就支援了,到现在这个情还没还,怎么好意思再张口呢?"周洪波颇是犹豫。

汪小娟最后一咬牙："我们借,算利息。"

汪小娟把这个想法跟两个哥嫂讲后,哥嫂满口答应,还说利息不利息无所谓。

周洪江在深圳龙岗工业区租好车间,一线生产线的定金已付,只等夏总回话,他就可以投入生产了。

公司精英一下走那么多,夏总要进行人员调整,新毕业的大学生一时难以上手,只好从现有管理人员中选拔。从春上到九月份还未交接,周洪江安慰夏总不要着急,并积极向夏总推荐相关管理人员。

周洪波、汪小娟已经筹好一条生产线的资金,只等大哥、二哥的通知。

汪小娟已两个月没来例假了,周洪波、汪小娟心里像有十五个吊桶打水,七上八下。周洪波玩笑道："是不是像徐露露那样,一不小心又怀上二毛了。"

汪小娟说："人家叫大甲、二甲,你生一个叫什么?"

周洪波随意地说："叫二松吧。"

汪小娟瞟了周洪波一眼道："难听死了。"

为保险起见,周洪波、汪小娟来到随州市中心医院,一检查,不是有孕,悬着的心总算放下了。汪小娟相信中医,让老中医抓了几服中药回家,自己调理。

这年国庆节过后,夏总的人员调整已到位。周洪江、周洪海购回了一条生产线,正在紧张地进行调试。他们计划等第一条生产线搞顺后,再投

第二条生产线，步子不能太大，工作要循序渐进。

三服药吃下后，汪小娟例假来了，可一来就是半个月，淋漓不尽，总感觉下身不舒服。

两口子来到中心医院妇产科，向医生说明了病情，在医生的建议下做了相关检查。医院取了样，进行化验，让他们三天后来拿化验结果。

三天后汪小娟有事，周洪波一人去拿的化验结果。周洪波一看化验结果眼睛都直了，他冲医生嚷道："这不可能！"

医生回道："不相信你们再到武汉大医院检查。"

周洪波没有回家，径直来到岳父、岳母家，着急地对岳父、岳母说："你们看看，是不是医院搞错了？"说着将医院的化验报告递给岳父。

岳父看后两眼发直，双手直发抖。

岳母一把拿过化验单，仔细看了看说："我们一起到武汉重新化验，怎么可能呢？！"

这个结果让屋里的空气凝固了，三人的心情沉重无比。

最终三人达成一致意见：不让汪小娟知道病情。

周洪波、汪小娟、岳父、岳母四人，专门租了辆出租车前往武汉。为了活跃气氛，他们在出租车上有说有笑，以掩盖内心的焦急与不安。

在武汉协和医院，医生把周洪波、岳父、岳母叫到办公室，说："化验结果出来了，病人确诊为子宫癌，要做子宫切除手术。现在医学发达，你们也不要过分担心。"

手术室里医生、护士紧张有序地给汪小娟做着手术。

汪小娟的亲人们在走廊里焦急地等待着，同样受着刀割般的煎熬。

经过漫长的三个小时的等待，护士终于将汪小娟从手术室里推出，向病房走去。周洪波、岳父、岳母跟着推车一起进了病房。

经过半个月的治疗，汪小娟精神大有好转。周洪波削了一个苹果给汪小娟。汪小娟接过苹果，说："你们不用瞒我了，其实我早就知道我得的是什么病。"

周洪波苦笑着说："怕你精神受不了。"

汪小娟微笑着说："我看得开得很，你想用你那首《栀子花呀栀子花》安慰安慰我吗？"

周洪波真的轻声唱道："栀子花呀栀子花……"唱着唱着哽咽了，晶莹的泪水直往外流。

汪小娟微闭着双眼，眼泪也簌簌滚落。她脑海浮现出盛开的洁白的栀子花迎风招展的画面、她与周洪波同跳芭蕾舞的场景、婚礼时她与周洪波咬苹果的场景……

汪小娟轻轻咬了一口丈夫递过来的苹果，一股暖流涌上心头。

经过几个月的治疗，汪小娟出院回到随州自己的家中。一进屋，儿子周青松将妈妈紧紧抱住，哭着说："妈妈，我好想你呀！"

汪小娟紧紧把儿子抱在怀里。手术后的汪小娟身体虚弱，面色蜡黄。

过完年，汪小娟在随州做化疗，化疗过程中，汪小娟常常痛苦不堪。经过几个疗程的化疗，病情稳定下来。又经过一段时间的调养，汪小娟脸上浮现出红晕。

周洪波与汪小娟商量后决定，放弃深圳的投资。经过这场意外，他们更懂得情比钱重要，况且汪小娟也需要他照顾。

周洪江、周洪海的投资取得了成功，生意做得风生水起。公司可以生产智能衣架、电饭煲、热水器等几十个品种的小家电，并注册"神雷"商标，下一步准备生产洗衣机等大型家电产品。

兄弟俩计划先购房安家，将父母、孩子全接到深圳，再建厂房、建办公楼，立志做中国家电行业最好的企业。他们要在市场经济的大潮中学会游泳，在激烈的市场竞争中一展拳脚。在改革开放中激发出来才智，碰撞出灿烂火花。他们再也不是面朝黄地背朝天的农民了，可农民吃苦耐劳、坚忍不拔的精神深入到他们骨髓之中。周洪江、周洪海雄心蓬勃，准备大干一场。

十五

春暖花开，万物复苏，周洪波想趁着这大好春光，约上岳父、岳母，带着汪小娟、周青松到大洪山去赏野樱花，到洪山顶游览慈恩寺，观赏金顶。

星期六一大早，周洪波找朋友借了一辆黑色奥迪，自己开车，带上一家人向大洪山进发。

大洪山深处古树参天，虬藤缠枝，漫山遍野的野樱花竞相开放，微风徐来，阵阵芳香扑鼻。

周青松搀扶着妈妈，周洪波照顾着岳父、岳母来到花团簇拥的野樱花前，众人注目观赏，心中的那份喜悦溢于言表。

汪小娟一手拽着一株野樱花的树枝，一手指着满山的野樱花，说："儿子，你看这满山的野樱花生命力多顽强。它不怕冬天的严寒，不怕凛冽的风雪，没人打理，没人浇灌，春风一吹，竞相开出晶莹芬芳的花朵。"

周青松说："妈妈呀，我觉得您可比这野樱花还坚强。"

汪小娟说："妈妈只是普普通通的一个人，没这樱花灿烂多姿。"

看完樱花，周洪波一行来到洪山寺广场，停稳了车，周洪波将岳父岳母扶出车门。

一行人来到千年银杏树前合了影，周青松好奇地摘了几片银杏树叶。周洪波见状说："现今的树叶不如秋天的好看，那时叶子一片片变成金黄色，即便飘落在地上也是另一种风景。"

周青松说："那我们秋天有时间再来。这树一千多年，比人的寿命长多了。"

汪小娟说："是啊，人只是世间匆匆过客，不过几十年的光景。"

中午，周洪波找了家农家饭庄，吃过午饭，他带着众人来到了洪山温泉度假村。

　　下车后周洪波登记了三间房，岳父、岳母一间，他和汪小娟一间，周青松一间。

　　节俭了一辈子的岳父说："这太浪费了吧，这得多少钱？"

　　周洪波说："您老别管了。"

　　安置好房间后，周洪波安排一家人泡温泉。心疼钱的岳父、岳母怎么也不去。

　　周洪波劝说道："这票已买了，又不能退，到洪山来就是要泡温泉，对身体有好处。"

　　汪小娟说："爸、妈票已买了，你们就叫周洪波尽尽孝心吧！"

　　在周洪波、汪小娟的再三劝说下，老人才答应，一家人享受着这难得的快乐。

　　吃罢晚饭，汪小娟来到父母房间，给父母调好了温水，让他们洗澡，并叮嘱老人有事叫他们。

　　汪小娟回到自己的房间时，周洪波已调好水温，说："你先洗吧。"

　　汪小娟看了一眼周洪波说："我俩一起洗，你给我搓个背。"

　　二人脱光衣服进了卫生间，汪小娟对着镜子照了照她下垂的乳房和全身松弛的肌肉，对周洪波说："你看，我的身材都变形了。"

　　周洪波说："不，你还很漂亮。"

　　汪小娟感慨道："老了。女人的一生是为家庭活的。女人的一生要服侍家里老少三代人，孩子长大了身子也干瘪了。你看，我这子宫，它的任务完成了，也切除了。留着也没用了，切就切了吧。"说着，指了指她小肚上蜈蚣样的伤疤。

　　周洪波认真地给汪小娟搓着背，认真地听着她讲的话，应和道："是的，女人受的磨难比男人多。"

　　汪小娟满怀憧憬地说："我也不知道能不能活到见孙子。孙子躺在奶奶怀里的感觉是多温暖幸福呀。"

　　周洪波安慰道："莫瞎说，青松都成年了，按年龄可以结婚生子了。"

"是啊，我们已过了激情燃烧的岁月，年轻的夫妻老来的伴，现在是相扶相持白头偕老的时候。"汪小娟说着，话语中夹杂着一丝伤感。

周青松明天就要走了，他要与父母商量他的去留问题。周青松考上中南政法大学法律系，研究生毕业了。因品学兼优，组织能力、协调能力又非常强，在学校一直是学生会主席，所以毕业后留校任专职团委副书记，已拿几个月工资了。

汪小娟语重心长地说："你想走从政的路妈不反对，只是你从家门到校门，没吃过苦，对基层了解得不多，缺少生活阅历和从政经验。"

周洪波说："你妈说得对。"

周青松说："我们家庭经历了那么多事，经历的磨难那么多，所以我决心好好读书。"

汪小娟说："你这只是小苦。"

周青松说："妈，那您的意见是……"

"你想从政，就要从基层干起，深入到群众中去，了解群众疾苦，在实际工作中增长才干。"汪小娟说道。

周洪波说："你要到湖北省最穷、最苦的地方去历练自己，无论有多苦你都得坚强面对。"

周青松听了父母的建议，回学校后向组织申请，要求到最艰苦的地方去锻炼。组织批准了周青松的要求，下派他到恩施州某贫困县最穷的乡里做驻村干部。

十六

油泵油嘴厂改制完毕，经组织考察决定，陈友志被安排到曾都区经信局任副局长，成为国家公务员。徐露露已内退，大儿子陈大甲已大学毕业，找了个武汉媳妇，小儿子陈二甲还在读书。

汪小娟病情稳定后，周洪波提出想开出租车，一提到车汪小娟是坚决反对。经过二人多番商量，最后决定开超市，这样汪小娟还可以帮点忙。

在夫妻俩的用心经营下，超市生意还可以，维持一家人的生活没问题。

这一日，蒋天明、黄敏俩人一前一后来到周洪波的超市。蒋天明、黄敏已是满头白发，蒋天明瘦骨嶙峋，看上去非常虚弱。

周洪波迎面碰上了蒋书记，他简直不敢相信自己的眼睛，忙叫道："蒋书记，黄姨！"

"是你呀，洪波。"蒋天明声音中透露着柔弱。

"这店是我开的，难得今日碰上，别走了，到我家里去吃顿便饭，离这不远。"周洪波真诚地说。

黄敏道："不行，老蒋在住院，我们是抽空出来的，一是逛逛，二是买点东西。买完了就得回去，还要打针。"

这样一说，周洪波也不好强留他们了。当蒋天明要结账时，周洪波无论如何也不要钱。

周洪波要了蒋天明的电话号码，并详细问了医院病房号，说道："我和小娟一定去看您。"

蒋天明早已离任大队书记，随两个儿子到上海，帮着照看孙子。两个儿子在上海做不锈钢生意，已是不小的老板，在上海买了房子。当蒋天明被确诊为肺癌时，吵着要回到随州，说就是死他也要死在随州，埋在家乡高城。

周洪波、汪小娟、陈友志、徐露露约着一起到市一院看蒋天明，按照黄敏给的病房号，他们找到了蒋天明的病房。周洪波、陈友志将各自准备的一大包营养品放在床头柜上。蒋天明正在输液，不能起身，黄敏热情地打着招呼。一番嘘寒问暖后，因病房不能久留，周洪波、陈友志等起身告辞，黄敏把他们送到走廊。

陈友志说："黄姨，我们有时间还会来看蒋书记的。"

汪小娟说："黄姨，蒋书记有事您一定要告诉我们。"

没多久，蒋天明走了，丧事在高城老家举办。蒋天明生前受人敬重，来吊唁的人络绎不绝。喇叭声、锣鼓声、鞭炮声、烟花声响彻云霄。

按照当地风俗，周洪波、陈友志两家共请了一家戏班子，以隆重的仪式悼念老书记蒋天明。

移动舞台上的字幕不断滚动着：孝侄陈友志、周洪波，孝媳徐露露、汪小娟沉痛悼念蒋老大人。

追悼会是在悲痛中开始的，悼词是蒋天明大儿子所致。周洪波、陈友志、徐露露、汪小娟走上舞台，四人怀着无比悲痛的心情合唱了《好人一生平安》和《父亲》，唱着唱着泪水已模糊双眼。

第二天早晨出殡，周洪波、陈友志、徐露露、汪小娟四人同蒋天明儿子、媳妇等一起给蒋天明下跪、拉纤，以寄托对他的哀思和感恩之情。

十七

陈大甲大学毕业后在武汉找了工作，与大学同学——一位武汉姑娘结了婚，婚后很快有了小孩。陈友志、徐露露出资 20 万，给陈大甲在武汉付了房子首付，陈大甲算是在武汉安了家。

陈二甲在武汉上着大学。

徐露露一边给陈大甲带孩子，一边照顾二甲上大学。她想等二甲大学毕业也在武汉找工作，等陈友志退休后一同到武汉，与儿子媳妇一同在武汉居住，过上儿孙绕膝的日子，享受天伦之乐……

周青松调任恩施州海林县初任副县长，后因他工作十分出色，领导很是器重，群众更是拥护他，现已是县长。周青松决心扎根贫困县、扎根山区，改变山区面貌，为此他把妻子也调往海林县，在父母支持下，他们在海林县买了房。

为了安心工作，周青松与妻子商量，又经周洪波、汪小娟同意后，将两岁的儿子送回老家随州，由他们帮忙带。

　　孩子很乖巧，起初有些不适应，两天后就不哭闹了。一步也不离开爷爷、奶奶。"爷爷、奶奶"喊得蜜一样甜。周洪波、汪小娟也把孙子当心肝宝贝，含在嘴里怕化了，捧在手里怕摔了。孙子的到来，给老两口增添了无限的乐趣。

　　孙子睡在爷爷、奶奶中间，躺在奶奶温暖的怀里。

　　汪小娟的手有类风湿，干活不方便，晚上给孙子换尿布就成了周洪波的任务。周洪波也乐意去做。周洪波白天招呼着超市的生意，晚上回家就含饴弄孙，时间就这样不知不觉过去了3年。

　　孙子一年比一年懂事，除了春节与父母在一起相聚，其他时间都跟着爷爷、奶奶。

　　又是一年国庆节长假来临，此时的周青松已是海林县县委书记。夫妻俩经过商量，决定将孩子接回自己身边。

分别时孩子撕心裂肺的哭声让周洪波、汪小娟落泪。

周青松抱着儿子，儿子挣扎着，哭叫着："要奶奶！要奶奶！"

周洪波接过孙子，紧紧抱在怀里，脸上早已满是泪水。孙子一双小手更是将奶奶脖子紧紧抱着不放，哭喊着："我要奶奶，奶奶我不走！奶奶我听你的话！"

汪小娟心如刀绞地说："奶奶过两天来看你。"

孙子哭道："奶奶骗我的，我不走！"

一家人在孩子的哭声中分别了。

孙子走后，汪小娟每天像丢了魂似的，脑海里出现的全是孙子可爱的笑脸和柔嫩的小手；耳边回响的是孙子萌哒哒的话语和甜蜜的呼唤。梦里想的是孙子，醒了还是想孙子。

汪小娟的胳膊上抬越来越困难了，到医院一检查是淋巴癌。周洪波为了照顾汪小娟转让掉超市，用了 28000 元给自己买了 15 年的养老保险。汪小娟的年纪和身体情况不允许她做手术，现在只能是进行保守治疗。经过几次化疗后，癌细胞得到控制。在周洪波的精心照顾和开导下，汪小娟病情得到好转，已能与周洪波出门逛街了。

十八

在水利部工作的大哥汪小鸣现已退休，四川大嫂也已退休。在部队的二哥汪小雷是正师，部队正师 55 岁也要退，二嫂已经退了。

汪家兄妹商量决定，趁父母身体还好，一家人出去旅游，看看祖国的大好河山，万千气象。

兄妹几个因旅游费用谁出的问题争论不休，AA 制不同意，都要抢着出。最后还是父母出面讲清，旅游费用由他们出。一是父母是国家公务员，退休这么多年，有结余；二是只当是分了后生的，反正用不了都是你们兄妹的。5 万元的卡交由汪小雷管理，全程由汪小雷夫妇俩负责操办。

周洪江、周洪海兄弟多次真诚邀请，第一站到深圳参观他们兄弟的企业，看看祖国改革开放的最前沿深圳的变化。大哥汪小鸣是搞水利的，主张家人到我国几处著名的水利工程去看看，比如都江堰、三峡、葛洲坝水利工程、丹江口水利工程等。

一家人聚在一起，同游祖国的大好河山，喜悦的心情无以言表。

武汉天河机场，一架波音737随着巨大的机器轰鸣声腾空而起，直冲云霄，载着一家人的欢笑向深圳宝安机场飞去。

飞机准时到达深圳机场，父母在儿女的搀扶下走下飞机。周洪江、周洪海非常热情，一家人悉数到场迎接，个个精心打扮，喜笑颜开。

汪家人一走出航站楼，周家人赶紧迎上前去，热情地握手拥抱，笑容满面，相逢的欢悦洒满航站楼。

周家、汪家一大群人，向早已准备好的高档中巴专车走去。大伙依次上了中巴，中巴起动，向目的地驶去。

晚餐定在五星级豪华酒店。宴会厅金碧辉煌，中式装修风格，金丝楠木、红木桌椅反射着幽雅的灯光。周家、汪家两家人围坐在一张桌子旁。周洪江特意请来了能烧一手粤菜的厨师。餐桌上，三斤龙虾、鱼翅熊掌应有尽有。周洪江、周洪海兄弟俩一人坐一方，一人拿着一瓶53°飞天茅台。酒瓶一开浓香扑鼻，酒香满屋。周洪莉、周洪花每人手里拿着一瓶高档"长城"红葡萄酒准备给不喝白酒的女士斟葡萄酒。桌上推杯换盏，觥筹交错，气氛热烈。

这些年周洪江、周洪海经营有方，企业飞速发展。家电产品覆盖四大系列，共百余个品种，产品销售遍布世界各地，每年销售额几百个亿，"神雷"品牌获得中国驰名商标。周洪江引进了战略投资者，"神雷"家电在深圳A股成功上市。周洪江、周洪海兄弟现已是身价百亿，他们建起了高大的办公楼、6万多平方米的标准车间。公司还设有专门的产品研究所，共有科研技术人员800人，生产线工人近万人。下一步打算在外国建分厂，周洪江任公司董事长，周洪海任总经理。

第二天在周洪江、周洪海的陪同下，大家参观公司的生产线。生产车间干净明亮，一尘不染。机器人忙碌着各自的工作，总装线生产工人忙着包装，包装好的成品通过传送带往外输送着。

告别了深圳，飞机在成都双流机场降落。汪家人前往参观都江堰水利工程。

导游讲解道都江堰水利工程是 2000 多年前由李冰父子修建的，为修都江堰，两过家门而不入。

汪小鸣感慨道："修三峡、丹江口水利工程时，我陪领导何止是两过家门而不入，30 次也不止，没回去看下老爹、老娘。"

四川媳妇打趣他道："当了个芝麻大的官，露水大的前程。"

大家不由自主地笑了。

汪小鸣接着用随州话说道："要不是有了都江堰水利工程，哪有你们四川的天府之国哟！"

大家又是一阵笑声。

晚上在成都火锅城吃火锅，一大家人围坐在火锅桌周围。台上正在表演川剧变脸，精彩的演出赢得了大家的一片掌声。

今天点的是鸳鸯火锅，因两个老人、汪小娟不能吃辣的。

大嫂忙把火锅里的牛肉往父母盘里夹，说："快吃，不然就老了。幺妹快吃，这都是不辣的。"

一家人其乐融融地吃着四川火锅，真是辣得酣畅，麻得过瘾。

一辆大巴载着汪家一家行驶在通往重庆的高速公路上。

在重庆游玩两天后，一家人在重庆朝天门码头上了豪华游轮，顺江而下，穿过三峡。

"两岸猿声啼不住，轻舟已过万重山。"两岸的美景令他们目不暇接。

三峡大坝蔚为壮观，大坝上游人如织。汪小鸣靠着大坝栏杆指着波光粼粼的江水说："截断巫山云雨，高峡出平湖。神女应无恙，当惊世界殊。"

汪父欣喜地说道："毛主席的美好理想现在变为现实了。"

"可大多数电都送往华东和华中地区了。"汪小鸣眺望着远方说。

"这是我们湖北人民为全国人民作出的重大贡献。"汪父说道。

汪小雷说："我们解放军多层火力网保护着大坝。"

"可我们已退役了，交班了。"汪小雷夫人说。

汪小鸣说："什么时候把雅鲁藏布江的水引到新疆，把贝尔湖的水引到内蒙古，那我们国家就变得更好了，沙漠也会变成一片片绿洲。"

周洪波说："还是大哥有家国情怀。"

大嫂说："晚上睡不着觉，还给领导写建议，还操着家国大事的心呢！"

"我小时候在课本上学过一句话：总有那么一天，沙漠变成肥沃的田野。"周洪波指着远方说道。

汪小娟提议道："来，我们大家合个影。"

一家人积极配合，在摄影师的安排下摆好姿势，露出自己最灿烂的笑容。照片不一会儿就出来了，又是一张洋溢着满满幸福的全家福。

随后，一家人来到丹江口水库。湖水一望无际，烟波浩渺。因父母年纪大，不能坐快艇，只能坐人工划的游船。船夫努力地划着船，船上的人悠闲地欣赏沿途的风景。

汪小鸣又是一番感叹："加高大坝时产生了30多万移民。"

汪父说："20世纪60年代我们随县就接收了不少丹江移民。"

"几代的移民成就了丹江口水库，移民们是一步三回头，流着泪离开了自己的故乡，他们是舍小家为大家。"汪小鸣望着远方的山岚说道。

汪母说："是呀，故土难离。"

汪小鸣说："能不能这样说，流往北京的一汪清水，是和着我们湖北人民泪水、汗水的，它们汇成了的滚滚洪流流向了北方。"

汪父说："我们湖北人民是有大爱的，是英雄的人民。"

"那我代表北方人民感谢湖北人民。"汪小雷夫人说道。是呀，她就是一个北方人。

汪小娟说:"回到湖北,大哥是一路感慨。"

"为这次旅游他激动得一个星期没睡着觉。"大嫂打趣道。

汪小鸣说:"我一辈子就干了两件事,一个是修长江三峡、葛洲坝;另一个是修丹江口水利工程。这次旅游我有点私心,下次旅游路线你们定,我全程配合。"接着,拍了一下周洪波的肩膀又说:"回湖北搞得像政治说教。"

"大哥说得对。"周洪波笑道。

湖水清澈,远山如黛。这样一路走,一路玩,回到随州已是一个月后。

十九

周洪波父母都已作古,母亲已去世 3 年了。

周洪江、周洪海远在深圳,给父母立碑的事全程由周洪波操办。父母就埋在高城老家的山上。

清明朝祖讲前三天不早,后三天不迟。今年清明节周家特别重视,全家人都回乡朝拜。

随州凤凰酒店停车场,宝马、奔驰、两辆奥迪,四辆高档轿车依次停放,迎着初升的太阳反射着刺眼的光芒。

这四辆车是周洪江、周洪海、周洪莉、周洪花四人的。周洪莉、周洪花带着各自的丈夫。

周洪波、汪小娟上了周洪江的车,周洪江坐在前排,周洪波、汪小娟、孙长秀坐在后排。随着一声喇叭声,车子启动,后边的三辆车跟在后面,浩浩荡荡地向高城驶去。

周洪江说:"洪波,我准备买一辆新车送给你们。"

汪小娟说:"大哥,我们真的不需要,随州小用不上车。"

孙长秀说："你大哥对我小气得很，原来吃过那么多苦，说要珍惜钱。"

周洪江说："我这次回来准备在高城捐建一座学校，一是为报家乡的养育之恩。二是为后生积点德，积点福。以我们兄弟三个和两个妹妹的名义捐。"

孙长秀争辩道："没我们？"

"都有。"周洪江回答道。

周洪波说："那我们沾大哥、大嫂的光了。"

孙长秀说："不能那样说，我和你大哥都 60 多了，钱生不带来，死不带去，而且老妈在的时候也经常让我们积德行善。"

汪小娟说："大嫂说得对。"

"你大哥说等他退休后还是回到高城的老屋，喂喂鸡，钓钓鱼，乡下空气好。"孙长秀滔滔不绝地说着。

车辆不知不觉到了高城，过了高城大桥，车子行驶到山边就不能走了。司机停稳车后打开后备厢拿出祭品，一行人向山上走去。

周洪江父母是合坟，修坟立碑花了 20 多万。坟前是处宽大的平台，两边一对石狮子，坟周围置有用黄金麻雕刻着各种精美图案的栏杆。正面高大的墓碑雕刻着龙凤呈祥图案。周洪海、孙长秀、周洪波将五彩缤纷的飘子插上坟头。

焚香烧纸后，司机忙点燃鞭炮、烟火。鞭炮声震耳欲聋，响彻云霄。

周洪江将茅台酒斟满两杯，孙长秀将苹果、橘子等祭品放在碑前，周洪江将剩下的茅台酒围着坟洒了一圈。

周洪江在前，兄弟姊妹几个依次磕头叩拜。

叩拜完毕，周洪江说："走，到高城田六子餐馆吃中饭，下午我和洪海还要到你嫂子娘家去。"

周洪波说："你们先去，我和小娟还要到蒋书记坟上去看看。"

周洪江说："那洪花的车留这儿，我们先到餐馆等你们。"

周洪波、汪小娟在蒋书记坟前烧完纸。汪小娟身体虚弱，由周洪波搀扶着走到生长松菇的那片松树林，他俩找了一块儿干净的空地坐了下来。

阳春三月，万物复苏，身边的松树、栎树一片葱绿。田间的油菜花花满枝头，一片金黄；远山的野梨花一簇簇，洁白如雪；山边的桃花朵朵粉嫩，蜜蜂在花丛中飞来飞去。山崖上的映山红含苞欲放。

周洪波指着眼前的景色说："小娟你看多美呀，比公园还美。"

汪小娟望着周洪波，无限伤感地说："人生就是个过程，世上没有不老药。不管你官多大，钱再多，这三尺黄土还不是最终的归宿。"

周洪波伤感道："生老病死，也是自然规律。"

周洪波、汪小娟漫步到他们原来住的老屋前，房上烟囱冒着袅袅炊烟，门头上插着一束新折的杨树枝条，大门敞开着，一老妇正在择菜，看到两人走来，忙起身打招呼，问道："找谁呀？"

周洪波答道："我们是这儿原来的老住户，没事，顺路来看看。"

"哦，周老板，在外面发大财了，回来朝祖了。"老妇打量着来人说道。

"你们怎么没回丹江朝祖？"周洪波知道现住的是丹江的移民。

"一是远，再就是祖坟被水淹了。老头子一晚上没睡着，叹了一晚上的气。我们能回哪儿呢？"老妇语气里满是失落。

每逢佳节倍思亲，祖坟被水淹了，回不去的是故乡。

园中汪小娟亲手栽的栀子花还在，已有碗口粗，根深叶茂，叶子被风吹得沙沙作响。汪小娟用手轻轻摩挲着栀子花的枝芽。

《栀子花呀栀子花》的旋律在汪小娟耳边荡漾，她微微闭上双眼，朵朵洁白的栀子花浮现眼前。

周洪波、汪小娟又走到河边的柳林旁。

清明节的柳林一片葱茏，鸟儿在树上相互追逐着，歌唱着。汪小娟紧靠着周洪波，深情地说："洪波，你还记得吗？我俩就是在这片树林里定下的终身。"

"40 多年了。"周洪波感慨万千，心里波涛翻涌不能平静，五味杂陈，泪水止不住地往外流。

二十

从高城回随州后，汪小娟又住进了医院。汪小娟的病情比上次更重了，病魔已经把她折磨得不成样子。

陈友志、徐露露提着保温饭盒走进汪小娟的病室，周洪波赶紧起身迎接，汪小娟虚弱地躺在病床上冲他们打招呼。

徐露露打开饭盒，说："来，喝点藕炖排骨汤，专门找别人弄的土猪崽排骨。"说着小心翼翼地用勺子给汪小娟喂着她精心制作的排骨汤。

晚饭后，医院里渐渐安静下来，周洪波坐在汪小娟床前，轻轻地握着汪小娟的手。汪小娟看着周洪波，略带伤感地说："洪波，可能这次我是撑不过去了，我自己的身体我自己知道。"

"你不要瞎说，今年大哥定在八月，我们一家去内蒙古大草原吃烤全羊，我还要听你唱《呼伦贝尔大草原》，看你跳《天边》舞呢。"周洪波强忍着内心的难过宽慰着汪小娟。

汪小娟微闭着双眼，脸上露出微笑，仿佛已经置身于辽阔的大草原，说："在蒙古包前，在青青大草原上，围着篝火，我们一家人跳着蒙古舞。"

周洪波接着说下去："由大哥做东，我们还要去北京看天安门、游故宫、登长城、逛颐和园，到国家大剧院看京剧。由二哥做东，我们去看赵州桥，去游白洋淀。"两个人沉浸在美好的幻想里。

"恐怕我真的去不了了，人生总是会有许多遗憾的。"说着汪小娟话锋一转，"大哥、二哥不在身边，我走后，你一定照顾好父母，还有我们的儿子、儿媳，我们的孙子。"

"不会的，我俩还没过够哩。"周洪波宽慰道。

汪小娟说:"生老病死,自然规律,你不也说过嘛。"

周洪波说:"我没照顾好你,让你吃了不少苦。"

汪小娟说:"都是我的病拖了你的后腿,要不,你去了深圳,已是亿万富翁了。"

周洪波说:"不!你为我受的磨难,作出的牺牲太多了。"想到患难多年的妻子可能随时撒手人寰,任周洪波铮铮铁汉也忍不住湿了眼眶,柔肠百转。

汪小娟说:"我跟着你不后悔,下辈子我俩还做夫妻。"

周洪波用力点着头,两人的手紧紧握在一起……

汪小娟的病情加重,时常陷入昏迷。周洪波叫回了儿子、儿媳、孙子。

周青松表现突出,德才兼备,是中组部跟踪考核干部,调令已下了,准备到山东省临怡市任地级市委书记,向外省交流,重点培养,这让周青松父母非常欣慰。

周青松跟上级请了假,带着媳妇、儿子匆匆赶回了随州。

汪小娟见了儿子、儿媳、孙子,精神格外好,欣喜之情溢于言表。

儿媳在床前嘘寒问暖,孙子给奶奶倒水递药。

汪小娟招呼周青松坐在自己的床前,说:"儿子,听说你又升官了?"

周青松看到妈妈病成这样,心情像压了铅石一样沉重,说:"妈,组织的信任。"

汪小娟仍然不忘叮嘱儿子,她一句一顿道:"儿子,妈只要求你一条,从政这条路是你自己选的,你一定不能贪,不能让别人指着脊梁骨骂我们。儿子呀,在人生的词典里是没有'假如'这个词的,一步走错,将是万劫不复。老百姓最恨的就是贪官。"

周青松看着妈妈说:"妈,我一定不辜负您的教育,您要相信您的儿子。妈,您病这么多年,我因工作原因不能在您身边尽孝。"

"妈，我们真的对不起您。"周青松媳妇说道。

汪小娟含笑着说："你爸爸把我照顾得很好。"

汪小娟的身体是一天不如一天，最后连话都说不出来了，医院下达了病危通知书。

汪父、汪母、大哥、大嫂、二哥、二嫂都赶到汪小娟病床前。

这天乌云密布，天仿佛要塌下来似的。汪小娟的意识格外清醒，她睁开眼睛，一一看了跟前的亲人，可孙子不在，她无力地将目光转向门外。

孙子用双手捧着一个水杯，水杯里装满洁白的栀子花。他走到奶奶床前，说："奶奶，这是您最喜欢的栀子花。"说着将鲜花放到奶奶的床头。

顿时满屋都是栀子花浓郁的香气。汪小娟的脑海里飘来《栀子花呀栀子花》忧伤的旋律。歌声里她渐渐闭上双眼，晶莹的泪珠顺颊而下。

屋内传来亲人们撕心裂肺的悲痛哭声。

孙子扑向汪小娟，哭喊道："我要奶奶！我要奶奶！"

一道闪电划破长空，一声响雷惊天动地、撕心裂肺，继而大雨瓢泼如注，窗外一片灰暗朦胧。

汪小娟走了，永远离开了她的亲人。她有多少不舍，多少眷念！

尾 声

陈友志、周洪波一同在一家民营企业当保安。

陈友志大儿子大甲购房，他支援了20万，二儿子二甲已大学毕业，手心手背都是肉，自然也要支援。陈友志与徐露露商量，要一碗水端平，这么多年过去了，物价、房价都上涨，小儿子得30万。所以陈友志又找了份工打，为小儿子筹足30万。等30万元攒足，老两口准备出去旅游，走遍祖国大江南北的锦绣河山，尝遍长城内外的山珍海味。

周洪波要攒足10万元给汪小娟修坟。他大哥周洪江、二哥周洪海、汪家大哥汪小鸣、二哥汪小雷都愿出钱，可周洪波死脑筋，不同意，非得一分一厘地自己攒，说这不是钱的事，是情意。

汪小娟埋在高城那片长着松菇的松林里，白天她可看高城的千人摆手，夜晚她可看高城镇万盏明灯。她可以看春天的百花争艳，草长莺飞；她可以看夏天的荷花鲜艳夺目，白鹤展翅；她可以看秋天的棉白稻黄，芝麻开花；她可以看冬天的雪花飞舞，银装素裹；她四季可以看漂水河流水潺潺，波光闪闪。

周洪波、汪小娟约好百年之后他俩合葬。周洪波要一分一厘地攒钱，他要打造好他与汪小娟百年以后的家园。

汪小娟在鸟语花香、松柏翠绿的地方等着周洪波。

摆 渡 人

一棵百年歪柳树生长在漂水河边，树根扎在岸边肥沃的土壤里，树身伸向漂水中，老柳树长得根深叶茂，树径一米见方。

罗老大靠着柳树用稻草搭起一座凉棚，棚下放着一张粗糙的八仙桌，围桌放着几把靠背椅。桌上放着一把土茶壶，壶中烧满开水，冲泡着大叶片茶叶。

此棚与高城镇一河之隔，闲时，上街赶集，南来北往的人，坐下歇歇脚，渴了喝一碗茶水。没事几个熟人天南海北地聊天。

罗老大今年50多岁，他跟着他爸爸，他爸爸跟着他爷爷，在漂水河涨水时，撑上他家的小船帮人们渡河，收点碎银子补贴家用，罗老大也搞不清传到他手里是多少代了。

到罗老大手里时，新中国成立，建立了人民公社。可河里一涨水，两岸来往还是离不开渡船，罗老大还得干着他的祖传营生。除记工分外，所收现金还有10%的提成，河水不涨时，就回队里干他的农活。

摆渡撑船要好体质，罗老大年轻时能吃20根油条，约2斤白饭，能挟200斤粮食的麻袋。给罗老大当帮手的是他幺儿罗老幺，18岁就跟他渡船。罗老幺今年20多岁，单手抓得起石磴。有年夏天，人们在外乘凉睡觉，忽然电闪雷鸣，暴雨来临。罗老幺一手挟起被子，一手抱着他的婆娘轻松回家。

摆渡撑船，风里行雨里走，没有一副好身板绝对是不行的。

这天，罗老大接回最后一船人，罗老幺将船牢牢地拴在一棵树上，罗老大拿起钱箱，将钱倒在桌上，爷儿俩数完钱，记好账，交到生产队去记他们的工分，拿他们的提成。每人渡一次河收 5 分钱，有的实在没有钱就算了。今天爷俩共收入 10 块钱。

罗老大喝了一碗凉茶，从柳树枝上拿下他祖传的紫铜水烟袋，装上了烟，点上了火，咕嘟咕嘟口吐着青烟，快活地过着他的烟瘾。这把紫铜水烟袋，烟盒与烟杆身用羊卵子皮连着，羊卵子皮磨得黑里透紫，与紫铜浑然一体。是哪个祖宗传下的，罗老大也说不清楚。

紫铜贵如金，紫铜水烟袋自然价格不菲。罗老大听他爷爷讲，他祖上是富贵人家，有肥得流油的良田 300 多亩。罗家不知在哪辈上出了个败家的祖宗，吃、喝、嫖、赌、吸，样样俱全。

家里装着酸菜、萝卜的青花坛子还有不少，罗老大也不知道到底值不值钱。

仲夏的下午 5 点多钟，按说太阳平日还有一竿子多高，可今天乌云密布，黑云翻滚，一会儿就天黑得伸手不见五指。不一会儿，狂风骤起，电闪雷鸣。

罗老大长吐了一口烟说："不好！要过桩尾巴龙了！"

罗老幺接着说："桩尾巴龙要去看他妈妈了。"

一阵狂风将河边碗口粗的大树连根拔起。雷电交加，拇指大小的冰雹瞬时从天而降，砸到地上、船上啪啪作响。

罗老大放下紫铜水烟袋，起身看了看天色说："老幺，这恶云是大龙角翻起的，这场大暴雨不是一时半会儿能停的。拴紧船，山洪要来了。"

霎时，一道闪电划破长空，接着一声响雷惊天动地，狂风肆虐，暴雨如注。

半个时辰工夫，汹涌的山洪伴着雷雨顺河而下。这山洪能冲走千斤巨石，连几人围的岸柳也瞬间连根拔起。不大一会儿，漂水河水位线突增2米多，巨浪拍岸，洪流滚滚。

夏家湾的夏长锁与他儿子夏铁蛋，用担架抬着临产的儿媳妇肖翠芳，一路小跑着来到罗老大的凉棚，后面跟着气喘吁吁的铁蛋他妈徐大兰。

夏长锁、夏铁蛋在凉棚里放下担架，两人抹了一把脸上的雨水加汗水。

徐大兰掀开盖在担架上的雨布，急切地喊道："翠芳！翠芳！"

肖翠芳满脸苍白，冷汗直冒，紧紧地将徐大兰的手抓住，万分痛苦地说："妈呀！疼死我了！"

徐大兰转身急切地对罗老大说道："罗大哥，我儿媳妇难产，拜托你将她送到对岸的公社卫生院。"

罗老大望了一眼外边的瓢泼大雨和滚滚河水，犹豫道："这河水太急了。"

夏长锁着急地哀求道："老罗哥，我们乡里乡亲几十年，你救救我儿媳妇吧！"

罗老大瞅了一眼罗老幺："这么大的水，我们从来没渡过。"

罗老幺六神无主地望着他爸爸。

肖翠芳在担架上疼痛难忍，又传出"我的妈呀"的凄凉叫声。

夏铁蛋见状一下子跪到罗老大跟前，哭求道："罗大叔，您救救翠芳吧！"

罗老幺心有不忍，赶紧扶起夏铁蛋。

罗老大在棚下转着圈，急得直搓手，自言自语道："这么大的水！这么大的水！"

夏长锁见罗老大还犹豫不决，也一下子跪到他跟前："老罗哥，救救她吧！"

罗老大赶紧扶起夏长锁，一咬牙："幺儿，赶紧撑船！"说着披起蓑衣，戴起斗笠。

罗老幺也跟着披起蓑衣，戴起斗笠。

罗老大对夏长锁说："这水火无情，你留在岸上，多一个人就多一份危险，你把翠芳送上船后就回岸上。"

夏长锁、夏铁蛋火速将肖翠芳抬到船上。

罗老大拿起撑杆站在船头，罗老幺紧握撑杆站在船尾。

罗老大迎着风雨喊道："罗老幺，要看清我的撑杆，记清要领！"

罗老幺用力点了点头，用撑杆往岸上一点，船离开了岸。

雨越下越大，雷电声是一声赶着一声。

徐大兰、夏铁蛋在担架两旁蹲下身，夏铁蛋给肖翠芳打着雨伞。肖翠芳紧紧抓住徐大兰的手，呼喊道："妈呀！你生铁蛋时也这么疼、这么吃亏吗？"

徐大兰道："也疼呀！生铁蛋时是顺产，没你这么吃亏，忍一下，一上岸就到卫生院了。"

在波浪翻滚的河中撑船不像在大湖中划船。划船靠桨，撑船靠竿。船头、船尾一人拿着丈余的竹竿，完全靠两个人的默契配合，稍不注意，或力量用反，就有翻船的危险。

罗老大、罗老幺父子俩聚精会神，撑着船向河心划着。突然，一个浪头打来，船被推了1米多高，右船舷瞬间倾斜30°，险象环生。父子俩拼尽全力，双脚像抓钉一样踩紧船板，紧握撑竿，俩人同时用腿发力，将船扳正。好险呀！

风在刮，雨在下，电在闪，雷在打……

留在岸上的夏长锁面向河水，跪在雨中，双手合十，嘴里哭喊道："老天爷，保佑他们一船人平安吧！"

又一巨浪打来，罗老大撑竿用力一点，牢牢地插于沙中。罗老幺明白，这次船必须要避开巨浪，船尾要迅速顺水而下，横渡的船要迅速顺水而行与河岸平行，这样才不会被巨浪打翻。罗老幺将撑竿高高举起，船尾顺浪而下，船身被罗老大用撑竿牢牢地固定在河中。

父子俩成功避开了这次巨浪。

船中的肖翠芳，疼得死去活来，紧抓着徐大兰的手喊道："妈呀！不是您在这儿，我非骂死铁蛋！是他把我害成这样的！他只管自己快活！我要死了就是死到他手里，哎呀！妈呀！你们让媒人一天往我家里跑三趟呀！"

父子俩刚松了一口气，只见河上游20米的地方，激浪卷着一棵两人围的大柳树直直地向船身方向涌来。眼看就快撞上了，若撞上，船会粉身碎骨，后果不堪设想。罗老大迅速拿起长锚，用力向前抛去，长锚沉入河底，船向前移动数米后被长锚死死固定在河中，又成功避开了柳树的撞击。罗老大、罗老幺惊出一身冷汗。

肖翠芳喘着粗气，伸出手用力抓住夏铁蛋的胸肌道："这都是你害的呀！"说着头一歪，松开了手，肖翠芳昏死了过去。船上的雨水被鲜血浸红，肖翠芳已经大出血了，时刻有着生命危险。

雷声、雨声、风声、哭喊声连成一片。

夏铁蛋哭喊着舀出船舱中的雨血，一瓢瓢向河水中泼去。鲜血染红了河水。

罗老大、罗老幺用尽全力撑竿，终于使船靠岸了。

罗老大喘着粗气说："老幺，快帮抬担架！"

夏铁蛋、罗老幺抬起担架就走，徐大兰紧跟其后，不一会儿就消失在茫茫的雷雨中。

雨终于停了，罗老大仰天长叹一声："下辈子当牛做马老子也不当这船把佬了！他妈的，300多米宽的河，比行万里路还长！"

罗老大拴好了船，摘下斗笠，脱掉蓑衣，坐在船头。刚才与洪流的奋力拼搏使他惊魂未定，他想抽口烟。定定神，他寻找着紫铜水烟袋，可船上什么都没有。

罗老大望了一眼夏铁蛋他们远去的方向，他想起自己还救过夏铁蛋的命呢。

那是十年前，三年困难时期刚过，人们肚子里刚有了几颗粮食。

学校放了暑假，不涨水时，河水平静，孩子们喜欢从歪柳树上往下跳，一河两岸的人们在树上、水里嬉戏打闹。

这天，因头天下了场雨，河水稍涨，歪柳将下方的漂水激起了漩涡，夏铁蛋及五六个同样大小的孩子从歪柳树上往下跳，不料巨大的漩涡将夏铁蛋和另外一个孩子卷入水中，好长时间没露出头。树上、岸上的孩子慌忙叫嚷着："铁蛋！铁蛋！"

有人喊道："快救人！救人了！"

罗老大正拿着他的紫铜水烟袋，在凉棚下与罗老幺聊着天。听到救命声，他放下烟袋，说了声："快救人！"然后与罗老幺跳进水中，寻找着水中的夏铁蛋。

一个漩涡将夏铁蛋的头发卷出水面，罗老大使尽全力将夏铁蛋的头抓住。夏铁蛋尽管呛了几口水，但意识还是清醒的，知道有人来救他，他一把将罗老大的脖子抱住。十三四岁的小子力气还真不小，罗老大感觉浑身动弹不得。又一个漩涡卷来，罗老大、夏铁蛋被卷入水中。水下仿佛有千斤力量拽着罗老大的腿，罗老大拼尽全力向上挣扎，但又感觉他的挣扎是徒劳的。嘴稍一张开，水直往里灌，罗老大着实喝了几口生水。夏铁蛋将罗老大脖子越抱越紧，罗老大清醒地意识到，要是这样下去他和夏铁蛋都会完蛋，能不能反其道而行之，扎猛子往下沉？罗老大一手抱着夏铁蛋的腰一手向下扎着猛子，一个漩涡又将罗老大、夏铁蛋送上水面。罗老大露出了头，他就势大吸了一口气。他想，不能这样拼命挣扎，要顺水势而为。当又一个漩涡要将他卷入水中时，他不再拼命往上用力，而是顺着水势往下扎着猛子。罗老大憋着一口气，顺着漩涡往下，脚终于踩到了河沙。他双脚蹬着河沙，用尽全力向着下河猛冲。这一用力，终于冲出了漩涡，顺水冲出了30多米。罗老大、夏铁蛋得救了，

罗老大抱着夏铁蛋站在了齐胸深的河水中。

罗老大双腿打着战，感觉浑身没有一点力气。

罗老幺也已救起了另一个小孩，他惊喜地发现父亲站在几十米开外的水中，他猛扑过去，掰开夏铁蛋抱着父亲脖子的双手，将夏铁蛋抱上了岸。

罗老大爬上岸后，已是筋疲力尽。

夏铁蛋已无知觉，昏死了过去。

罗老大稍缓了口气，让罗老幺将夏铁蛋头朝坎下，屁股朝天，使劲按夏铁蛋的背部。在罗老幺掌力的作用下，夏铁蛋一口口黄水直往外吐。

夏铁蛋终于哇的一声哭了。夏铁蛋得救了。

罗老大再也没一丝力气，瘫倒在地。

从此以后，罗老大给旧拖拉机轮胎充足气，天天挂在歪柳树枯枝上，以备急需时用。

罗老大到底在这条河里救过多少人，他自己也记不清。让罗老大最痛苦的是前些年他在河里捞死人。

镇小已放了暑假，6 个 10 岁左右的孩子相约到河边玩耍。

滚水坝上清澈见底的河水只有半尺深，学生们脱掉鞋子，到滚水坝上玩水。坝上的水不深，流水也不急。可坝上的苔藓非常滑。一个孩子不小心滑向深潭，其他的孩子慌忙去救，结果 6 个孩子全部滑进了潭里。

等到大人发现时 6 个孩子已全部溺水而亡。

4 名学生的遗体很快打捞上岸了，可另两名却怎么也找不着。

最后，是罗老大用船拖着滚钩捞起的两具尸体。

河两岸围满了人。死者的爷爷、奶奶、爸爸、妈妈，撕人肺腑的哭号声，像尖刀一样刺痛着罗老大的心，他的精神几乎崩溃了。

这河水简直太他妈无情了！他爷爷给他讲过，佛教讲普度众生，渡船是渡人过河，如遇危险，一定要保护船上的人，要把死的危险留给自己，把生的希望留给别人。

一条条鲜活的生命在罗老大眼前消失，他偷着哭红了双眼。

　　罗老大在他 77 岁那年大病了一场，病好出院后，他叫上儿子罗老幺去新通车的漂水河大桥看看。大桥钢筋混凝土浇筑，结实无比。桥长 365 米，高 10 余米。黄金麻栏杆上雕刻着福、禄、寿、喜。6 米宽的双车道，外加 2 米宽的人行道。桥不仅方便通行，还是镇上一道亮丽的风景线。

　　罗老大扶着栏杆，一会儿瞅着桥下清澈的流水，一会儿欣赏着栏杆的雕花。他对罗老幺说："有这桥再不怕洪水了，河里再不会淹死人了。"

　　罗老幺手拍着栏杆说："老爷子，这桥是按一百年一遇的洪水设计的，要是早有这桥，河里要少死很多人。"

　　罗老大停下脚步感慨道："这几千年、上万年没有解决的事，在我们这个时代解决了，我俩成了这条河里最后的摆渡人。"

　　夏铁蛋挑着行李，他儿子拖着行李箱向桥上走来，后边跟着肖翠芳。夏铁蛋的儿子已清华大学毕业，夫妻俩是接儿子回家的。

　　夏铁蛋看到罗老大、罗老幺忙放下行李，给儿子介绍说："雨生，这是你罗爷爷，罗伯伯，他俩可是我们的救命恩人，那天你出生，天下着暴雨，是他们撑船将我们送到对岸，因为你是在雨中出生的，所以叫雨生。"

　　夏雨生彬彬有礼地说："罗爷爷好，罗伯伯好。我爸妈常念叨您老的救命之恩。"

　　罗老幺玩笑道："那天你妈还不停地骂你爸呢。"

　　肖翠芳含羞一笑："罗哥，几十年过去了，还提它。"

　　罗老大回想着那天的情景，也嘿嘿地笑了。

　　夏铁蛋说："要是迟半小时，你们母子就没命了。"

　　夏雨生说："所以我学的是建桥专业，我要给大江大河建很多的桥。"

　　夏铁蛋指着行李箱说："罗叔，罗哥，这里面有给你俩准备的北京烤鸭、牛栏山二锅头，改天专门送来。"

　　罗老大、罗老幺笑了，他俩笑得很甜，很甜。

猫儿眼睛

　　猫儿眼睛本是草本植物，山崖、地头、田边、岸边，不管它生长在何处，春风一吹它就茂盛生长，秋天一见冰霜它的枝叶就枯萎、凋落。因叶子长得像猫儿的眼睛，人们就叫它猫儿眼睛。

　　这无人理睬的小草，人们想割就割，想采就采。人扯在手里，叶茎马上冒出令人讨厌的又苦又涩又腥的白浆来，在手上又黏又连。猪不吃，牛不惹，天老爷不知何故把它安排生长在这世上。

　　这不起眼从不招谁惹谁的猫儿眼睛却惹了一场大祸，让童润生挨了一顿暴打。童润生为此一直耿耿于怀，直到他 60 多岁才搞清挨打的真正原因。

　　学校放了农忙假，童润生、褚响、臭虫、二蛋、大毛五个一年级的娃子各自打满一篓子猪草，看天还早，他们来到山边的大皂角树下，放下篓子，歇歇气，乘乘凉。

　　五个学生中童润生最大，今年 8 岁，因家里条件不好晚上了一年学。最金贵的是褚响，手下是个妹妹，三胎还在他妈肚子里，尚不知是男是女。褚响目前是褚家传宗接代的独苗苗。褚响还是请算命先生起的名，父母头胎就是儿子，命好，头一炮就打响了，后边还想有儿子、姑娘，所以就叫褚响，起这名字，父母还给了算命先生两只老母鸡呢。

童润生爬上皂角树，捉来两只独角兽，让两只独角兽顶角。五个孩子围着独角兽趴在地上，观赏着，为两只独角兽鼓着劲，看谁能打败谁。

褚响不小心身子下滑，两手顺手一抓，抓了把猫儿眼睛，冒出的白浆黏在手上。臭虫赶紧扯了一把褚响，也将猫儿眼睛的白浆黏在手上。

二蛋在一旁欢笑道："猫儿眼睛流的浆，黏在手上泪汪汪。"

大毛欢唱道："猫儿眼睛点鸡巴，一晚上长多大。"

童润生也应和道："是的，我听大人说过，要想鸡鸡长得快，就点猫儿眼睛的白浆，一晚上长得大一倍。"

第二天中午刚放工，童润生他妈李元英放下手中割麦的镰刀，正准备洗手做饭，褚响他妈刘冬琴腆着大肚子，怒气冲冲地找到李元英，告状道："李大姐，你家润生用猫儿眼睛浆点我家褚响鸡鸡，现在肿得发亮。你家孩子要教育哈。"

李元英赔笑道："妹子，我家孩子不懂事，向你赔个不是。"

刘冬琴阴沉着脸道："还要到卫生院去治，要是有事就麻烦了，那可是命根子，不是搞着玩的。"

"你到医院去看，先治好再说。"说着从衣兜里翻出两块钱递给刘冬琴。

刘冬琴接过两块钱气冲冲地走了。

不一会儿，童润生提着一满篓子猪草走进院门，放下篓子，用衣袖擦了一把脸上的汗珠。李元英一瞅见童润生，气就不打一处来，一把揪着童润生的耳朵，怒道："你说，你是不是用猫儿眼睛浆点了褚响的鸡鸡？"

童润生争辩道："没有！"

"我看你嘴硬！"说着脱下鞋子去打童润生的屁股。

童润生挨着母亲重重打来的鞋板大哭起来，嘴里哭喊道："我没有，不是我干的!"

童润生的父亲童金贵犁完田拿着鞭子进了家门,看到童润生挨打,知道他肯定在外边干了坏事。童金贵本为犁田卸牛时让牛尾巴将他的眼睛重扫了一下而生气,现面更是气不打一处来,抓住童润生用他那黄荆条鞭棍就是一顿暴打。

童润生哭喊道:"我没弄,不是我干的!"

"你还嘴硬!人家告状到屋里了。人家怎么没说是臭虫、二蛋干的?"说着荆条棍,一棍棍落在童润生的屁股上,留下道道印迹。

童润生争辩道:"爸爸呀,真的不是我干的!"

童金贵越发生气,抓起童润生道:"我叫你嘴硬!我叫你嘴硬!"

被抓起的童润生身子晃动着,童金贵一失手,一棍子打到童润生的小腿上。

童润生疼得钻心,扯直嗓子哭喊道:"妈呀,疼死我了!"

李元英从伙房跑出,一把夺过童金贵手里的鞭棍,责怪道:"你想把孩子打死?"

童润生在地上打着滚,小腿抽着筋,撕心裂肺地哭诉着。

童金贵怒道:"在外边不学好,中午不准吃饭。"

童润生哭泣着,童金贵、李元英只管吃着他们的饭。

出工的钟声敲响了,童金贵对童润生说道:"下午去捡麦子。"

李元英瞪了童金贵一眼,说:"把孩子打成这样,他还能干活?!"

刘冬琴给褚响肿得像胖泥鳅样的鸡鸡涂抹着碘酒,褚响疼得直叫唤:"妈呀!这鸡鸡会不会烂掉?烂掉了还找不找得到媳妇?"

刘冬琴气上心头,说: "烂掉活该,谁让你让童润生点猫儿眼睛的?"

褚响越发伤心,鸡鸡烂掉了不男不女,肯定是找不着媳妇的,他张开嘴巴,扯开喉咙哭号着。

"妈呀!你想想办法吧,我不想当女的!我还想娶媳妇呢!……"

褚响哭诉道。

童润生一家都出工走了，他一个人在家，小腿肿得老粗，动弹不得。他更伤心的是被冤枉，自己太无助了，褚响的鸡鸡真的不是他点的猫儿眼睛浆。可有谁能相信呢？他想从地上爬起，可被打的小腿怎么也用不上力。

童润生捡起身旁的一根棍子，用力将身子撑起，艰难地坐在院子里的椅子上。

童润生想起他的奶奶。奶奶是去年腊月去世的，要是奶奶在他是不会挨打的，也不会不让他吃饭。奶奶爱他、疼他，遇事总是护着他。爷爷在他没出生时就去世了，长得什么样他都不知道。

童润生艰难地扶着棍子，用力站起。他要去看看奶奶，向奶奶哭诉他的冤屈。他奶奶就埋在房后的山上，离家才 200 多米。他一步一颠地向奶奶的坟头走去。

今年的雨水充沛，坟上长满艾蒿，也长了不少猫儿眼睛。童润生觉得猫儿眼睛有毒，不能长在奶奶的坟上，于是他爬到奶奶的坟上，一把把扯起坟上的猫儿眼睛。猫儿眼睛的白浆糊在童润生的手上，再裹上泥土，怎么也弄不掉。扯完猫儿眼睛，他又扯坟上的艾蒿。拔着拔着他累了，双手抓着一把猫儿眼睛睡着了。

童润生梦见他的奶奶了。奶奶还是那么慈祥，那么亲切，那么笑容可掬。奶奶拿出湿毛巾擦洗着他脏兮兮的脸蛋和粘满猫儿眼睛白浆的小手。奶奶温柔的双手搓揉着他被打得肿得老高的小腿，奶奶搓呀搓，揉呀揉……

童润生向奶奶哭诉着他的委屈，可奶奶一句话不说，只是慈祥地望着他笑，一个劲地揉着他的小腿。

李元英做好了晚饭，三个儿子和幺姑娘都在，唯独没见老四童润生。李元英慌了神，大声喊道："润生！润生！"

童金贵也慌了，着急道："拿手电筒来，赶紧去找！"

一家人喊着润生的名，随着手电筒的光四处寻找。

他们来到房后的山上，灯光无意间扫到了童润生奶奶的新坟，发现童润生正躺在奶奶的坟上。

童金贵快速跑向坟边，抱起童润生向家里走去。

李元英让其他孩子先吃晚饭，她去烧水，以便给童润生洗澡。

李元英打来一盆温水，将童润生衣服脱光，洗掉他身上的脏物。她看着润生肿起的小腿和屁股上的一道道瘀青，眼泪簌簌直往洗澡盆里掉。

李元英冲坐在一旁抽闷烟的童金贵吼道："下这么重的手，你把孩子打死、把我也打死算了！"

童金贵一声不响地起身向外走去，躲避着李元英的责怪。

童润生帮妈妈擦着眼泪，说："妈，我梦见奶奶了，奶奶帮我揉腿，我的腿现在好多了。"

李元英端来一盆温度较高的热水，用热毛巾敷着童润生肿胀的小腿，以便减轻童润生的疼痛。

童润生望着妈妈说："我梦见奶奶与你一样，用热毛巾敷我的腿。"

李元英给童润生穿好衣服，抱到位上坐下，说："你等一会儿，妈给你做好吃的去。"

李元英端来一碗热气腾腾的荷包蛋，坐在童润生面前。

童润生用他的手指数着荷包蛋："妈，共五个，你吃一个，妹妹吃一个。"

李元英说："妹妹已经睡了，妈不吃。你中午就没吃饭，快吃掉。"

童润生望着妈妈说："妈妈，你必须吃一个，你不吃我也不吃。"说着拿过筷子喂妈妈。

学校的忙假已结束，学生全部复学。

二蛋、臭虫的嘴长，到班上乱说褚响的鸡鸡点了猫儿眼睛浆，肿得老大，到医院瞧过，说不定鸡鸡已经被割掉了。

在放学的路上，童润生拦着褚响问为什么说是他干的，惹得他挨了一顿毒打。褚响什么也不说低着头跑了。

第二天班上传开了，说褚响的鸡鸡割了，跟女的一样。好奇的男同学跟着褚响上厕所，想要一探究竟。

褚响哭着到老师那告状，说有的同学侮辱他。

老师到班上批评了好奇的同学，说褚响鸡鸡没割，还是男生。

老师这一讲不要紧，褚响的鸡鸡可能被割了的消息，在全校传开了。

学校的女生见了他弯着走，躲着行，用异样的眼光看着他，嫌弃他不男不女。

第二天褚响死活不来上学了，任由刘冬琴怎么劝、怎么哄他都不去学校。说急了，他就躺地上打滚。

刘冬琴没有办法，只好给褚响办了转学手续，转到她娘家的学校，让褚响插班读书。

转眼十几年过去了，童润生考上了北京大学，毕业后从政，官越当越大。

童润生平时工作忙，爸妈去世就没回来吊孝，而是让老婆、秘书代他回乡尽孝、送父母上山。童润生退休第一件事就是清明节回乡朝祖，给爷爷、奶奶、父亲、母亲上坟，不忘家乡、父母的养育之恩。

清明节，万木葱茏、百花盛开、草长莺飞，童润生带着他的老婆踏上了熟悉的家乡土地。与他三个哥嫂、妹妹、妹夫、侄儿、侄女一同来到爷爷、奶奶、父亲、母亲的坟前，焚纸烧香，按照家乡的风俗磕头放炮。

这天褚响也带着他的家人来给父母上坟。

童润生、褚响在山上相见。俩人同学加乡亲，几十年不见，格外亲切，热情地握手寒暄。

童润生望着满头白发的褚响，叹息道："我们都老了。"

褚响仔细打量了一番童润生，感慨道："老了。我们同学、老乡中，就属你的出息最大。"

"退休了，现在成普通老百姓了，也没给家乡做过什么贡献。"童润生道。

褚响说："没忘记家乡，没忘记老同学就可以了。"

"我知道我是从哪里来的，怎么会忘呢。"接着话锋一转笑着说，"哎，老同学，你那猫儿眼睛浆到底是谁干的？"

褚响笑着回答道："我自己点的。几十年了还记得那事。"

"那你怎么说是我干的？你是想让它长快点，早点找媳妇？"童润生玩笑道。

"我怕说了实话我妈打我。"褚响如实说道。

说着俩人哈哈大笑起来。这朗朗笑声在山谷里久久回荡着。

钓　友

端午节刚过，天气晴朗，气温保持在 29℃，北风二到三级，正是垂钓的好时机。

武林元、文锋利、金富贵、毛壮四位钓友在金富贵家小酌，商量明天垂钓之事。

钓鱼有许多技术和讲究，鱼儿在水里吃食、洄游都有它的规律，找到鱼儿长期洄游之地，天气对路，你会收获满满，反之，你再有技术，坐错了地方也是"空军司令一个"。

好地方谁先来谁坐，不论你官大官小，不论你有钱没钱，不管你是平头百姓，还是达官贵人，一律平等，这是行规。鱼儿咬不咬你的钩这要看你的技术，鱼儿也分不清岸上人的贵贱高低。所以，鱼获多少，人人平等，这是颠扑不破的真理。

钓鱼是武林元提出的。四人中他年纪最大，今年 75 岁，他戎马一生，16 岁参军入伍，从战士干起，参加对越自卫反击战时，他率领的一个团屡建奇功，率先攻占凉山。一直干到前年离休。

武林元是本地人，退休后回到老家买了套房子，每年回老家住上几个月。他从不带警卫，不带秘书，不惊动地方政府，只带上老伴和一名保姆，他认为退休了就是一名普通老百姓。想钓钓鱼、种种菜，过过清闲自在的生活。

武林元认为端午刚过，钓友们都去走亲访友，喝酒欢聚，明天出门钓鱼的人肯定少，肯定能坐上好位置。

今天做东的是金富贵，他比武林元小两岁，是地级市春江市的首富，住着高档园林别墅。他经营着一家化工集团，总经理的位置前几年他让给了儿子，自己只任董事长一职，日常事务他不管，只是年初制订公司计划，年终检查任务完成情况。平日在家养养花草，瞅着天气好出门钓钓鱼，一来锻炼身体，二来观赏风景。

文锋利今年70岁，退休前是春江市文联主席，作协名誉主席。戴着800度的近视眼镜，写得一手好文章，最拿手的是写小说，文笔犀利泼辣，笔在他手里就像医生的手术刀一样，把各色人物剖析得淋漓尽致，直面现实，写出社会的诟病、痼疾，鞭挞假恶丑，以警示人们弘扬真善美。他在省文坛上享有名气，在中国文坛上占有一席之地，正处退休，还常在各种刊物发表些让人称赞的小说，在全国有上千万粉丝，这也是他不能封笔的原因之一。闲时出门钓钓鱼，以调节心情，放松大脑。

年纪最小的是毛壮，今年32岁，长得人高马大，是金富贵的专职司机。金富贵有3辆豪车，出席公共场合开的是宾利，在市内活动开的是宝马七系，出门钓鱼开的是悍马越野。32岁的毛壮正值精力旺盛时期，晚上总是深更半夜回家，他老婆说他在外面晃有情况，巴不得毛壮去钓鱼。除钓鱼外，要照顾三个老者，搬钓具、收钓具，常累得他够呛，回家要老实几天。

四人的垂钓技术数毛壮最好，当然与他年轻、眼疾手快有很大的关系。

在金富贵的豪华餐厅里，四个钓友围桌而坐，一瓶飞天茅台已经一干二净。四人喝到兴起，金富贵让保姆又拿来一瓶，毛壮打开瓶盖，给每人又斟上一杯。

金富贵端起酒杯请了文锋利，说："把你写的第五首关于钓鱼的诗拿出来看看。"

文锋利与金富贵干了杯，起身打开他的黑色提包，拿出宣纸递给了武林元，说："请鉴赏。"

武林元接过宣纸，只见文锋利用行书写了一首短诗。武林元吟读道：

垂　钓

抛竿引线脑际中，
鹤发童颜一钓翁。
弯弓满月鱼戏水，
管他东西南北风。

金富国带头鼓起掌来："好诗。"
毛壮接着读道：

碧水青山钓鱼郎，
眼阔胸宽戏水长。
悠然自在岸边坐，
钓来欢乐醉心房。

金富贵满脸堆笑地说，我也想到一首诗：

江山美人又如何？
权钱浮云转眼空。
大江东去浪淘尽，
快乐唯我老钓翁。

文锋利抱拳对武林元说道："见笑见笑！"

武林元收起宣纸，递给了金富贵说："送给你，字写得好，诗也作得好。值得收藏。"

金富贵接过宣纸，说道："文老弟，我给你说的事你考虑好了吗？"

"那御用文人我是不当的，我每月6000多元的退休费足矣。"文锋利扶了扶他的眼镜框道。

金富贵玩笑道："你喝我的茅台酒呢？"

文锋利随意答道："是你请我过来喝的。我没有酒瘾，在家我从来不喝酒。"文锋利知道金富贵这是玩笑话。

金富贵端起酒杯去请武林元，道："他瞧不起我这个暴发户。"

"这可是你说的，我没说。"文锋利就着金富贵的话说道。

金富贵的化工集团，原来是国有小型化工企业，国有企业改制时金富贵是厂长，改制后成了金富贵的独资企业。企业具有"氯化氰"的生产资质，这种资质全国只有三家。"氯化氰"有剧毒，由公安部直接监管，该产品是化工企业的添加剂，多数化工产品都离不开它。随着国民经济的大发展，"氯化氰"的用量也大增。

改制时难免国有资产被低估、贱卖。金富贵抓住这大好时机，增购设备，扩大生产，经过多年打拼，集团以化工产品为主，涵盖金融、房地产。金富积攒了巨额财富，贵成为春江市首富。

金富贵退居二线，结识了文锋利这个钓友后，想请文锋利给他写自传。金富贵承诺文锋利要多少钱他自己填支票，百万千万都无所谓，反正自己有的是钱。

文锋利是一个地地道道的夹生书呆子，不为金钱所动，始终没同意。

武林元干完一杯酒说："这个月底我还要回北京，军委总部要开一个会议，想听听我们老头子的意见。"

文锋利放下酒杯，夹了一口菜道："我俩一同走，我也要去北京。我的长篇小说《大山有灵》提名茅盾文学奖，中国作协要召集有关专家、学者开个学术研讨会。"

金富贵问道："茅奖多少钱?"

文锋利白了金富贵一眼："多少钱也换不来这茅奖。"

金富贵不屑一顾地从鼻子里哼了一声。

武林元拿起瓶子晃了晃说："这瓶也干了，弄点主食来。明天还要起早去钓鱼。"

金富贵看了一眼武林元说："我等你回来给我捐建的金榜小学剪彩。"

文锋利说："捐建一所太少了。权钱浮云转头空，我要是你我就捐建十所。财富要取之于社会，用之于民才对。"

金富贵对毛壮吩咐道："毛壮，明天吃的、喝的准备好了吗?"

毛壮答道："下午就准备好了。"

第二天东方欲晓，悍马越野车就开到了钓点。果然不出武林元所料，今天的好钓位空无一人。毛壮打开后备厢，忙往外搬钓具。

钓点是在栎水河岸一回水湾的地方。高出水面两米的地面上长着一棵直径40多厘米的樟树。樟树又遮阳又驱蚊。这回水湾是藏鱼的好地方。樟树下是钓鱼人首选的地方，总共才6个钓位，若来晚了是坐不到这个地方的。

毛壮帮三个老者支好了钓台后，才支起自己的钓台。随后拿出他钓鲫鱼的秘方——兑酒加蜂蜜泡制的大米窝料，再加上豆粉。他稍加水拌匀后，给每个人窝子里撒了两坨。毛壮回到自己的钓台，放上钓箱，支了撑竿，拿出他长六米三的"轩然鲤"钓竿，绑上1.5米的主线配上0.8米的子线，插上三号纳米浮漂，接好鱼护。端午已过，进入夏天，鱼儿爱吃清淡的饵料。毛壮拿出"大鲫必杀""野战速攻"，加上拉丝粉，按比例加了水，将饵料拌均匀。

毛壮端着饵料盆，给每人分发搅和好的饵料，并交代道："漂要调到调五钓二，要调灵点，这里经常有人钓，是滑口鱼。"

毛壮说是出来钓鱼，实际上就是三位老者的钓鱼服务员。

他回到自己的钓位上，窝子里已翻起了鱼星，鱼儿已进窝了。

毛壮试水调漂，拉饵、抛竿，一套动作熟练、标准、优雅、一气呵成。不多时，毛壮迅速刺鱼提竿，一条三四两的鲫鱼被他拉出了水面。毛壮兴奋得眼睛笑成了一条缝，对几个老者炫耀道："开张了！"

武林元回道："我也开张了。"

送漂、黑浮，毛壮是不断扬竿上鱼，忙得不亦乐乎。

毛壮旁边的文锋利还没开张，他点上一支烟，坐在那里不急不躁。

毛壮起身走到文锋利跟前，他想看文锋利窝子里有没有鱼，以便进行指导。

毛壮观察文锋利窝子道："文主席，你窝子里有鱼，怎么不上钩？"

文锋利吐了一口烟圈，笑着说："钓鱼钓的是心情，不在乎收获多少。"

毛壮仔细观察着文锋利的浮漂，说："能钓上鱼心情岂不更好？"

文锋利道："你说的也是。"

"提竿！提竿！"毛壮喊道。

文锋利迅速一提竿，可还是空竿。

毛壮遗憾地说："你提竿晚了。这里经常有人来钓，是滑口鱼，不要等到黑漂，半目就要打。"

文锋利再次挂饵抛竿，浮漂入水。漂还没站稳，一个接口，毛壮迅速提竿，中鱼。

文锋利瞅了一眼毛壮道："是你钓还是我钓？"

毛壮赶紧将鱼竿还给文锋利，忙说："你钓，你钓。"

文锋利接过渔竿，渔竿弯弓如月，鱼儿在半空中挣扎着。文锋利快乐地笑着，溜着鱼，左手拿起抄网，抄起了一条半斤重的鲫鱼，骄傲地对毛壮说："这鱼比你钓的大吧。"

"要大。"毛壮答道。

鱼入护后，文锋利挂饵抛竿，他目不转睛地盯着浮漂，对毛壮说道：

"为什么男人喜欢钓鱼？因为男人好斗，喜欢征服感，鱼儿上钩后在水下挣扎，会让你产生一种快感。"

"是的，男人好斗，想征服一切，鱼儿在你手下挣扎，就像男人征服女人一样，让你产生一种奇妙的快感。"毛壮调侃道。

"你这个小兔崽子，三句话不离女人，钓鱼去。"文锋利笑骂道。

旁边的武林元、金富贵听后哈哈大笑起来。

今天运气特别好，临近中午，毛壮已钓了十七八斤，连钓得最少的文锋利也有七八斤鱼儿入护。

四人围着钓台在樟树下吃着野餐。

武林元喝了一口罐装啤酒，咬了一口盐鸭蛋，望着北方说："北面一直在扯闪。"

文锋利低着头喝着啤酒说："千里的雷声，万里的闪。"

毛壮向北望了一眼说："天气预报我看了两遍，我们春江市今天天晴，无雨。"

金富贵说："今天鱼儿的口真好。"

武林元边吃边说："还是年轻好啊，眼疾手快，抓口准呀。"

神仙难钓午时鱼，要是往时，也许他们就收竿走人了，但今天口好，中午小憩后，他们还想再钓一会儿，他们约定钓一阵下午 3 至 5 点的鱼，这是鱼儿吃食的规律，叫钓夕阳鱼。

下午 3 点多钟，四人钓得兴起，连连提竿中鱼。

突然一阵呼啸声从河上游传来，毛壮抬头一看，不好！上游 20 多米处，两米多高的洪水卷着激波奔腾而下。毛壮站起大呼一声："坏了，洪水来了！赶紧走！"

大家抬头一看，浪头只离钓点 10 多米，四人甩下钓竿跑到樟树下，洪水很快将四人包围。

春江市是两省交界的地方，再往北 80 公里就是外省。夏天的雨隔田埂，当地天气预报没雨，可邻省下起了降雨量达 165 毫米的大暴雨，坨子雨，从上午 10 点钟就开始下。

洪水咆哮着顺河而下，一浪下来漫过了小腿，再一浪过来水到了大腿。

毛壮呼喊道："快点！你们三人赶紧靠紧樟树！"

樟树可以挡着波浪，靠在树下，水流会平缓得多。

毛壮背着樟树迎浪站着，他人高马大，也可以挡住些波浪。

武林元边脱衣服边说："赶紧将外衣脱掉，可以减少水的阻力！"

金富贵、文锋利、毛壮迅速将外衣脱掉，一件件外衣被水冲走，四人紧紧依偎着，站在大樟树下。

水已涨到了大腿根儿，河面已成一片汪洋，浑浊的河水翻着波浪，奔涌向前。

半个多小时过去了，河水终于停止了上涨，但上游不断漂来朽木。

毛壮迎着洪水背靠着樟树，双手扒开随水而下的枯枝朽木。

这时，一个五尺长像枯棍的东西向大樟树漂来。

毛壮定眼一看，这哪是朽棍，分明是一条扬着头、吐着芯子的鸡冠蛇，学名眼镜蛇。鸡冠蛇扭动着身子，向樟树靠拢，显然这条鸡冠蛇是想爬上这棵大樟树。

鸡冠蛇已游到毛壮跟前，毛壮大叫道："注意！有蛇！"他一把抓起蛇向远处抛了一丈多远。

毛壮解除了鸡冠蛇对大家的威胁，可鸡冠蛇却闪电般咬了毛壮一口。

金富贵忙问道："咬到了吗？"

毛壮抬起手看了看流着血的两处牙印说："咬着了，不要紧。"

武林元神情紧张起来，说："鸡冠蛇是剧毒蛇，赶紧用绳将手腕扎起来，不能让蛇毒扩散。"

四人左瞅瞅右看看，东西都被洪水冲走了，到哪儿去找绳？

蛇毒液快速在毛壮体内扩散着，他的嘴唇已发黑发乌。这种毒蛇咬人后，若不及时救治，十有八九都会死亡。

武林元侧过身子，双手死死卡住毛壮的手颈，尽量减少血液的流动。

四人身上唯一剩下的就是一条短裤。文锋利双手扯着他带松紧带的短裤，打得他的肚皮啪啪直响，他急得快流出汗来。

金富贵低头看了一眼自己被水冲着的短裤，计上心来。就他的短裤是用一根带子系着的。他解开裤带，迅速抽出，将带子递给了武林元。

金富贵没有带子的短裤一下滑落下去。他左脚一抬右脚一颠短裤就被水冲走了。

武林元接过裤带，围着毛壮的手腕缠了三圈，并死死捆住。

金富贵看了看被水冲动的下身，看了一眼文锋利，觉得不好意思。

文锋利一手撑树，一手揉了一下眼睛说："有什么不好意思的，人是赤条条地来，赤条条地走，我的短裤要是有带子我早就脱了。"

毛壮呼吸急促起来，显得非常痛苦。

武林元紧紧扶着毛壮的一只胳膊，安慰道："坚持住，一定要坚持住。"

毛壮精神恍惚地点了点头。

上游武警的冲锋舟伴随着马达声向下游驶来。

樟树下的四人终于盼来了希望。他们扯起嗓子向冲锋舟喊着，招着手。

冲锋舟发现了他们，驾驶员加大油门向大樟树驶来。

驶近一看，冲锋舟已经满载。

冲锋舟靠近樟树停了下来，一个拿着报话机的上尉快速用绳索将冲锋舟固定在樟树下。

上尉对几位老者说："很抱歉，冲锋舟已满载，这河水浪大浪急，多一个人都会有翻船的危险，你们坚持一会儿，我们将他们送上岸后再来接你们。"

坐在冲锋舟上的人是进山游玩、被洪水围困后，用手机报警，武警派出冲锋舟来营救的。

武林元大声说："这个小伙子被毒蛇咬了，有生命危险。"

上尉说："你们怎么不早点儿报警？"

文锋利解释道："我们所有的家伙都被洪水冲走了。"

上尉灵机一动，跳下了河水，大声说道："我下来，让伤者上船。"毛壮无力地睁开眼睛，说："让老人先走。"

武林元大声责怪道："救命要紧，赶紧扶他上冲锋舟！"

"你还年轻，你的生命比我们重要。"文锋利怒吼道。

众人将毛壮扯上了冲锋舟。

毛壮闭着眼睛，嘴里含糊不清地说："让老人先走，让老人先走……"

上尉站在水中，拿起报话机大声说："支队刘医生吗？赶紧联系市各医院，看哪家医院有抗蛇毒血清，有人被毒蛇咬伤。什么蛇？"

"眼镜蛇。"武林元答道。

"刘医生，是眼镜蛇！"上尉在电话里回答道。

冲锋舟载着被毒蛇咬伤的毛壮和被困的游客顺流向下游岸边驶去。

武林元、金富贵、文锋利站在洪水中，目送着冲锋舟远去，微风吹着他们花白的头发，晚霞照在他们的身上，他们在心里默默祈祷，毛壮一定能挺过这道难关……

那文　那学

一

沈丰穿着崭新的的确良 65 式军装，迈着匆匆的步伐走在王府井大街上。他今天不是去王府井新华书店购买他喜欢的图书，而是到王府井百货大楼购买一身便装和回家走亲戚用的副食百货。

沈丰明天就要退伍回乡，脱掉这穿了 8 年的军装，摘掉在他心目中无比神圣的领章、帽徽。尽管他有万分不舍、千般留恋，但是铁打的营盘流水的兵，这是自古不变的铁律。

在商场门口，沈丰习惯性地整了整帽檐的角度，检查风纪扣是否松脱。然后，挺直腰杆走进了王府井百货大楼。

团政治部派了一辆北京 212 吉普，由宣传股宋干事带着两名身强力壮的战士将沈丰送往北京火车站。

吉普装着一口沉重的木制大箱子，这个箱子里装着沈丰的心爱之物，也是他多年来心血和汗水的结晶。里面有他一笔一画写出的近百万字的书稿和他在王府井新华书店几年来购买的各种书籍。

到了北京火车站，两名战士吃力地抬着大木箱，司机帮着忙。抬到托运室时两名战士已累得满头大汗。

站台上，宋干事与沈丰握手话别。

宋干事眼含泪花，紧握着沈丰的手说："小沈，我真舍不得你走。回家后你千万别丢下你手里的笔，你写的文章我喜欢。我们师宣传科专门给地方写了推荐信，介绍了你写作的特长。"

沈丰心情沉重地说："宋干事，我也舍不得你们。8 年了，我对二师有着深厚的感情。"

宋干事语重心长地说："回家后千万别忘了我，也不要忘了部队，要常给我来信，来北京的话一定要回部队看看。"

沈丰强忍着泪水说："一定。你要多保重。"说着给宋干事敬了一个标准的军礼。

火车在长鸣声中缓缓起动。宋干事、两名战士、司机向沈丰招着手。

战士喊道："老班长，再见！再见……"

沈丰从窗户探出头来，向战友招着手："再见！再见……"

隆隆的火车越走越远，直至消失在视线里，宋干事还呆呆地站在原地，嘴里喃喃自语道："多好的兵啊！"

二

隆隆的火车向南方风驰电掣般奔驰着。

沈丰闭着眼睛靠在座位上，脑海浮现着他当兵离开家乡的情景……

那是 1976 年初春，沈丰 19 岁。他怀着保卫祖国的雄心壮志穿上崭新的军装，坐上闷罐车，随着隆隆嘶鸣的火车离开了家乡，踏上了他的从军之路。

离开家乡的那一天，整个县城张灯结彩、锣鼓喧天，欢送的人群从县武装部，一直排列到火车站，近几公里的街道两边站满了欢送的人们。

"一人参军，全家光荣""提高警惕，保卫祖国""为家乡人民争光"等横幅飘满县城的大街小巷。

沈丰雄赳赳、气昂昂，胸戴大红花，随着一同入伍的家乡战友一起，向县火车站进发。一个个稚气未脱的脸上露出骄傲和自豪。

沈丰信心满满，壮志凌云，巴不得在部队早日立功受奖，把鲜红的喜报传回家乡，传回家里，为家乡人民争气。

咣当咣当的火车载着他的理想、他的希望，向北方奔驰着。

两个月的新兵训练，沈丰认真刻苦，一丝不苟。不仅练就了一身标准的军事动作，训练成绩也很优秀——投弹 68 米，射击 9 发子弹 82 环，新兵训练结束，沈丰被上级通令嘉奖一次。

沈丰被分到北京卫成区二师 305 团二营一连一排一班。沈丰所在的一排负责警卫国防科工委的一个科研保密单位。沈丰所在部队是英雄的部队，参加过长征、抗日战争、解放战争、抗美援朝战争，涌现出许多英雄集体和英雄个人。

能来到祖国首都参军，沈丰感到无比的骄傲和自豪。他严格要求自己，各项工作都要走在别人的前面。入伍第二年他光荣地加入中国共产党，任副班长。第三年任班长，部队首长把他当干部苗子重点培养。

沈丰高中毕业，平时除了军事训练、警卫值勤外，一有时间都用来读书学习。别人星期天逛公园，打牌聊天，他坐着小马扎或趴在床上看书学习，或结合连队训练值勤情况，给军报写些新闻报道。他每月的津贴，很大一部分花在王府井新华书店。新华书店也是沈丰去得最多的地方。日积月累，沈丰的文化素质取得了长足的进步，他带的班是全团过硬班、先进班。而他自己也成为文武双全的好兵。

第四年下半年，沈丰任代理排长，连、营已将沈丰的提干报告上报到团政治部。

但天有不测风云。1980 年初春，军委一纸命令，部队不从战士直接提干，要提干必须经过院校毕业，且报考部队院校年龄需在 22 岁以下。

沈丰那年 23 岁。沈丰失望、彷徨，部队首长也为他惋惜。

团政治部廖副主任很自责，他是管干部申报的。沈丰的提干报告在他手里，正准备报团党委审批时，他老家来电报，说母亲病重，让他火速回家。廖副主任请了年假火速赶回。经过医院全力抢救，母亲的病情又缓和了些。等他返回部队时，家里又发来加急电报："母亲病故，速回。"

于是，廖副主任又请了半个月的假，回家安排母亲的后事。等他归队时，军委不从战士直接提干的命令已下到了团部。就这样，沈丰的提干机会给耽误了。

廖副主任多次找沈丰谈心，给他打气，承诺如有机会，团里第一个解决沈丰的提干问题，并说机会一定会有的。

团政治部宣传股白干事调任一营副教导员，因沈丰能写，被借调到宣传股，与宋干事共班子，负责全团的宣传教育工作，实际上干的是干部工作。

沈丰在这个岗位上，更加如饥似渴地学习。从宣传报道，到文学创作。他创作的《军营的一天》独幕话剧，被师宣传科采用，参加卫戍区文艺调演，获得了创作一等奖，演出一等奖，他为此荣立二等功一次。

这次创作的成功，极大地激发出沈丰的创作热情和创作灵感。他写话剧、写小说、写诗歌、写电影剧本，并往各地方杂志社投稿。

一晃，沈丰当兵已8个年头了，他已27岁。由于部队有规定，战士不准在驻地谈恋爱，所以他的个人问题没解决，提干也没有任何松动的迹象。

因此，沈丰写了退伍申请报告。部队首长恋恋不舍地批准了他的退伍申请。

三

沈丰心里五味杂陈。他拼搏过、奋斗过，可他终究拗不过命运的捉弄。

随着一阵刹车声，火车到了平顶山站。人们的吵闹声将沈丰从回忆中唤醒。

6个说着沈丰家乡话、喝得醉醺醺的人走上了火车。

一位三十八九岁的胖子，打着酒嗝，拿出他手里的火车票，看了看座位，对身旁30岁左右的瘦子说道："我们的座位在这儿。"并指了指沈丰前排和沈丰坐的位置。

胖子长得人高马大，他指着沈丰说："你跟我们换个位置，我们6人是一起的。"

沈丰瞟了一眼胖子，客气地说："对不起，换不了。你看，我的行李都在上面，太多了。"

一小平头凑了上来，冲沈丰翻了个白眼道："哎，你这个人怎么不受商量，叫你让你就让。"

另外五个也跟着起哄道："快让！快让！"

沈丰坐在原地未动，说："你们怎么不讲道理？"

胖子醉眼蒙眬地说："现在社会有什么理讲？"

一高个儿黑皮肤的人说："给你一百块，换个座位。"

沈丰争辩道："你们是一群什么人？不换。"

胖子、瘦子俩人去扯沈丰的衣服。

沈丰站起身，说："怎么，你们是想打架？"

听到吵闹声，列车长、乘警走了过来。

问清情况后，胖子一伙人在列车长、乘警的制止下，各自坐回到自己的座位上，平息了这场风波。

这是一群改革开放后的新型暴发户，一群赚点钱就自我膨胀的年轻人。他们先贷款每人购了一台东风140车，从当地收购活牛运往平顶山去卖，回来时再把平顶山的煤运回当地卖。运牛时每头牛要注50斤水，运煤时要加一到两吨水。双面货，赚双面的钱，购车本钱早回来了，每人手里还有一笔存款。

运牛时他们押车到平顶山，卖牛后司机到矿上去装煤，因运煤脏，他们有时押车，有时坐火车回去。

火车终于到了家乡。家乡于三年前由县改为江东市。

沈丰扛着行李下了火车，来迎站的有沈丰的父母、未婚妻丁春梅。他们热情地打着招呼。

以胖子为首的六人抱着膀子围了上来。

胖子一示意，黑皮、瘦子上前拽住了沈丰的行李。

胖子阴笑道："你他妈的太不给面子了！"

沈丰推开了父母和未婚妻，怒吼道："你们简直是欺人太甚，看来不教训教训你们，你们就不知天高地厚！"

胖子一挥手："上！"

　　沈丰拉开了架势，打蛇打七寸，擒贼先擒王。沈丰对向他扑来的胖子就是一拳，一个扫堂脚，胖子倒在地上打着滚。

　　沈丰一个上勾拳打在黑皮的下颚上，黑皮倒地疼得哭爹喊娘。

　　沈丰一个左勾拳打在小平头的太阳穴上，接着一个右勾拳打在瘦子的腮帮上。小平头、瘦子捂着头，表情痛苦地蹲在地上。

　　另外两个看到沈丰有功夫在身，拔腿就跑。

　　沈丰一脚踏在胖子身上说："你们一而再再而三地进行挑衅，你们知道我是干什么的吗？"

　　胖子、黑皮叫饶道："我们有眼不识泰山！不敢了。"

　　沈丰曾是二师散打、格斗冠军，若不是手下留情，胖子一伙不死也残。

四

退伍回乡的这年元旦，沈丰与丁春梅正式结婚。

丁春梅在机械厂上班，学的是车工。单位分了半间筒子楼，15 平方米的房间，支个双人床，放上张书桌，再加个菜柜，把房间挤得满满的。烧火做饭只好在楼道里。一个煤炉子，正好靠墙挨着沈丰装满稿纸和书的箱子，上面放着碗、盆、油盐之类的，靠箱子码放着一堆蜂窝煤。

沈丰在家待业，打扫卫生、洗衣、做饭、买菜都是他的事。

沈丰在部队立过二等功，国家有政策，回家可安排工作，吃上商品粮。

清明节刚过，沈丰安排工作的通知就下来了。他被分配到丁春梅工作的机械厂，被厂领导安排到车间干修理工。8 年军龄，按政策可定为三级工，比丁春梅高一级，每月工资 46 块 3。

看来部队的推荐信没起作用。也难怪，沈丰的舅舅、姑父没一个吃商品粮当官的。

第二年，沈丰和丁春梅有了双胞胎儿子大双、小双，乡下的母亲被接过来带孙子。一间屋实在住不下，母亲只好与厂里有同样情况的家庭共住了另一间房。

沈丰喜欢看书，为这他与丁春梅吵过多次嘴。丁春梅说得也对，现在上有老，下有小，看书能当饭吃，能看出钱来？现在是居家过日子。

沈丰想写东西更是不可能，房子窄，大的哭，小的闹，心根本静不下来，哪有创作的灵感？

妻子说得对，要居家过日子，柴米油盐样样要钱买，看书写作换不来钱。人首先要解决生存问题，连饭都吃不饱时，还能想别的？

日子就这样不咸不淡地过着。

一天，厂里放假，丁春梅带着双胞胎儿子回了娘家，母亲回了老家。

沈丰一个人在家，他收拾掉大木箱子上面的东西，想看看箱子里的稿件和书。这么长时间没打开过，他担心菜汤、油把里面浸湿。箱子里面有他多年的心血。

沈丰打开箱子，一股霉味直冲他的眼鼻。他看着满箱的书稿百感交集，他回想起了部队，想起了宋干事和蔼可亲的笑脸。在部队时，他与宋干事住隔壁，一人一个房间。一个人可安静地构思，安静地思考，安静地读书，安静地写文章。可命运总在捉弄人，理想、抱负、追求在现实面前总是不堪一击。

沈丰翻着已发黄的一摞稿纸，抖落了上面的灰尘。这是 4 万多字的电影剧本，名字叫《心灵的呼唤》。从构思、初稿，进行七八遍的修改，到定稿，整整花了他两年时间。最后又一笔一画地抄写在每页 300 字的稿纸上。星期天有时他一写就是一个通宵。其中包含了多少辛酸、多少期望。

沈丰看着看着，泪花模糊了双眼，泪水簌簌地滴在发黄的稿纸上。

五

1981 年底，沈丰的电影剧本《心灵的呼唤》完稿，他兴致勃勃地拿着手稿走进了宋干事的房间，说："宋干事，这是我写的电影剧本，你帮着看看，提提宝贵意见。"

宋干事接过书稿欣喜地说："你的大作终于定稿了，我来认真拜读，请坐。"

沈丰坐下后，说："团里年底评先评奖，我们又要忙活一阵子了。"

宋干事放下稿纸，顺手拿出一份军报说："可不是嘛。你看，你的长篇通讯《练兵场上的较量》已经见报了。"

沈丰接过报纸，指着报道上的图片说："你拍的照片多好，这角度、光线多到位。"

三天后宋干事拿着《心灵的呼唤》走进沈丰的房间，高兴地对沈丰说："我一口气读完，太感人了，然后又流着泪认真看了三遍。故事框架、情节都很好。金钱观、爱情观、价值观、生死观积极向上，剧本传达真善美，满满的正能量。"

"宋干事过奖了。我想请你提提宝贵意见。"沈丰接过稿子说。

"提了。有几处故事情节的推进、转换还需要推敲，我都打记号了，你再斟酌斟酌。"宋干事指着稿纸说。

认真地斟酌修改半个月后，沈丰又将稿子送去给宋干事看。

宋干事把沈丰叫到他房间，认真地对沈丰说："说实在的，你文思、文笔都在我之上，我看这个剧本已经很成熟了。"

"你客气了宋干事，这里面有不少你的心血。"沈丰谦虚地说。

"我建议你往《珠峰电影》投稿，它是全国声誉很高的电影杂志。我看《心灵的呼唤》已达到了出版水平。把这个剧本拍成电影，我看能火。"宋干事拿出一本《珠峰电影》杂志说。

沈丰一边翻看电影杂志，一边说："我心里也没底，这是纯文学的东西，我回去再改改。"

听行家讲，文章要放、多改，脑子经过沉淀后还会产生新的灵感，发现新的问题。

又经过一段时间的认真修改，沈丰才慎重地将《心灵的呼唤》用挂号信寄给了《珠峰电影》。

六

沈丰将稿件寄出去后，面对的是漫长而忐忑的三个月的等待。

杂志社收到稿件后，分给了38岁的女编辑侯涅浪。稿件她看了，也觉得不错，但一直将稿子压着。

北京全聚德烤鸭店里，一豪华小包间，星光电影制片厂编剧程海阔请侯涅浪吃烤鸭。程海阔比侯涅浪大一岁。

这段时间程海阔情绪比较低落，回电影厂好几年没出任何成果，为此受到了主管副厂长的批评。他借口请侯涅浪吃饭，实际上是向侯涅浪诉苦的。

一只烤鸭吃了三分之二，一斤牛栏山二锅头喝了八两。

程海阔醉眼蒙眬地对侯涅浪说："没有作品就是领导不批评，评职称、调级也没份，脸上也挂不住，可是我现在真是提不动笔。"

侯涅浪端酒杯请程海阔的酒，说："来，喝酒，喝完酒说不定就来灵感了。"

程海阔端着酒杯一饮而尽，说："别开玩笑了，我真想改行。"

侯涅浪拿起酒瓶，给程海阔满上一杯酒说："现在伤痕文学吃香，你何不写写伤痕文学。"

程海阔白了一眼侯涅浪说："怎么写？"

"怎么悲惨怎么写。结合实际经历写。"侯涅浪给自己斟着酒说。

"说得好听，没有经历，没有生活，产生不了灵感，怎么写得出来。"说着，又将一杯酒干掉。

"那怎么办？"侯涅浪望着程海阔问道。

"来，再喝酒。"程海阔边斟酒边说，"你那里不是有很多来稿吗，把你那里有基础但不成熟的作品拿些来让我看看。"

侯涅浪灵机一动，说："这倒是好办法。我手里有部很好的作品，正准备推荐给主编正式发表。"

程海阔抓住侯涅浪的手说："莫慌，让我看看。"说着拉着侯涅浪往外走。

程海阔结完账，迈着踉跄的步子与侯涅浪走到自行车棚，骑上各自的自行车，歪歪扭扭地行驶在被夜幕笼罩的大街上。

侯涅浪、程海阔先到编辑部拿上沈丰的手稿，然后骑上自行车向侯涅浪家驶去。

侯涅浪知道今天要与程海阔约会，将孩子支回娘家去了。她老公到外地出差，短期内不回来。

两人走进侯涅浪两室一厅的房间，程海阔迫不及待地一把抱住侯涅浪狂吻起来。

七

1969 年的仲夏，电影界年轻人组成了一个俱乐部。每个星期六晚上他们都会在一起聚一聚，探讨一些学术和电影艺术问题，在一起唱唱歌、跳跳舞。侯涅浪毕业于滨海大学中文系，分配到《珠峰电影》杂志任助理编辑；程海阔毕业于电影学院编剧系，分配到电影制片厂任编剧。他俩就是在星期六的聚会上认识的。

侯涅浪结婚时间不长，在编辑部分了一套两室一厅的房子。程海阔还没结婚，正与一名电影演员谈着恋爱。

侯涅浪与程海阔谈得来，学术观点、艺术观点大多一致。俩人日久生情，彼此被对方吸引着，盼望着每周六的聚会。

俱乐部设在电影制片厂会议室里。每次聚会都是程海阔骑着自行车接送侯涅浪。

那次的聚会 11 点才结束，程海阔骑着自行车送侯涅浪回家。路上突然下起了大雨，到了侯涅浪的宿舍楼下，俩人的衣服已经透湿。

侯涅浪忙说："快到屋里躲一躲，等雨停了再走。"

俩人进房间后，侯涅浪拉亮了房灯，俩人对视了一会儿，不由得笑了起来。

从头湿到脚的侯涅浪，白的确良衬衫被雨水打湿贴在了身上，整个身子轮廓凸显了出来。

程海阔在荷尔蒙的作用下，再也控制不住自己，扑上去紧紧抱住侯涅浪。

侯涅浪满脸通红，嘴里娇嗔道："不要这样，不要这样。"但没做任何反抗，一下贴在程海阔的怀里，俩人狂吻起来。

侯涅浪、程海阔突破了道德底线，做了他们不该做的事。

有了第一次后，想刹车是刹不住了。此后侯涅浪、程海阔多次在侯涅浪家干了苟且之事。

要想人不知，除非己莫为。

程海阔在侯涅浪家过夜，多次被看大门的老王发现。老王拿着真凭实据向编辑部领导举报了侯涅浪、程海阔的偷情行为。

编辑部领导收到老王的举报信后非常重视，成立专班核实，并把程海阔的行为通报了制片厂。

侯涅浪、程海阔在真凭实据面前，对通奸的事实供认不讳。

最后组织给予他俩开除公职、下放到边疆劳动改造的处理结果。程海阔下放到内蒙古，侯涅浪下放到她老公单位所在的一处小县城。

侯涅浪在老公面前痛哭流涕，悔改认错，她用泪水柔软了她老公的心，老公原谅了她，没与她离婚。

八

改革开放后，侯涅浪、程海阔回到了各自的原单位继续工作。

程海阔找了个蒙古族姑娘结婚，并生了个儿子，儿子已上小学一年级。程海阔想离婚，可他舍不得儿子，犹豫再三，只好带着老婆和儿子回到了电影制片厂。厂领导为了照顾他，把他老婆安排到厂招待所当会计，进京的户口没解决，属临时工。

侯涅浪还好，编辑没有硬性工作要求，水平高低也没个评判标准。程海阔就不一样了，干的是编剧工作，编剧是要拿剧本出来的。他从进电影厂到现在没拿一个剧本出来，哪怕是没被采用的剧本。这让他非常苦恼，他老婆户口没有解决的问题也常让他烦心。

侯涅浪、程海阔回来后不久，就又续了前缘。

这天，俩人完事后，程海阔紧紧把侯涅浪抱在怀里，说："《心灵的呼唤》写得真好，真实接地气。"

侯涅浪依偎在程海阔怀里，温情地说："你是想把它变成你的东西？"

程海阔亲吻了一下侯涅浪的脸颊说："这事你要帮我的忙。只要你答应，我自有办法。"

侯涅浪用手指刮了一下程海阔的鼻子说："怎么帮？"

程海阔略加思索，说："你要搞清楚《心灵的呼唤》作者的身份，搞清他的社会背景，不然的话会引起很大的麻烦，偷鸡不成倒蚀一把米。"

侯涅浪扭动了一下她柔软的身子说："我明白了，你是想打别人的主意。"

"你一定要帮我，不然我会被改行烧锅炉的。我有办法，会做到不露马脚的。"程海阔贴着侯涅浪的耳门说。

九

宣传股办公室里，宋干事拿着新出刊的《珠峰电影》气呼呼地对沈丰说："你看看，这杂志上登了好几部电影剧本，没一个比得上你的《心灵的呼唤》，我看都是些关系稿，赚国家的稿费。"

"文化艺术应该是神圣的，是要给人们提供精神食粮的。"沈丰一边整理着桌上的材料一边说。

"我看未必，你看现在那么多伤痕文学，把生活写得黯淡无光，不知他们想干什么。"宋干事越说越激动，将《珠峰电影》重重地摔在桌上。

第二天，沈丰收到了《珠峰电影》编辑部的挂号信。宋干事欣喜地说："快拆开看看。"

挂号信内装着个人简历表格，让沈丰填写个人简历。

宋干事拍了拍沈丰的肩膀，高兴地说："沈丰，我看有戏了！"

侯涅浪、程海阔在一家餐厅的包间里，一边吃着涮羊肉，一边喝着二锅头。

程海阔夹着涮羊肉往侯涅浪嘴里喂。

侯涅浪撒着娇,笑着说:"你闭上眼睛,我给你一个惊喜。"

程海阔闭上眼睛,侯涅浪拿出了沈丰的简历表,说:"睁开眼睛看。"

程海阔睁开眼睛,一把夺过沈丰的简历表,认真地看起来,看着看着脸上笑开了花。

"你满意了吗?"说着夹着一块涮羊肉塞进了程海阔的嘴里。

"吃吃! 三代普通农民。"程海阔一边吃着羊肉一边笑道。

没过几日,沈丰接到了《珠峰电影》编辑部的退稿信和退稿。

沈丰睁大眼睛看着退稿信:

沈丰同志:

感谢你对本刊的信任。已拜读你的作品,有些情节非常感人,但书稿的主题思想尚未跟上形势,整部作品离出刊要求还有些距离,望你不断学习,不断提高写作水平。

还望赐稿。

《珠峰电影》编辑部

一九八一年八月十九日

十

深秋的一天,宋干事拿着新出版的《珠峰电影》杂志找到沈丰,怒气冲冲地说:"沈丰你看,《珠峰电影》上面刊登的《春醒长风》,好多情节都是你的《心灵的呼唤》上面的情节,我看这就是一部抄袭的作品。"

沈丰低头干着他的工作,不屑一顾地说:"怎么可能,别瞎说,那可是国家级刊物。可能我的作品还不够成熟。"

"怎么不可能，通篇只是人物名字变更，框架、故事情节都一样。"宋干事面红耳赤地争辩道。

"有可能我太年轻了，生活阅历不够，写不出好作品来。"沈丰不紧不慢地说。

宋干事愤愤不平地说："年轻就写不出好作品来了？曹禺 24 岁就写出了《雷雨》，这部作品奠定了他在中国话剧史上的地位。"

"我哪能跟曹禺先生比呢？我清楚自己的创作水平，还需要再打磨打磨。"沈丰安慰着宋干事。

十一

《春醒长风》被著名导演经过精心打造搬上了银幕。上映前进行了强势宣传，宣传广告布满大街小巷。

上映后，果然引起轰动，特别是男女主人公美丽的心灵深深震撼着观众的心。当经历灵与肉、生与死的拷问时，主人公舍己救人，被洪水冲走，台下的观众哭声一片；当主人公和被救者与洪水殊死搏斗，终于双双获救后，观众的喜悦之情又溢于言表。一改悲悲惨惨的伤痕文学，是一部歌颂真善美的好片。

丁春梅在走道里忙着做饭炒菜，等沈丰回家。

大双、小双催着丁春梅快点吃饭。

丁春梅将饭菜端上桌后说："等你爸爸回来，时间来得及。"

沈丰下班走进家门，丁春梅满脸笑容地说："快吃饭，吃完我们一块儿去看电影，新上映的影片，叫《春醒长风》，看过的人都说好看。"

沈丰紧皱着眉头说："你们去看，我有事就不去了。"

吃过晚饭，丁春梅带着大双、小双去看电影了，沈丰收拾完碗筷，坐在床头，他打开电视，电视机里传出著名女高音演唱的《春天的故事》，接着就是娱乐节目。

　　沈丰看了一会儿，心烦意乱地关掉了电视。他脱鞋半躺在床上，想着心事。

　　现在国家将企业推向了市场，企业将面临改制，实行买断工龄，单位越来越不景气。自己上有年迈的父母，下有年幼的孩子，丁春梅跟着自己没享过一天福，买断工龄后怎么办？哪还有什么心情看电影。他恨自己无能，商品粮、正式工将一切归零。在部队时遇上干部制度改革，回地方后面临企业改制，难道这就是命运？

　　一个星期天的早上，丁春梅在走廊的煤炉子上煮面条，当锅里的面条沸腾得正欢时，一只大老鼠突然从书箱里跳出，掉进翻滚的锅里，被烫得吱吱地惨叫。箱内的老鼠听到箱外发出的惨叫声，一阵骚动。

　　丁春梅手拿着锅铲，自言自语道："唉！这面条是吃不成了，我非得治治这些害人的老鼠不可。"

　　丁春梅在轮休日里叫来收破烂的，她指着满箱子的书说："你说这书多少钱一斤？"

　　拾破烂的老者说："8分钱一斤。"

　　丁春梅争辩道："8分钱一斤太便宜了，一角怎么样？"

　　"我一斤只赚两分钱，最多九分钱一斤。"拾破烂的老者说。

　　"那好。里面有不少老鼠，你要帮忙打。"丁春梅说。

　　丁春梅帮忙扯着蛇皮袋子，拾荒老者往袋子里面装因带着鼠尿而发黄的各种书籍。

　　箱子里面的书越来越少，里面的老鼠纷纷往外逃，老鼠跑得特快，哪里打得住？

　　靠墙边一只老鼠窜出，拾荒老者一脚踏去，终于踩死一只。

　　丁春梅一清点蛇皮袋，整整装满6袋。

　　俩人抬着用秤一称，共计286斤。

　　拾荒老者眨着眼睛计算道："那，那是25块7角4分。"

　　"那你给25块8角。"丁春梅说。

"也行。那箱子里面的一大摞稿纸不卖？"拾荒老者问。

"不卖，稿纸用来燃煤炉子。"丁春梅说。

拾荒老者给完钱，将装满书的蛇皮袋子往下扛。

沈丰回家走到箱子跟前，发现箱子盖打开着，里面空空如也，他打开房门，急切地问道："箱子里的书呢？"

丁春梅正在房里搓衣服，抬起头说："卖了。"

"我好不容易从北京弄回来的，你怎么卖了呢？"沈丰着急地说。

"老鼠在里面做窝、打架。煤也没地方放，正好将书卖了装蜂窝煤。"丁春梅辩解道。

沈丰脸黑了下来，怒吼道："你知道那些书有多珍贵吗？有些是不再出版的，简直乱弹琴！"

丁春梅站起身，用围裙擦了一把手争辩道："你看了那么多的书，写了那么多文章能换来钱吗？看书能看出钱来？看书能看出油米来？看书、写文章能养得起家、糊得起口吗？"

十二

《春醒长风》取得巨大成功，被电影"金狐狸"奖评为最佳男女主角奖、最佳配角奖、最佳导演奖、最佳编剧奖、最佳摄像奖、最佳音乐奖。

这部电影给程海阔带来如潮的好评和荣誉。电影制片厂给他老婆转成了正式工。

"金狐狸"奖颁奖典礼在某大型体育馆隆重举行。主管电影的副部长、电影界的大伽精英悉数到场。当得奖的主创人员走上红地毯时，看台的观众发出雷鸣般的掌声和欢呼声。

程海阔健步走上红地毯，面带微笑，频频向观众招着手。

沈丰住房的走道里，丁春梅一页页撕着《心灵的呼唤》点燃蜂窝煤，发黄的稿纸在火苗中卷曲着，迅速变黑。丁春梅用钳子夹住一蜂窝煤放进炉膛里，炉子冒出黑烟，飘着难闻的气味。

程海阔站在领奖台上，激昂地讲着他的获奖感言："各位领导，各位来宾，我能写出这个剧本，要感谢生活给了我创作的灵感，感谢改革开放这一大好时代给了我创作的舞台……"

沈丰住房走道里，丁春梅用火钳往上提了一下蜂窝煤，蜂窝煤已被点燃，发出哧哧的响声，一股怪味把丁春梅呛得咳嗽不止，她想呕吐。

机械厂办公室里，沈丰接过企业改制工作组人员递过的表格，工作人员说："沈丰，你的兵龄算工龄，工龄20岁，买断工龄款是14800元，你老婆是12300元，你在表上签字，也代你老婆签个字。"

沈丰看过表格后，在他和丁春梅的名下签了字。

工作人员指着旁边办公桌上的会计说："在那领钱。"

沈丰淡淡地说："我认得。"

回到家里，沈丰情绪低落地将买断工龄的两万多块钱交给了丁春梅，沈丰望着妻子长叹了一口气。

丁春梅接过钱，瞅了一眼沈丰，问："叹什么气？"

沈丰忧心忡忡地说："现在我们成无业游民了，往后怎么办呢？"

丁春梅将钱放在床上，招呼着大双、小双吃饭，指着桌上的菜说："你看，今天专门买了你喜欢吃的卤五花肉。"说着斟上一杯白云边酒，"来，喝点酒，天无绝人之路，我们有技术，有两双手，怕什么？"

沈丰拿起筷子往大双、小双碗里夹着五花肉，说："你们正长身体，多吃点。"说着将一杯白酒倒进嘴里。

十三

沈丰与丁春梅经过认真商量，决定在城北国道边开一个夫妻修理店。

军人出身的沈丰说干就干。他租了临国道边的两间门面，用夫妻俩买断工龄的钱，到省城旧设备市场花1万元购回一台旧车床，花1800元购回

了一台电焊机，花2000多元购回必要的切割机、台钻、砂轮机等机加工设备，进行机修加工。

大双、小双转到附近的春苗学校上学，一家人吃住就在这小店里，在店面后面用石棉瓦搭上小房当伙房。

由于沈丰的焊接技术、丁春梅的车工技术过硬，再加上价格公道，夫妻俩服务态度好，小店的生意越来越好。不到一年就赚回了全部投资本钱。

第二年夫妻俩有了结余，沈丰便找村里将两间门面买了下来。

随着经济发展，一栋栋楼房在这座小城拔地而起。沈丰、丁春梅抓住时机，加工起防盗窗。夫妻俩日夜加班，活多得忙不过来。

六里胡同一家高级火锅店里，侯涅浪、程海阔俩人吃着涮羊肉，喝着红星二锅头。

侯涅浪面带红晕，讥讽道：“你现在的名气越来越大了。”

程海阔应承道：“还不是沾你的光。”

“你说说你多长时间没找我了？”

“老了，我们头发都花白了。”

“是不是天天与你老婆黏在一起？”

“早分床了。”

“是不是哪个小妖精把你迷住了？”

“年纪大了没想法了。”

“鬼才信！”

沈丰、丁春梅经过十余年的打拼，在红星花园小区买了一套150多平方米的房子。在这座小城里总算有了属于自己的家。

随着城市化进程加快，沈丰、丁春梅的小店被一家大型企业收购，企业要在他们的店面处建新厂。沈丰、丁春梅已年近五十，爬窗户安防盗窗已很吃力，再加上现在新建小区都是高层，安防盗窗的越来越少，生意大不如以前。于是，沈丰、丁春梅找这家企业商量，把他俩带进厂。

两间门面评估价 40 万，厂家同意接收沈丰、丁春梅入厂，并且很人性化地安排沈丰做保安，丁春梅负责办公大楼的清洁工作。

大双、小双也很争气，都考入了省城重点大学。

十四

那年丁春梅 55 岁，退休在家。大双、小双已大学毕业，在省城找了工作，结了婚。沈丰、丁春梅用他俩大半生的积蓄为儿子在省城付了两套房的首付款。

丁春梅省城和老家两边跑，被沈丰称为游击队员。

沈丰 60 岁正式退休。虽说退休工资不高，但基本生活是有保障的。

这天，沈丰、丁春梅老两口坐在客厅看电视。

丁春梅聚精会神地看着抗日电视连续剧。电视屏幕上，游击队长正手撕日本鬼子小泉水一郎。经过几个回合的打斗，游击队长将小泉水一郎撕成两半。

沈丰心烦意乱，拿起遥控器将电视关掉。

丁春梅惊奇地望着沈丰说："这么好看的电视剧，你关掉干吗？"

"太假了，成了神剧。"沈丰说道。

"人家飞檐走壁，会功夫。"丁春梅争辩道。

"你就喜欢功夫片。"沈丰说道。

丁春梅瞅着沈丰说："你最近怎么了，天天唉声叹气，好像有什么心事似的？"

沈丰叹了口气说："唉，老婆子，不瞒你说，我也想写点东西，原来忙生活没时间，现在退休了总想写点东西。我想写长篇小说，小说的名字我都想好了，叫《岁月无痕》。"

丁春梅问："什么内容？"

沈丰答道："冬去春来，岁月来去看似无痕，其实并非如此。人生苦

短，各人的活法不同，怎么活出人生的意义来，不同阶层的人有不同的解释。"

丁春梅拿过遥控器准备重新打开电视机，说："还有那么多名堂，你之前写了那么多也没看到变成电视剧。"

沈丰拿回遥控器，说："你要支持我，我想给子孙留点东西。"

丁春梅感慨道："是呀，忙活了大半辈子，退休了是该干点自己喜欢的事。"

沈丰惊讶地问："你同意我写书了？"

丁春梅抚摸着沈丰花白的头发说："你想写就写吧，我支持你。你写的书有这电视剧好看吗？"

沈丰调侃道："我写的是游击队长的师傅，能把日本人手撕八块。"

丁春梅推了沈丰一把："去你的。"

　　从那天起，沈丰便开始了每天的伏案写作，不久，沈丰案头的稿纸堆到了一尺多高。

　　这天，丁春梅进房给沈丰倒茶时，沈丰站起伸了下懒腰，长叹了一口气，说："终于完稿了。"

　　沈丰坐下后，丁春梅揉着沈丰的肩说："写文章真不容易，我看比上班还累。"

　　"是呀，繁重的脑力劳动。"说着用手轻拍着丁春梅的手。

　　"出书的钱我给你准备好了，存了5万元。"丁春梅说。

　　"老婆子，出书的钱还是我自己挣。这书还要修改，我可以出去打工，一边打工一边修改，等稿子改好了，钱攒够了，我就出书，这叫自力更生。"沈丰面露笑容地说。

　　"修改还要那么长的时间？"丁春梅疑惑地问。

　　"修改的时间比写的时间还要长。我想好了，我要到炎帝神农故里景区去当清洁工，那里环境好。清洁工可以满景区活动，活动之中可以产生灵感。"沈丰说道。

十五

　　炎帝神农故里景区里，沈丰肩挎着垃圾篓，右手拿着火钳，沿景区路认真地拾捡着路边的垃圾。

　　侯涅浪、程海阔随夕阳红旅游团来到炎帝神农故里景区，感受农耕文明。

　　游人从炎帝广场缓慢向炎帝神农像走去，一边谈笑，一边拍照，感受着炎帝神农八大功迹福泽后人的丰功伟绩。

　　侯涅浪、程海阔站在高大威武的炎帝神农塑像前昂首注视。

　　突然，程海阔一阵晕眩，倒在地上，人群慌乱地骚动起来。

　　沈丰拾垃圾碰巧走到神农像前，见此情景，他忙放下手中的家伙，拿出手机拨通了 120 急救电话，又急忙拨打保卫科电话。

120 急救车闪着警灯，拉着警报疾驰而来。

游人纷纷闪开，救护车停在程海阔跟前。

医生护士将程海阔抬上担架，并急切地喊道："谁是直系亲属请上车，另外，景区也要有人跟着到医院！"

侯涅浪、沈丰与赶来的景区保卫人员一同上了车。

急救车疾驰而去，留下一串长长的警报声……

分 家 产

徐驼子走了，那年他84岁。

徐驼子身材魁梧，要不是因为驼背，身高足有一米八六。他的驼背也不是天生的，是因小时候打摆子发烧，家里没钱治。隔天一场摆子，打了一个多月，该他命大，捡回了一条命，可落下个驼背。父母也懒得给他起名，村子里人就喊他徐驼子。

虽然徐驼子没读过书，但脑子很好使。犁田打耙、春播秋种他样样精通。要是能读上书，可能他琴棋书画也无所不能。

徐驼子吃苦耐劳、心灵手巧、能言善辩。他挑豆腐走街串巷，将临村患小儿麻痹症的李小妹哄着合了心。结果，小他8岁的李小妹成了他的媳妇。要知道，时下农村四肢健全的男娃还有不少光棍哩。

结婚后，李小妹给他生了3个儿子，个个长得虎头虎脑。老大叫徐大国，老二叫徐二国，老三叫徐三国。

徐驼子脑子灵活，勤扒苦做，到死时给仨小子攒下四套两层房子，20万存款，还有8头又肥又壮的黄牛。

徐驼子下完葬，复完山，村民们担心兄弟、妯娌会大吵大闹起来，搞不好还要大打出手。村民们的担心不无道理，大媳妇黄友爱，是个得理不饶人的主儿，村子里的人都知道她的厉害。

在农村长子为尊，56岁的徐大国主持了今天下午的家庭会。他坐在墙边的沙发上，看了大家一眼，亮起了嗓子："爸爸走了，我在追悼会上就已讲了，爸爸的一生是伟大而平凡的。他一生任劳任怨，为我们攒下了这些家产。今天兄弟、妯娌都在，看怎么分这些家产。我先说我的意见，我们兄弟手心手背都是肉，也不厚此薄彼，我看就平分。"

黄友爱白了徐大国一眼，说："怎么分我都没意见，但我话要说在面上，我们作为老大为这个家付出的最多，老婆子已死了十几年了，老婆子生病以来，是我们照顾得最多；老婆子死后，我们与他爷爷住得近，又是我们照顾得多……"

二媳妇刘春芳接过话茬："大嫂子说的有点不对，老婆子害病我们是轮着照看的。"

黄友爱抢过话头说："你们老二、老三娶媳妇，我们当老大的哪个没操心?"

刘春芳辩解道："那时老爹爹、老婆子都在，老爹爹又能干，还轮得到你们操心?"

黄友爱恼怒道："二妹，你说这话是什么意思，我们当老大的什么都没干是吧?"

顿时房间里充满火药味。

三媳妇范惠玲说："我们在城里工作，照顾父母是少一些，可我们接他们到城里他们住不惯，怎么留都留不住，给钱又坚决不要，我们也想尽孝心。"

徐二国在椅子边挪了挪身子，说："爸爸会赚钱，从来不要后生的钱，到死时还喂着8头大黄牛。身子好好的，说走就走了，根本就没给我们后生找麻烦。"说着说着眼圈就红了。

黄友爱争辩道："不管怎么说，我早来你们徐家几年，就多做了贡献。"

徐大国涨红着脸冲他媳妇吼道："你别瞎搅和，这个家产必须平均分！"

黄友爱对徐大国嚷道："怎么了，我们吃了亏就不能说了？屁就不能放一个！"

徐三国还未从失去父亲的悲痛中走出，他心情悲痛地说："各位哥嫂是为这个家多做出了贡献，支持我完成了学业。父母都走了，我们今生是兄弟，未必来生还是兄弟。"

黄友爱接着说："我开始就讲了，怎么分我都没意见。"

刘春芳说："老三在外做事，说不定往后家里有事还需要老三帮忙，平分我没意见。"

徐二国说："本来家产就都是父母挣的。"

徐三国站起身子说："感谢哥嫂们的厚爱，我已与惠玲商量了，我代表惠玲表个态，家产我们一分钱都不要，但我要爸爸、妈妈留下的三样东西。"

一家人用惊奇的目光盯着徐三国。

徐大国说："那怎么能行呢？家产还是平分。"

徐二国说："不平分我们也不好向死去的父母交代呀。"

徐三国眼含着泪花说："我只要三样东西，我已挑好了。我现已是国家副处级干部，生活是有保障的。"说着将放在墙角的扁担、鞭子、钥匙拿在手里，"这三样东西才是我们家的传家宝，才是父母的精神所在。"

刘春芳将椅子向前推了推，说："三兄娃，坐着说。"

徐三国没有理会刘春芳，继续讲道："这根发黄发亮的扁担，上面浸透着父亲的汗水。尽管父亲是个残疾人，但他用这根扁担同村子里的青壮年一起，到20多里外的三家寨去挑柴，他甚至比正常人挑得还多。一家人的零花钱，包括我们的学费都是靠父亲挑柴卖换来的。公社修九里冲水库时，父亲用这根扁担每天挑100趟土，为的是挣10个工分和公社奖励的二两米。

　　"这根鞭子我们都知道，父亲死前还用这根鞭子放着那 8 头牛。"父亲是用这根鞭子将我赶回了学校。那年母亲生病，父亲骑着摩托车到十里八乡收购香菇卖，自己家还种植了一万多筒香菇。骑摩托回家的路上，天下起了雨，下坡时路滑，父亲连人带车翻在了沟里，小腿骨被摔断。那时你们都在外地打工，那年我正高考，我回家看了父母的情况，我不想考了，要回家照顾父母，父亲就是用这根鞭子猛抽我，硬是把我打回了学校。父亲拄着拐杖烧火做饭，服侍母亲，并管理着家里香菇。若不是父亲的这根鞭子，我也不会有今天……

　　"这把钥匙想必两个哥哥还记得。三年困难时期我们饿肚子，那时父亲是生产队保管员，集体的粮食就锁在我们家里。母亲在外挖野菜、削树皮，让我们充饥。我们肚子饿得咕咕叫，父亲却不准我们动集体的半粒粮食。这把钥匙记载着父母的高贵品质。

　　"这三样东西就是我们家比金子还要珍贵的传家宝。"

　　讲着讲着，房内传出抽泣声，数大嫂黄友爱的哽咽声最大。

寻　找

　　章文静这个月就要出嫁了，对象是同村比她早两届的高中校友柴浩。柴浩在部队提干不久，身穿四个兜的干部服，拍了一张照片给章文静寄去。自从章文静收到照片，她就没离开过身，总是装在贴身的荷包里。

　　这些天章文静脸上总挂着幸福的红晕，她幸福、欣喜，但随着婚期临近，她愈发矛盾起来。结婚意味着与夫君同床共枕，自从高中毕业回乡，就自己一人睡一张床，身边突然睡着一个男人，她又渴望又害怕。

　　落日的余晖映红了天际，归巢的鸟儿在林丛里欢唱着团聚的歌儿。章文静一看墙上的挂钟，快8点了，她拿起药箱挎在肩上，关上了大队卫生室的门，嘴里哼着黄梅戏"树上的鸟儿成双对……"迈着欢快的步子往家走。

　　章文静走到山边的竹林旁，被高中的同学、本湾子的许亮鸣拦住了去路。

　　许亮鸣比章文静大两岁，原是柴浩的同班同学。高考了三次，最后一年与章文静成为同班同学。

　　许亮鸣聪明能干，人长得又帅，深得姑娘们喜欢。

　　许亮鸣一直暗恋章文静，在学校给章文静递过纸条，回乡后追过章文静，还托媒人上门提过亲。

章文静并不反感许亮鸣，但婚姻大事由不得半点马虎。经过慎重考虑，最后她还是选择了读军校、更有发展前途的柴浩。

许亮鸣上身穿白的确良衬衣，下身穿凡尼丁蓝裤，脚穿黄泡沫凉鞋，显然是经过精心打扮的。

许亮鸣盯着章文静看了一会儿，说："文静，我明天就要到南方打工去了，今天晚上吃过晚饭，还是到这个地方，我有话要对你说。"

章文静思考了一会儿，显得有些犹豫。

"我明天到南方的火车票已订好，你的婚礼我不能到现场祝福，今天晚上见一面不可以吗？"许亮鸣问道。

章文静没作回答，只是默默地点了点头。

晚饭后，章文静、许亮鸣如约来到山下的竹林里。

林中的鸟儿停止了歌唱，上弦月在云层里时隐时现。

章文静、许亮鸣找了一块突起的石头坐了下来。

许亮鸣望着时隐时现的月亮说："你是校花，有许多男孩子喜欢你、追你。婚姻方面你有选择的自由，我不怪你。咱俩之所以错过，一是没缘分，二是我不成功，可能让你失望了。"

章文静从来没单独与男孩子坐这么近，她显得局促不安，心里像是装着小兔子一样怦怦直跳。

"我们是同学，是好朋友，现在改革开放了，每个人有许多发展的机会，你应该出去闯一闯。"章文静淡淡地说。

"这 500 块钱算是对老同学婚礼的祝福吧。"许亮鸣说着从裤兜里掏出早已准备好的钱递给章文静。

章文静推辞道："不要，你出门需要钱。"

在推辞中，俩人的手接触到了一起，俩人心跳在加快。

章文静心慌意乱，巴不得早点结束这场约会。她想走，可碍于面子，又张不开嘴。

推扯中，许亮鸣一不小心，手触碰到了章文静的酥胸。

许亮鸣紧紧抓住章文静的双手，喃喃地说道："拿着，这是我的一点心意。"荷尔蒙激素迅速充斥着许亮鸣的全身，他再也控制不住自己，一把将章文静抱在怀里。

章文静挣扎着，她后悔答应今晚竹林的约会。

许亮鸣越抱越紧，嘴里呢喃着："我太想你了！我太想你了！"

章文静在许亮鸣怀里拼命地挣扎着，恼羞成怒地喊着："不行！不行！放开我！"

章文静刚挣脱掉许亮鸣，正准备起身时，被许亮鸣一把抓住了小腿，许亮鸣饿虎般扑向了章文静，并重重地将她压在身底。

章文静拼命地反抗着，喊道："我要喊人了！"

喊声、挣扎声惊得竹林中的鸟扑棱扑棱乱飞。

俩人在地上打着滚，撕扯着，碰撞着，林中的竹子枯叶纷纷飘落。

章文静累得汗流浃背，筋疲力尽，终于瘫软了下来。

浓厚的云儿多了起来，将月亮遮住了。

章文静跌跌撞撞地回到家中，倒在自己的床上用被子捂着脑袋嘤嘤地哭起来。

章文静恨自己，千不该万不该，不该答应许亮鸣去约会。

平时她洁身自好，守身如玉，准备将女儿身献给洞房花烛夜的丈夫，可现在这一切都变成了泡影。

章文静恨许亮鸣，他是个恶棍、流氓、强奸犯，是破坏自己幸福的刽子手，我要去告他！

章文静哭够了，哭累了，迷迷糊糊睡着了，一觉醒来日头已有一竿多高。

章文静起身坐在床上。现在该怎么办？能跟母亲说吗？又怎么说得出口？去告许亮鸣？一告社会上都会知道，自己名声败坏，会成为别人瞧不起的坏女人，到那时柴浩还会要自己吗？那样自己会在社会上抬不起头，在父母面前抬不起头，在同学面前抬不起头。现在到底该怎么办……

一个星期后，英俊潇洒的柴浩请了婚假，怀着对新婚生活的憧憬回到家，准备与相恋的爱人章文静完婚，共度百年之好。

出嫁那天，丰厚的嫁妆引来全湾子老少的围观。柴浩领着接亲的亲朋给湾子老少分发着香烟、喜糖。

在鞭炮声和亲朋的祝福声中，章文静踏上了出嫁之路。

结婚本是人生一大喜事，但是，此时此刻，章文静却心情复杂，面无笑容。

热闹了一整天，闹房的亲朋终于散去。柴浩关上房门，脱下外衣，欣喜地说："今天是八一建军节，也是我俩新婚的日子。今天累了一天了，我们休息吧。"

章文静坐在床头，心事重重，面无表情地瞄了一眼柴浩，说："你先休息吧。"

柴浩脱衣上床，说："你也早点休息吧。"

柴浩一觉醒来，发现章文静还坐在床头。

柴浩惊讶地问："怎么还不睡？"

章文静和衣躺了下来，说："今天太累了。"

一连两天章文静都是和衣而卧，她觉得自己对不起柴浩，无法面对柴浩。

第三天，章文静实在过意不去，带着复杂的心情与丈夫有了肌肤之亲。

柴浩将章文静紧抱在怀里，说："要是我们有了儿子，我看就叫兵锋，我们八一建军节结的婚，有纪念意义。"

章文静含泪点着头。

柴浩休完婚假就离开了，不久，章文静发现自己怀孕了，章文静是学医的，经推算，这孩子不是柴浩的，与柴浩同房时已过了排卵期。

自从怀孕后，章文静喜欢吃酸的喝辣的，这一现象被细心的老婆子发现了，老婆子喜出望外。吃饭时瞅着老头子不在，悄悄问章文静："有了？"

章文静默默地点了点头。

章文静一人躺在床上，泪水打湿了枕巾。这孩子是要还是不要？不要又没有有说服力的理由；要，让柴家抚养别人的骨肉，良心过不去，一辈子内心都不得安宁。

一天，章文静心事重重地对老婆子说："妈，这孩子我不想要。"

老婆子惊讶地问："为什么？"

章文静回答道："妈，柴浩结婚时喝多了酒，我怕孩子生下来后智商有问题。"

"瞎说，哪个男人不喝酒，我没见到几个傻子。柴浩他也想要孩子，孩子的名字他不都取好了，叫什么兵锋嘛。不行，绝对不行。"老婆子坚决反对。

自从章文静吐露了这一想法，老婆子愈加精心照顾着章文静，生怕儿媳妇有什么闪失，怕儿子怪罪。

章文静忐忑不安地度过了十个月。预产期一到，章文静生下了一个健康的男婴。

章文静生了一个儿子，喜坏了柴家一家人。

柴浩特意请了探亲假，回家照顾妻子、儿子。

柴浩抱着儿子，左看右瞅，喜上眉梢，嘴里说道："小兵锋长大后也去当兵，去保卫祖国。"

兵锋健康聪明，十个月会走路，一周时会喊爸爸、妈妈、爷爷、奶奶，直喊得爷爷、奶奶骨头都是酥的。

小兵锋被爷爷奶奶视为掌上明珠，含在嘴里怕化了，捧在手里怕摔了。打个喷嚏爷爷奶奶都整晚睡不着觉。

章文静怎么看兵锋都不像柴浩，越看越像许亮鸣，连说话的声音、走路的姿势，都和许亮鸣一模一样。怎么才能弥补呢？只有再给柴浩生一个亲骨肉。

　　许亮鸣与章文静在竹林月下约会后，第二天天不亮就到南方打工去了，很快就与同厂的四川姑娘谈起了恋爱，并于年底做了四川姑娘的上门女婿。从此，许亮鸣再没回过老家。

　　兵锋3岁那年，柴浩在执行抗洪抢险的任务时，不幸被洪水冲走，为保护人民群众的财产而光荣牺牲。柴浩被定为革命烈士，父母、儿子等享受政府对烈士家属的特殊照顾。

　　兵锋享受烈士后代的照顾，这让章文静心里更加不安。真相又不能给别人说，包括自己的父母。她每天在惊恐中度过，心中的苦闷只有她自己知道。

　　老婆子看在眼里，急在心里，她以为章文静是在为失去丈夫而悲痛，老婆子与老头商量后，对章文静说："柴浩是为国家的事走的，是光荣的。你还年轻，不如再找个人家，我和老头子都没意见。兵锋你愿意带走就带走，但不管走到哪里，柴姓不能改，不愿意带就留在我们这里。"

　　章文静听到后心烦意乱，满腹委屈地说："妈呀！你们是不是要撵我走？我哪儿也不想去，也不想再嫁人了。"

　　"妈不撵你，妈也是为你着想。"老婆子忙说道。

　　章文静心力交瘁，晚上常做噩梦，被惊醒时常是一身冷汗。不久发现左乳房有一肿块，到医院一检查，确诊为乳房肿瘤，已癌变。接着，章文静面临的是乳房切除手术，以及痛苦不堪的化疗。

　　章文静心理压力越来越大，儿子身世一事更是压得她喘不过气来，她需要找个人倾诉。她不能把实情告诉老公公、老婆子，老人经不起这打击，她也不能对自己的父母说，父母丢不起这个脸。

　　她左思右想后，决定把自己的痛苦与压抑向自己最好的闺蜜陈兰兰倾吐，以寻找心灵的解脱。

　　陈兰兰的儿子与兵锋是同班同学，一天，下课后同学们到操场上玩，陈兰兰的儿子把兵锋拉到一边，悄悄地说："兵锋，我告诉你一个天大的秘密。"

兵锋一惊，问："什么秘密？"

陈兰兰的儿子将嘴贴近兵锋的耳朵说："你不是你爸爸亲生的。"

兵锋愠怒道："你胡说八道。"

"这是你妈妈亲口对我妈妈说的。"说完，一溜烟跑了。

回到家中，兵锋一脸严肃地问章文静："妈妈，你说我不是我爸亲生的？"

章文静听孩子如此问，心里一惊，顿时脑子里一片空白。渐渐地，她镇定下来，为了不让儿子幼小的心灵受到伤害，她用不容置疑的语气回答儿子这是无中生有的事。

"你肯定说过，你亲口对陈阿姨说的。"兵锋朝妈妈吼道。

章文静没想到陈兰兰会把这个秘密说给自己的儿子听，她又是懊悔又是生气，上前揪着兵锋一巴掌打在他的脸上，她一边打一边说："我让你乱说！我让你乱说！以后再乱说打烂你的嘴！"

兵锋被打得哇哇大哭起来。

奶奶听到哭声从伙房里跑了出来，一边护着兵锋一边责怪道："你今天是怎么了，把孩子打成这样！"

章文静流着眼泪走进了自己的房间，关上门伤心地哭了起来。

兵锋读高三那年，章文静憔悴消瘦，全身无力，到医院一检查，是淋巴癌晚期，她自知不久将离开人世。她想过多次，若把兵锋身世的真相告诉大家，那将会伤害一群人，最终，她选择将秘密烂在自己的肚子里。

章文静在医院里，昏迷后被医生抢救了过来。她伸手握住兵锋的手，颤巍巍地说："兵锋，妈妈这么多年一直有病，没照顾好你，还打过你，你不恨妈妈吧？"

兵锋含着泪说："妈妈，我不恨你，可我到底是不是你……"兵锋话没说完咽了回去。

章文静有气无力地说："孩子，我是你的亲妈。"说着，手一松，永远地闭上了眼睛。

兵锋扑在章文静身上，哭喊着："妈妈！妈妈！"

章文静的父母，兵锋的爷爷、奶奶也忍受着白发人送黑发人的痛苦，哭声撕心裂肺。

兵锋已长大成人，他要弄清他的身世之谜，他要寻找真相。

一天，兵锋郑重其事地问他白发苍苍的爷爷奶奶："爷爷、奶奶，你们说我到底是怎么来到这个世上的？我的亲爸、亲妈是谁？"

奶奶仔细瞅了一眼兵锋，说："你是你爸妈亲生的，爷爷奶奶还会骗你吗？"

兵锋又来到外公外婆家，对外公外婆问道："外公、外婆，我亲生父母到底是谁？希望二老不要骗我。"

外公狠瞪了兵锋一眼。

外婆说："你这孩子，是不是书读多了，净问些莫明其妙的问题。"

兵锋说："这与读书多少没有关系，我妈对陈阿姨说过，我不是我爸亲生的。"

外婆拉着兵锋的手说："孩子，怎么不是，你爸妈八一结婚，你第二年五月出生，你妈怀胎十个月，足月生，兵锋是你爸爸亲自取的名，这还能有错？"

外公生气地说："简直就是书呆子。"

奶奶病重，兵锋在床边紧握着奶奶的手问道："奶奶，你说我到底是谁亲生的？"他想病重的奶奶是不会说假话的。

奶奶有气无力地说："孙子，你是你爸妈亲生的。"

几年后，兵锋的爷爷、外公、外婆相继离世。

兵锋纠结的身世之谜还没解开。他想，现在的科技这么发达，可以做亲子鉴定，可鉴定的对象呢？

兵锋还在寻找，寻找永远无法解开的谜。

但只要没有答案，他会一直寻找下去！

岸柳依依

一

漂水河从巍峨的桐柏山深处汩汩而来，流入府河，汇入长江，最终随着滚滚的洪流流入大海。

漂水河奔流而下，从山上卷下大量的泥土，经过亿万年的冲积，形成了一片片肥沃的良田。

漂水河沿岸生长着排排茂盛的杨柳，保护着这一片片良田，使其免受洪水的冲击。冬去春来，寒来暑往，沿岸的杨柳生生不息，枝叶茂盛，忠实地守护着这一方水土。

在漂水河中游有一座古老的集镇叫临河镇。河东岸有一大户人家姓贺，临河镇东岸六百余亩良田全是贺家的。

民国末年，贺家独子贺宗道一连生下五个儿子，算得上是家丁兴旺。

1939 年，著名的随枣战役就在贺宗道的家乡打响，而临河镇是重灾区。日本侵略者在这里烧杀抢掠，无恶不作。没有国哪有家？山河破碎，兵荒马乱，贺家自然也深受其害。

贺宗道下一辈是发字辈的。五个儿子分别相隔三岁，分别是发家、发中、发兴、发旺、发胜，按照最后一个字顺列为："家中兴旺胜"。

老大贺发家已结婚，时年二十八岁，已是三个小孩的父亲；老二贺发中二十五岁，已有三个孩子；老三、老四、老五还是单身。贺宗道治家有方，一大家十几人没分家，可谓人丁兴旺，家庭和睦。

二

这年秋天，贺宗道的徽派深宅大院前，几个衣衫褴褛的人在讨米要饭。五十岁的贺宗道从房中走出，一要饭的拦住了贺宗道。

贺宗道停住了脚步，微笑着问："黄河又发大水了？"

一讨饭的说："可不是嘛，颗粒无收。行行好，给点吧。"

贺宗道是行善之人，忙对屋里喊道："发家他妈，快拿点米出来！"

贺发家的母亲忙端出一升米来，对讨饭的说："造孽呀。"说着将米倒进讨饭人的米袋里。

讨饭的接过大米，连连说："多谢了！多谢了！我们那里哪像你们这里，一涨大水就将田都淹了。"

贺宗道说："是呀，我们这里水淹不着，干不着，天干可用水车从河中往田里车水。"

一连几天，贺家门前来讨饭的络绎不绝。贺宗道从不让讨饭的空手而回。家乡遇上大灾之年他更是开仓放粮，救济一方乡民。

一天傍晚，贺宗道在大门口对往家走来的贺发家说："发家，你明早安排伙计们到上畈去犁田。快到霜降了，霜降种麦，不相问得。三犁三耙后好种小麦。"

贺发家边走边答道："好。"

贺家父子的对话被龟缩在墙角的讨饭的听得一清二楚，印证了"大路上说话草林里听"那句俗语。

第二天天刚蒙蒙亮，贺发家就招呼着一帮长工、短工牵着牛、背着犁向离家两里地的上畈走去。远远看去，上畈柳林边像是有一家讨饭的支起了一驾马车，车上盖着苫布，一匹马低头吃着草料。

贺发家空手走得快，长工们牵牛背犁稀稀拉拉掉到后面老远。

贺发家靠近马车时，车上突然跳下四个讨饭的人上前将贺发家摁倒，用毛巾将贺发家的嘴堵上，并迅速将其装进麻袋。四人将贺发家抬上马鞍后面的架子上，并用绳子绑牢。

贺发家在架子上拼命挣扎着、反抗着。

一讨饭的从腰间掏出一把盒子枪，向贺发家挣扎的腿猛砸下去，说："再乱动老子一枪打死你！"

这个讨饭的跳上马鞍，扬鞭打着马一溜烟向北跑去。

同时，从北边跑来两匹马，将绑架贺发家的几个人接走了。

长工们看到这阵势慌了手脚，有的大叫起来，有的喊道："赶紧回去喊老爷！"

等贺宗道带着十几个家丁赶来时，那帮人早跑得无影无踪了，柳树林里只留下一驾孤零零的马车。

家丁们举着汉阳造步枪向北放着空枪。

这是河南罗元辉拉起的杆子，他的杆子旗下有两千多人，还有个姓冯的，拉起的土匪有两万多人。河南、湖北两省交界处，这几股土匪多次进行抢劫。所以桐柏山南麓随北地区到处建有大量古寨，主要就是防北边土匪的。土匪一来，乡邻们就躲进寨子，寨门一关，靠着高大的寨墙，防御着土匪。

前段时间到贺家来讨米的不是真的讨饭的，他们是罗元辉的探子。这些土匪专吃大户，干着绑票的勾当。因多次遭土匪的抢劫，好些大户人家都购枪养着家丁。所以这些土匪探子，常乔装成讨饭的，摸清底细。

贺发家被快马驮着，奔跑了约四个时辰，到了桐柏山北麓一个叫双峰寨的地方，这是罗元辉的老巢。

土匪进了双峰寨后，走到一排低矮的石房前，将装有贺发家的麻袋抬了下来，解开袋口，将贺发家放了出来。

一土匪打开石房门，将贺发家推了进去，说道："先饿他一天再说。"

将石房门上锁后，留下两个土匪看护，剩下的土匪便离开了。

三

在双峰寨一处油灯昏暗的房间内，贺发家被捆在老虎凳上。

贺发家张口大骂道："你们这些土匪王八蛋，丧尽天良，不得好死！"贺发家也是个不怕死的硬汉，夹生着呢。

一土匪小头目手拿着皮鞭叫嚷道："加砖！"

土匪往贺发家脚下加了两块砖。

贺发家疼得直冒冷汗，他疼得咬紧牙关。

土匪小头目说："再加！不给家里写信整死你！"

贺发家怒骂道："你们这些遭天雷劈的！就是整死老子也不写！"

土匪小头目气急败坏地道："打！"说着一鞭鞭猛抽在贺发家身上。

土匪小头目打累了，用盒子枪顶着全身是伤的贺发家的头说："你信不信，老子一枪打死你！"

"打死老子也不写！"贺发家怒骂道。

土匪小头目指着几个土匪说："把绳子解开，拉出去毙了算了。"

土匪将绳子解开，两个土匪架着贺发家往外走。

贺发家一边走一边怒骂着。

走到一山坳边，土匪小头目让停住了脚步，对贺发家说："到底写不写？不写现在就是你的死期！"

"老子不写！"贺发家怒道。

"叭叭"两声枪响,惊得林中的鸟振翅高飞。

贺发家被土匪绑架,贺宗道急得焦头烂额,几天就苍老了许多,一家人像热锅里蚂蚁,急得团团转。大媳妇牵着儿子在贺宗道面前哭哭啼啼,老夫人整天泪流满面。

贺宗道一屁股跌坐在红木太师椅上,叹息道:"到现在没一点消息,要钱的话,就是倾家荡产也要救出发家。"

老夫人边哭边说:"怎么报官也没用?"

贺宗道叹口气说:"河南我们这边也管不了,没用。现在兵荒马乱的,谁有精力管这等小事。这帮土匪主要是要钱,说不定发家还有救。"

贺发家被捆在寨中一棵大松树下,周围围着一帮土匪。

那天土匪是朝空中放的空枪,没有真打贺发家,只是想吓唬吓唬他。

土匪小头目手拿着锋利的小刀,对贺发家说:"一万块大洋换你一条命,你写不写?"

贺发家怒视着土匪说:"不写!"

土匪小头目上前一手抓住贺发家的左耳,用力一刀子割下了贺发家的耳朵。

大清早,一用人急急忙忙走进贺宗道堂屋,将一红绸子布包交给了贺宗道。

贺宗道急忙将红绸子布包打开,里面是一封信和一包红纸,里面像包着什么东西。贺宗道将红纸打开,儿子贺发家的左耳赫然在目,贺发家左耳垂上有颗黑痣。

老夫人看到儿子的耳朵,一下子就晕了过去。

大儿媳一见也大哭起来,大人哭,几个孩子也跟着哭了起来。

贺发中、二媳妇赶紧上前扶着老夫人。

贺宗道忙打开信,只见上面写道,"贺掌柜:你儿子现在我们手里,限你在半月之内用一万块大洋来赎人，否则我们将撕票。钱筹好后，送往桐柏县桐柏山双峰寨"。贺宗道看完信，双手颤抖，脸气得煞白。

贺家翻箱倒柜，老夫人、大儿媳、二儿媳全拿出金银首饰，总共才筹了六千大洋。贺宗道无奈地用他的良田作抵押，在别的大户人家那里借了四千大洋，这样才筹齐了一万块大洋。

一万块大洋由家丁队长领着两个家丁，用骡子驮着，由三杆枪护着向桐柏山双峰寨进发。

贺发家因左耳伤口发炎、高烧不退，在石房里已奄奄一息。他艰难地伸出一只手说："水、水……"

看护的土匪说："到现在没看到你家一块大洋，没水喝。"

贺发家躺在石屋一角，一只手抓着地上的稻草，一只手向外伸着，他想挣扎起身，可双手一松没气了。

贺家家丁一行人来到双峰寨门前，看门的土匪拦住了他们的去路。

家丁队长说："我们是来赎人的。"

一守门土匪说："我去禀报。"

守门土匪气喘吁吁地跑进大厅内，对一土匪头目说："南边的蛮子用骡子驮着大洋来赎人来了。"

土匪头目说："人已死尿了。"

守门土匪说："那赶紧请示大当家的。"

土匪头目说："请示个尿，到手的银子还让它飞了？"说着，对另一个土匪头目一招手："跟我来三十杆枪。"

双峰寨寨门前，土匪头目对贺家家丁说："把大洋拿来我们就放人。"

"我们见人就交大洋。"家丁队长说。

一土匪说："少他妈废话，把大洋交过来！"

家丁队长说："我们领不回东家，回去不好交差呀。"

土匪头目一挥手，向埋伏在寨门内的土匪说："打！不好交差就别回去了！"

顿时枪声大作，一阵枪响过后，贺家家丁全部被打死了。

一万块大洋自然流入双峰寨罗元辉土匪之手，贺家落了个人财两空。

四

贺家还没从土匪撕票贺发家的悲痛中走出，日本人又打过来了。日本妄想打通随枣走廊，攻占宜昌，最后占领陪都重庆及西南诸省。

以李宗仁统领的第五战区几十万官兵和共产党领导的新四军，在随枣地区英勇地抗击着日本侵略者。

随州是抗日主战场，随北的临河镇是受日本残害的重灾区，大路上到处都是拖儿带母逃难的乡亲。

临河镇人心惶惶，贺宗道家更是乱作一团。贺宗道催促家人赶紧走，一大家子十几人大包小提地匆匆上了路，准备到二十多里路外的三家寨躲避日本人。

临出发前，三儿子贺发兴却不见了。

贺发兴读了十几年的书，读成了书呆子。他四体不勤，五谷不分，二十出头了，还是单身一个。原来定过亲事，但女方看到贺发兴痴痴呆呆，出口之乎者也的，人情世故啥都不懂，就退了亲。

贺发兴听说躲避日本人要走几十里山路，他懒得走路，便趁家人慌乱之际溜了，他不相信小日本真的会杀人。

远处传来隆隆的炮声，贺宗道呼唤着贺发兴。

贺发中着急地催着父亲："快走！再不走就来不及了！"

贺宗道一跺脚，仰天长叹了一声，随着家人匆匆上了路。

三家寨坐落在临河镇东边二十多里处的崇山峻岭之上。寨墙两丈多高，寨子绵延十多里路，是随北最大的古寨。为了躲避日本人，临河镇近大半人来到这里。

日本人的大部队很快占领了临河镇，并派部队过河控制了临河镇的制高点——贺宗道老家的蜂子山。此外，还派小股部队将制高点附近的湾子全部烧光，以防藏着中国军队，以消除安全隐患。

贺家的房屋家产，随着冲天的火光化为灰烬。

一队队日本人端着刺刀搜寻没跑掉的村民。贺发兴被日本兵在河边稻场的草堆里搜了出来，日本兵顺手点燃了草堆。贺发兴被端着刺刀的日本兵押着走向稻场的中间。

远处几个日本兵押着两个没跑掉的中年妇女。

贺发兴和两名中年妇女在日本兵的逼迫下在稻场上集中。日本兵喜笑颜开，交头接耳地说着什么。

一日本兵用刺刀指着贺发兴，示意贺发兴将衣服脱掉。贺发兴慢吞吞地脱着衣服，日本兵一枪托打在他的后背上，嫌他脱慢了。贺发兴衣服脱完后，日本兵做样子让贺发兴趴在地上。

日本兵用枪指着妇女，让她们也脱掉衣服。

一个女人抗争着不脱，双手将衣服死死护着。日本小头目上前，一刺刀捅进了这名妇女的胸膛，抽出刺刀后用刀指着另一妇女。另一妇女吓得浑身发抖，两个日本兵上前撕掉了女人的衣服。

一日本兵用刺刀指着贺发兴的裸背，让脱光衣服的女人躺在贺发兴的背上。

一群日本兵淫笑着，突然，一阵急骤的哨子声传来，这些日本兵停止了淫笑，随着哨声匆匆地跑了，南边发现了中国军队。

贺发兴捡回了一条小命。

五

第二天清早，日本兵一个中队带着迫击炮围攻三家寨。寨里都是些从临河镇及周边乡村逃难而来、手无寸铁的村民。日本兵先是用迫击炮往寨里轰，随着寨中迫击炮弹的轰鸣声，好些青壮年被吓得纷纷从寨墙往下跳，两丈多高的寨墙，被摔死的人无数。

日本兵见寨子里面没有中国军队，纷纷冲进寨门。

躲在石屋的贺宗道一家，被几个日本兵赶了出来。

贺宗道的大儿媳妇、二儿媳妇长得都有几分姿色。几个日本兵拉拽着贺家大儿媳妇、二儿媳妇。

日本兵试图强行脱去大儿媳妇的衣服，被大儿媳妇死死咬住了手，日本兵疼得哇哇直叫。一个拿着指挥刀的头目，一刀劈向大儿媳妇。大儿媳妇倒在血泊中。

二儿子贺发中怒火中烧，捡起一块石头咆哮着冲向日本兵，怒吼道："老子跟你们拼了！"一石头砸死了那个日本兵。

十九岁的老四贺发旺也冲向日本人，结果被一日本兵一枪托打在耳门上，倒地晕了过去。

贺宗道、老夫人正准备拿着石头跟日本人拼命时，日本小队长拿着指挥刀命令机枪手向着贺家人开火。

随着枪响，贺家妇孺老少纷纷倒在血泊中，贺宗道倒在四儿子贺发旺的身上。

日本兵血洗了三家寨，大人小孩没留几个活口。

下午，日本兵走了。天空下起了雨，雨水将贺发旺淋醒，他推开父亲的遗体，呆呆地坐起。他的耳朵被枪托砸得什么也听不见，头晕头疼得厉害。

贺发旺艰难地支起身子，跌跌撞撞地走进了石屋，但刚进屋就又倒了下去。

几天后，贺发旺被附近清尸的村民救下了山。

就这样，经过土匪、日本兵的血洗，贺家一大家子就只剩下贺发兴、贺发旺和在重庆新式学校读书的老五贺发胜。

临河镇东面的蜂子山上，驻扎着日军一个联队，他们在山上构筑起了工事。蜂子山是临河镇的制高点，控制住了蜂子山，就等于控制住了临河镇。

这天凌晨四点，大雪纷飞，中国军队一个团的部队准备攻打蜂子山。团长命令所有参战官兵将大衣反穿，将白里子露在外边，以防暴露目标。借着黑夜、飞雪，中国军队悄悄接近日军阵地。随着一声命令，中国军队向日军发起了猛攻，阵地几次易手，厮杀声、呐喊声响彻山谷……

经过激烈的拼杀，中国军队最终将日本军队赶走，双方部队死伤过半，山沟林丛到处都是尸首。

中国军队死守临河镇，没让日本人再北进半步。日本军队龟缩在淅河、北郊碨山等据点。

贺发兴的舅舅也是富裕人家，日军撤离后，赶来帮贺家清理尸体，安葬死者，并出钱在烧毁的地基上新建了三间住房，让贺发兴、贺发旺有了安身之地，还出钱治好了贺发旺的伤。

为救老大贺发家，贺家找别人用全部土地作抵押，借来几千块大洋，尽管贺家的土地远不止值这几千块大洋。人家根据契约收走了贺家的土地，贺家变得一贫如洗。

这次遭遇过后，贺发旺留下了严重的后遗症，耳朵石板聋，打雷都听不见，整个人也呆滞了许多。

贺发旺原来聪明伶俐，读过书，能识文断字，小伙长得又帅，深得舅舅的喜爱。由舅舅保媒，把临河镇上开染行、茶馆的董姓殷实人家的小姐介绍给贺发旺。贺发旺年方十九，董家姑娘年方十八，到了结婚论嫁的年龄。

但如今，贺发旺落下残疾，也不知道董家会不会悔婚，舅舅抱着试试的心理来到董家。

董掌柜六十余岁，留着花白的山羊胡子。

董掌柜客气地让座倒茶。开茶馆的自然家里备有好茶。茶水斟上，顿时满屋飘香，清香四溢。

舅舅接过茶杯，呷了口茶，试探着说："董大哥，俩孩子也不小了，我外甥父母被日本人杀害，家道中落。我想在腊月为他们成婚，一来冲喜，二来继承贺家的烟火，不知董大哥意下如何？"

董掌柜想了想，说："贺家的情况我已知道，我们董家是知书达理之人，不会遇上些变故就反悔。贺家现在正需要一个女人照顾，腊月我们就把这门婚事办了。"

时下兵荒马乱，再加上贺家父母双亡，婚礼没大操大办。董家不光陪嫁丰厚，还从新东家手里返购了一亩良田陪送给贺发旺。

在舅舅、董家的帮衬下，贺发兴、贺发旺总算生活有了着落。

六

贺发兴自然是跟着贺发旺生活，但他天天还是游手好闲，好吃懒做。

贺发旺聪明，他很快学会了各种农活，成了家里的顶梁柱。他因石板聋无法与人正常沟通，就慢慢学会了从口型判断别人说的是什么——而且判断的准确率比较高。

董家小组叫董珠霞，不光聪明贤惠，知书达理，还是临河镇有名的美人。

董珠霞生在镇上，长在镇上，从未见识过犁田打耙，春耕秋收。但如今，不光要洗衣裳，操心柴米油盐，吃喝拉撒，担起家庭主妇的责任，还要下地劳作。这也确实为难了她，她急得哭过无数次。好在董珠霞的妈经常到贺家来指导女儿料理家务。

贺发兴出门时撞见舅舅提着一块肉往他家走来，舅舅家杀了年猪来给外甥送肉。

贺发兴埋怨舅舅道："哪有大麦不黄小麦黄的道理呢？"

舅舅知道贺发兴是说哥没完婚，弟弟先结了婚，便对贺发兴说："你天天游手好闲的，谁愿跟着你？"

"贺发旺不是个聋子吗，你不照样给他说上媳妇了。"贺发兴说完就走了，不知今天他又要到哪儿去野了。

贺发兴来到河边的柳树林，一群十二三岁的娃子正围着什么东西看稀奇。他挤上前一看，原来是日本人遗留下的一发炮弹。

贺发兴一边往外走一边说："一铁疙瘩有什么好玩的。"

贺发兴走了十几步，只听到轰隆一声响，炮弹爆炸了。气浪将贺发兴震倒，他起身回头一看，四五个小孩倒在了血泊中，一条白生生的大腿被炸飞挂在柳树枝上。

贺发兴起身一边跑一边喊："日本人的炮弹炸死人了！日本人的炮弹炸死人了！"

七

新中国成立后，贺发兴还是光棍儿一个，贺发旺已有两男一女。因家庭破败，兄弟俩有少量田地，被划为贫下中农，成为共产党团结依靠的对象。

县里下派的工作队长找到贺发兴，说："贫下中农要带头参加生产劳动。"

贺发兴还是懒洋洋地双手插在衣袖里，说："我不会。"

工作队长说："不会要学嘛，年纪轻轻的不劳动不行呀，不然这么多年的书不就白读了。"

贺发兴依然懒洋洋地说："孔子说了，劳心者治人，劳力者治于人。"

工作队长疑惑地问："什么治人、治于人的？"

贫协主席找到工作队长，介绍了贺发兴的情况，说他是书呆子，好吃懒做，游手好闲。

对于土地收归集体所有的规定，贺发旺理解不了，他只认那几亩地是他的，原来的山场是他的。要是社员在他原来地里干活，他便下地帮忙，轮到在别人田地里干活时，他一概不干，他认为那是别人的田。

贺发旺最烦的是他老婆董珠霞在别人田里干活。一天，董珠霞随生产队社员出工，在地里锄草，贺发旺怒气冲冲地走到董珠霞跟前，吼道："回去，我们家里地里草都没人薅，你还帮别人薅！"

董珠霞没理会他，继续锄她的草。

贺发旺上前揪住董珠霞的头发就往回拖，别人上前阻拦没拦住。

自从进贺家这么多年，这是董珠霞第一次挨丈夫的打，而且是当着那么多人的面挨打，而跟这种男人又无理可讲，她坐在房中的地上大哭起来。

贺发旺看到自己的老婆哭成这样，也六神无主了。

董珠霞哭着站起身来，抹了一把眼泪，向外走去。

贺发兴揣着手走进了家门，对贺发旺说："你打老婆了？你把老婆打走了？我的肚子饿了，你快烧火去。"

贺发旺瞪了一眼贺发兴说："自己田里的草不薅帮别人薅，该打。"

董珠霞披头散发地回到娘家，对坐在房中的父母哭诉道："爸妈，我在贺家实在过够了。给贺家生儿育女，还要服侍好吃懒做的书呆子，还有一个啥都不懂的丈夫。"

董母也流着眼泪说："我苦命的姑娘，遇上了这样的丈夫，莫哭，哭得妈的心里也难过。"

董珠霞看了一眼抽闷烟的父亲，哭道："爸，现在是新社会了，可以离婚，我过够了，我要离婚。"

董父的脸黑了下来，将烟杆儿在桌子上猛敲，他摸了一把山羊胡子，正色道："我们董家都是知书达礼之人，你读过几年书，知道三从四德。你生是贺家的人，死是贺家的鬼。"

董珠霞捂着脸呜呜地哭着……

这天，工作队长、生产队长、贫协主席一行三人来到贺发旺家。

贺发兴冲着队长喊道："烧火的人跑了，我还没吃饭呢。"

贫协主席狠瞪了贺发兴一眼说："自己不会去做？"

贺发兴答道："我又不是做饭的人。"

队长生气地说："该你挨饿！"

贺发旺坐在椅子上编他的荆条篓子，没理会队长一行人。

贫协主席拖来三把椅子，让工作队长、生产队长坐下，对贺发旺大声说道："现在是新社会了，不许打人。"

工作队长说："打人是犯法的，再打人用绳子把你捆起来，开你的批斗会。"

贺发旺低着头编他的篓子，不看嘴型他根本就不知道他们在说什么。

贺发旺的舅舅听说外甥打了外甥媳妇，把外甥媳妇气回了娘家，很生气，就去外甥家准备教育他。舅舅进门一把夺过贺发旺的篓子扔在地下，大怒道："好男不打妻知道吧！"

贺发旺看到舅舅发怒了，说："舅舅，我错了。"

舅舅吼道："还不快去董家把珠霞接回来。"

贺发旺怯生生地说："好！"

舅舅嘱咐道："嘴放甜点，多给老丈人赔不是。"

贺发旺匆匆走出了家门。

贺发兴看到舅舅发了脾气，也溜走了。

舅舅叹了口气，坐了下来。

工作队长叹息道："唉！真苦了人家董家姑娘。这样的家庭我们组织也该给想个办法呀。"

生产队长以商量的口气问道："怎么想？"

工作队长说："你看这样行不行，先把贺发兴分出去，先由生产队五保，等他能自食其力后再说，对贺发旺半五保，只发基本口粮。"

贫协主席说："我看这样行。"

生产队长说："一个女人养三个小孩，还是有困难，最小的姑娘也由集体养起来。"

"我看可以。"工作队长想了想表示同意。

"我没意见，可以在集体仓库腾一间屋给贺发兴。"贫协主席说。

舅舅站起身，感谢道："感谢共产党，还是共产党好。"

八

分了家的贺发兴找到工作队长说："我不会烧火怎么办？"

工作队长说："生产队柴、米、油、盐、酱、醋、床被、衣服都给你准备得好好的，你还不满足？"

贺发兴说："最好给我派个烧火的来。"

"你要自食其力，不会要学，劳动最光荣。"工作队长说。

贺发兴缠着工作队长说："都说共产党好，你要给我讨个媳妇儿。"

"你如果勤劳能干，还愁找不到媳妇儿？"工作队长说。

贺发兴实在饿得不行，只好自己烧火做饭。分他的菜园老荒着，他看到谁家的菜长得好，晚上就到谁家去摘。

土地归集体所有后，贺发旺原来的地里所收获的庄稼自然归集体所有，但他认为那是他的，他要到县城去告状。

在路上，贺发旺碰到他的老表。

贺发旺说："老表，我要到县里去告状，他们又霸占我家的粮食。"

贺发旺每年收割粮食时，都要到县政府去告状，告别人霸占了他家的粮食，县政府办公室工作人员已熟悉了他。

贺发旺向政府办公室工作人员递上状子说："这是我的状子，我田里的麦子又让他们弄走了。"

办公室工作人员知道他的情况，他接过贺发旺的状子笑着说："又把你家的粮食霸占了？好，明天就让他们给你送回来。"

头一年贺发旺告状后，办公室工作人员还真当回事，调查了解情况后，让生产队想了个办法，过后就送些粮食给贺发旺家，一家人的基本口粮总是要给的，以后每年都如此，就这样打发了贺发旺每年的告状。

麦子收后天气很热，贺发旺满头大汗地走在回家的路上。贺发旺老表扛着锄头，手拿着几根黄瓜往外走，碰巧遇上贺发旺，老表看贺发旺满头大汗，问道："告状又告赢了？"

贺发旺笑着说："赢了。"

老表笑着问："老表，吃不吃黄瓜呀？"

贺发旺说："什么事？"

老表玩笑道："吃不吃鸡巴？"说着把黄瓜往贺发旺眼前一晃。

贺发旺道："掰半头。"

老表哈哈大笑着递给了贺发旺一根黄瓜。

再说贺发兴，集体发一个月的粮食给他，他却背到街上卖掉，用卖粮食的钱下馆子，往往一个月的粮食不到半个月就用完了。然后他再到别人的自留地，香瓜、南瓜、黄瓜、冬瓜、花生、萝卜、白菜，遇到什么摘什么。

九

贺发胜在新式学校读书，新中国成立后靠政府救济上完大学，在大学里加入了中国共产党。毕业后被分配到临县参加了革命工作，与同时参加革命工作的苗红结婚，并生有一双儿女。贺发胜现在已是副县长了。

家里情况贺发胜知道，一个好吃懒做的书呆子三哥，一个思想停滞不前的四哥。四哥家全靠贤惠的嫂子董珠霞支撑着。

隆冬腊月，贺发胜身穿中山装，长呢子大衣，带着身穿干部服漂亮的苗红，十二岁的儿子，八岁的姑娘回到老家，看望哥哥、嫂子、侄儿、侄女们。

贺发胜一家人来到贺发兴的居处，刚进门，一股酸臭味扑鼻而来。

贺发兴还睡在床上，看到有人来，他懒洋洋地从脏兮兮的被子里钻了出来，穿上他脏乱不堪的棉衣。

生产队每年给贺发兴做一套棉衣，两套单衣，只要衣服上身，他从来不洗，一直穿到破。

贺发兴下床，跋上他的半头棉鞋。

贺发胜上前招呼道："三哥，我们回家来看你了。"

贺发兴似笑非笑地说："哦，老五回来了。日本人差点儿把咱们家里人杀完了，日本人还侮辱过我呢。"

"日本人让我们打败了，赶回老家去了。"贺发胜指着夫人孩子说，"这是我老婆苗红，这是你侄儿、侄女。"

贺发兴仔细打量着贺发胜说："听说你当县长了，管百把万人？"

贺发胜笑道："我是为人民服务的，是人民的勤务员。"

苗红、孩子们好奇地看着蓬头垢面的贺发兴。

贺发胜指着他和夫人带来的东西说："要过年了，这是给你带的猪油

和腊肉。"

　　贺发兴脸上露出了笑容说："不少吧?"

　　"五斤猪油,二十斤腊肉。"贺发胜答道。

　　从贺发兴家出来后,他们一同去了贺发旺家。

　　苗红给侄儿、侄女们分发着礼品,孩子们兴奋地、怯生生地看着来人。

　　董珠霞指着孩子们说："大的快二十岁了,都挣十二分了。"

　　苗红接过话茬说: "嫂子,三哥这个样儿,你们住得近,要照顾照顾。"

　　董珠霞数落道："怎么照顾?生产队发的粮食他背到街上卖掉下馆子。湾子里谁家来了客,他瞅着别人出去了,就偷着跑到人家屋里吃光人家的剩菜,全湾子人都讨厌他。前些年我常给他些日常东西,他却到处乱嚼舌根,说我想他。弄得全生产队的人都笑话我。你们的四哥又聋思想又落后，集体的活儿他基本不做，我还要照顾三个娃，我也不容易呀。"说着不由得掉下了眼泪。

贺发胜忙安慰道："是的，这个家多亏了四嫂。"

苗红在镇上给贺发兴买来新内外衣，棉袄、棉裤、棉鞋。

贺发兴全身换上新衣服，高兴地在房中走着，说："弟妹真好。"

苗红笑着问贺发胜："合身吧？"

贺发胜说："还可以，下午再带他去理个发。"

下午，贺发兴理了发，穿上弟媳给他买的新衣服，到湾子里闲逛，他走到一群准备出工的人群中。

一位拿锄头的中年妇女说："老三刮了胡子，穿上新衣服还是蛮漂亮的。"

一中年男子说："你表扬他，招呼他，他就会说你也想他。"

中年妇女推了一把中年男子说："去你的。"

贺发兴凑了上去，说："我五娘想我才是真的，不然她怎么会给我买这么好的衣服呢，还给我带了猪油、腊肉。"

中年男人说："贺老三，我看你是个有福人，四娘想了五娘也想。"

贺发兴得意地嘿嘿笑着。

五娘想贺发兴的话，很快传到董珠霞耳朵里，董珠霞又把这话说给了苗红听。

苗红气得黑下了脸，愤愤地说："真是个书呆子！"

十

这天，贺发兴趿着一双烂鞋来到大队卫生室找到赤脚医生，伸出他肿得老高的右螺丝骨，对赤脚医生说："刘医生，你帮我看看，里面老痒。"

刘医生让贺发兴坐下，玩笑道："贺三先生，五娘又给你买东西了吗？你的脚是怎么搞的？是不是老四撵着打的？"

"不是的，是前几天在山上被树枝扎的，前些时我老表带回的一坛子猪油可能就是五娘托他送的。"贺发兴说。

刘医生一边用酒精擦着伤口，一边说："那是五娘暗着想你。"

贺发兴说："我想也是。"

刘医生一边闲侃着，一边用镊子揭开贺发兴螺丝骨上的伤疤。刘医生一阵恶心要吐，只见一窝蛆见了阳光后拼命地在肉中蠕动着。

刘医生耐心地清理着蛆虫，消毒，上药，说："三先生，你明天还要来换药。"

大队学校与卫生室挨着，贺发兴换完药后在学校内闲逛，他在窗外这边教室瞅瞅，那边教室瞧瞧。

教室里传出学生的琅琅读书声。

学校校长发现了贺发兴，喊道："三先生，看嘛？"

贺发兴冲校长喊道："你们这是教的么事？误人子弟。"

校长玩笑道："你教的比这强？"

贺发兴答道："那肯定。"

"那等会儿让你教教看。"校长说。

"《孟子》《春秋》《论语》我都读完了。"贺发兴说。

下课铃声响了，学生们蜂拥着出了教室，都围着贺发兴看稀奇。

校长笑道："三先生读了十几年的书，让他教教你们行不行？"

学生们笑说："行！"

校长说："那四一班的同学回教室，听三先生讲课。"

学生们进了教室，校长请贺发兴去上课。贺发兴走进教室，学生们向他投去惊奇的目光，像瞅怪兽般紧盯着他。

贺发兴面对同学，有点慌乱，讲道："我读过十几年书，挨了先生不少板子，我读过四书五经，今天我教你们点儿最简单的。"

学生们的目光盯得贺发兴有点发怵。贺发兴咳嗽了两声说："人之初，性本善……"

没等贺发兴说完，同学们齐声道："性相近，习相远……"

贺发兴额头冒出了冷汗，嗫嚅道："赵钱孙李……"

同学们齐声嬉笑道："周吴郑王……"

贺发兴转身冲站在一旁的校长说："他们都会你让我教什么？"说着匆匆走出了教室门。

同学们爆发出一阵大笑声。

随着贺发兴年龄的增长，寒冷的冬天他干脆不起床了，有时实在饿极了，就调生面吃。撒尿从床上一侧身，从土墙板上的墙洞往外撒，撒后再用一把稻草将洞口堵上。

贺发旺从贺发兴住房旁走过时，发现墙是湿的，而且墙洞明显被水冲过，比别的墙洞要大。贺发旺走进了三哥的房门，发现贺发兴正侧着身子从墙洞往外撒尿。

贺发旺问道："三哥，你在干吗？"

贺发兴答道："撒尿，起身外边冷。"

贺发旺叫大儿子从家里拿了把紫铜大夜壶，给贺发兴送来，以后有尿撒在夜壶里。

自从有了铜夜壶，连续几天，墙洞再没有尿水流出。

但没几日，贺发旺又发现墙洞是湿的。

贺发旺进门一看，发现铜夜壶满了，房里臭气熏天。

贺发兴睡在床上，对贺发旺说："外面太冷了。"

贺发旺给三哥倒掉夜壶里的尿液，又叫大儿子送来一个非常精致的紫铜桶子。桶子就是过去姑娘出嫁娘家陪嫁的嫁妆，专门用于晚上起夜的。这个紫铜桶子做工非常精致，装有自动桶子盖，一扭开关，盖子自动开关。

贺发旺定期让大儿子去清理夜壶和尿桶子，并顺便带些吃的给贺发兴。

十一

　　清明节快到了，已是县委书记的贺发胜带着县文物局局长来参观老家的曾侯乙古墓、编钟以及大量珍贵文物。贺发胜此行，一来参观家乡的宝贝，二来给父母扫墓。

　　贺发胜领着文物局局长参观古墓遗址、编钟博物馆。他被家乡的编钟及精美的青铜器所震撼，为家乡丰厚的文化底蕴而自豪。

　　贺发胜、文物局局长参观完曾侯乙古墓和编钟，一同来到贺发兴家。一进门，一股臊臭的气味使贺发胜紧皱了眉头。

　　贺发胜将给贺发兴买的新衣服、好吃的拿了出来。

　　贺发兴起身下床，对贺发胜说："老五呀，又买这么多东西，花了不少钱吧？家人怎么没来？你又升官了吧？"

　　贺发胜拿出华达呢中山服递给贺发兴说："来，试试看合不合身。他们都忙，没时间回来。"

　　文物局局长说："贺书记现在是我们县的一把手了。儿子、姑娘都参加了工作，都在县委机关干事。"

　　贺发兴一边穿衣服一边说："那也是小官吧？"

　　文物局局长答道："是的。"

　　"那他一家人都是当官的。"贺发兴说。

　　文物局局长扫视着这间简陋破烂的房屋，当他的目光落在尿桶子和夜壶上时，眼珠停止了转动。他走到尿桶子、夜壶跟前，好奇地提起了夜壶，旋转着夜壶，仔细地观看。他拿出随身携带的放大镜，照着夜壶身，随后又蹲下身用放大镜去照尿桶子。

　　末了，文物局局长立起身，惊讶地问道："贺书记，这两件东西都是你家祖传的吗？"

　　贺发胜答道："是呀。"

文物局局长说："不得了呀贺书记，这两件东西是乾隆年间的宝物。这个桶子做工精细，桶壁薄如纸，桶壁上的绘画栩栩如生；夜壶上也镶有精美的蝙蝠，活灵活现，而且材质也是紫铜的，俗话说紫铜贵如金，往年你家是大富大贵人家啊！"

贺发胜没接文物局局长的话茬。

"要不上交当地文物局，国家还会给不少钱呢。"文物局长征求贺发胜的意见道。

贺发胜想了想说："我看算了，让它在民间自生自灭吧，这才是它应有的归宿。"

这两件东西确实是清朝乾隆年间的。那时贺家人发财，却不出官、不出读书人。贺家祖先想改变这一局面。河西有一大户人家，后生中有多人考取了功名。贺家托人到河西大户提亲，想娶河西女人为妻，以将河西大户的文脉引进贺家来。

河西大户的陪嫁丰厚，这个尿桶是嫁妆之一。

贺家也不甘落后，定制了紫铜夜壶，女方陪嫁的尿桶上雕刻有孔雀，贺家的夜壶就雕上蝙蝠。正常的夜壶装五斤尿，贺家定制的这把夜壶可装八斤尿。

紫铜夜壶传到贺宗道手里，日本人打来，一把火将贺家房产烧光。因紫铜夜壶、尿桶是金属的，烧不坏，被贺发旺从灰烬里翻了出来，拿回了新家。

十二

清明节吃过早饭，贺发兴兄弟三个，领着董珠霞、侄儿、侄女及文物局局长向后山贺家父母的坟场走去。

贺发兴父母是合坟的。初春的映山红、各种野花开满了山岗，万木葱茏，鸟语花香。

董珠霞及儿子、女儿烧着纸。

纸烧完，由侄儿点燃鞭炮，噼里啪啦的鞭炮声响彻山谷。

贺发兴是他们中的老大，贺发胜让他先磕头。

贺发兴站着不动，紧皱着眉头，说："我不磕，父母当时为了自己快活才生下的我，使得我在这世上受了一辈子的罪，遭了一辈子的孽。"

贺发胜磕了头起身狠瞪了贺发兴一眼，生气地说："四嫂，饭不吃了，我走了！"

董珠霞捋了捋被风吹起的花白的头发，瞅了一眼贺发兴，又瞅了一眼贺发旺，仰面瞅着随风飘移的浮云，无限伤感地长叹了一声……

丑书惊魂

受日本中日文化交流协会的邀请，中国文联组织下属各协会一百多人准备访日，进行中日文化友好交流。

这次活动，中方组织者叫高铭。高铭把他的助手罗毅叫到办公室，听取他对这次组织活动的汇报。

高铭蓄着大背头，穿着笔挺的西服，坐在老板椅上问道："罗毅，你是这次活动的副组长，过一星期我们就要出访了，交流访问中一定不能出什么纰漏，各协会的出访人员名单定下来了吗？"

罗毅将各协会的出访人员名单放在高铭的办公桌上说："都定下来了，书法协会就一人报名，说日本的书法在中国书法面前是小儿科，都不愿去，就一个叫仇九和的报了名。"

高铭想了想说："仇九和在书法协会根本就没什么名气，连个三流都算不上。"

罗毅答道："是的，那些书法名家说中国书法是日本书法的祖宗，仇九和去了都可以当他们的老师。"

高铭吩咐道："明天召集所有的出访交流人员到文联大会议室开会，宣布出访交流的有关事宜。"

仇九和20世纪70年代初，十八岁时从农村当兵入伍。在一次抢险救灾中，汽车驶入河里，装满救灾物资的车辆动弹不得。仇九和第一个跳进刺骨的河水里推车，他的这一举动正好被团长看到，因此火线入了党，第二年被提为排长。

仇九和当了十三年兵，职务为副营级。因为爱出风头，格局太小，当排长时巴结连长，当连长时巴结营长，当营长时巴结团长，眼睛向上，对下搞不好关系，群众基础不好，所以，在副营的位置上他所管的工作样样落在别人的后面。

下面对仇九和意见大，工作不好开展，所以年底组织安排他转业。因老婆是北京市户口，退伍后被安置到国家一群团组织工作。

仇九和在官场上自知是三十年的黄牛没什么奔头了，适逢群团组织清闲自在，他便学起了书法。在他退休的前一年，通过关系加入了书协。虽说离他的理想抱负有很大的距离，但想起与他一起参军入伍现回家务农的战友，他心里便平衡许多。

仇九和为写字，没少与老婆吵架。仇九和有时跟着名家一起参加拍卖会，人家名家的字每平方尺上万，他的每平方尺几百元也没人要。买墨、纸、笔，样样要钱，但只见钱往外拿，不见钱回来，老婆常骂他这个家早晚会败在他仇九和手里。

仇九和没退休之前没出过国，况且这次是公费出国，何乐而不为呢？

一架波音747呼啸着从北京首都机场腾空而起，载着一百多名参访人员，经过三个多小时的万米高空飞行，平安地降落到日本东京羽田机场。

日方组织欢迎人员挥舞着中日国旗，迎接中方人员。

日方派出迎接中方书法协会代表的是在日本号称丑书大师的松下才郎。

松下才郎七十出头，留着小胡子，穿着日本和服，和他的助手井下土龟对口迎接中方书法协会的代表仇九和。

松下才郎对中方只派一个代表的做法很失望，但碍于外交礼节，他也不好有所表示。他上下打量了一番仇九和，文质彬彬地上前与仇九和握手，说："欢迎仇先生来访。"松下才郎是中国通，交流不需翻译。

仇九和热情地与松下才郎握手，微笑着对松下才郎点头。

松下才郎向仇九和介绍道："这是我的助手井下土龟。对中方的来访交流，我方非常重视。我和我的助手将全程陪同阁下，有不到之处请包涵。"

说着，仇九和随着来访人员上了豪华大巴专车。

松下才郎是个"仇中"分子。他爷爷松下肥田是侵华日军中佐，在一次战斗中被八路军打死。所以松下才郎对中国人是恨之入骨。

松下才郎把字往丑处写也是因为他恨中国。他这次亲自接待中书协的人，就是想通过这次机会向中国推销他的丑书，以丑化中国字、中国人，以丑书搞乱中国文化市场，发泄着心中的仇恨。

这次中日文化交流有集体活动，也有各协会单独的接待活动。

松下才郎把仇九和热情地接到东京郊区他的家里。豪华大气的中式别墅里，松下才郎、仇九和、井下土龟坐在精致的茶案前，穿着和服美丽的茶道女端坐在茶案的一边。

松下才郎拿起一盒茶叶说："九和先生，这是从中国进口的上等龙井，这是你们中国的上等金骏眉，这是你们中国精选的太平猴魁……您看喝哪种？"

仇九和随口说道："随便。"

松下才郎仰面哈哈一笑，说："我这里可没有叫'随便'的茶叶。"

仇九和拘谨地说："才郎先生还很幽默。"

松下才郎正了正他的和服，说："九和先生，到我这不要客气，那我们就喝金骏眉吧。"

茶道小姐莞尔一笑，清理着茶具，准备冲泡金骏眉。

松下才郎滔滔不绝地说："我们日本受中国文化影响太深，你看，我们的吃、穿、住、行、饮都离不开中国文化。包括和服实际上也是源于中国的汉服，日本美女所走的小碎步，也许也是邯郸学步学来的。"

仇九和接着说："不光这些，哲学、思想、佛教、道教等都受中国的影响。"

松下才郎连连说："对，对，来喝茶。这茶被你们中国人总结出许多人生哲理、人生智慧。它吸天地之精华，受尽人间煎熬，最后把醉人的香气送入您口中，让您先苦而后甘，润肺暖身，让您回味悠长。"

他端着茶杯呷了一口，闭目仰叹道："哎，真香呀！"

仇九和佩服起松下才郎来，说："才郎先生真是中国通呀！"

松下才郎领着仇九和在他宽敞的工作室里欣赏他的作品。

仇九和不解地问道："才郎先生，你这字……"

松下才郎笑着说："九和先生，这叫丑书，我的字在日本是很值钱的。"

仇九和苦笑了一下，说："我欣赏不了。"

松下才郎从桌上拿起一本魏碑拓本，说："九和先生，你看，这魏碑里的字是什么体？不也是丑体字吗？丑体字自古在中国就有。"

仇九和张着嘴"啊"了一声。

松下才郎继续说："我研究了丑字几十年，我认为，丑到极致胜似美。现在中国人谁的楷、行、草、篆能超过古人，谁的字能超过王羲之、张旭、颜真卿、米芾？要想书法有所成就，只有另辟蹊径，从丑书入手才能杀出一条血路来。"

仇九和拍着掌附和道："说得有道理。"

松下才郎指着助手和茶道女说："你们拿笔、墨、纸来，我来写个丑字示范给九和先生看看。"

井下土龟、茶道女拿来丈长的宣纸，俩人在地上展开，将墨水倒进一个脸盆里，井下土龟递来扫帚般的大毛笔。

松下才郎接过毛笔，在脸盆里蘸了墨汁，对仇九和说："这丑书写起来要吼。"

松下才郎运着气，连写带吼地写了一个"过"字，然后对仇九和讲道："写丑字要心、身、手、气、口合一，一笔下去，一气呵成。要气守丹田，运气发力，一吼全身用力，丹田以上浊气随吼声吼出，丹田以下浊气随响屁放出，浊气排出后全身放松，像洗完桑拿后的快乐。这样既锻炼身体，又使你延年益寿。"

仇九和接着说："丑书在中国还没人搞。"

"没人搞才能搞出名堂来，你要是想搞，我可以收你为徒。"松下才郎说道。

仇九和脑子里思索着：自己这么多年练写，也没写出个名堂来，松下才郎说得对，楷、行、草、篆怎么能写得过古人呢？丑书在国内还没有人搞，剑走偏锋，说不定自己在丑书上能杀出一条血路来。

仇九和笑了笑说："松下先生，我怕学不好，我怀疑我的天赋。"

松下才郎把毛笔递给了助手，拍了拍手说："你写的字我看过，你很有写字的天赋。"

"那我试试。"

"在我这里喝拜师酒，我请客。"

"多谢师傅了。"

"是喝中国的茅台，还是日本的青酒？"

"随便。"

"又是随便。"

说完，一屋人又哈哈大笑起来。

吃过午饭，喝完拜师酒，松下才郎领着仇九和及助手们去游览富士山。

松下才郎说："我们松下家族，有很大的家族企业，我也可以算个文人吧，可惜了，我爷爷没当成将军，不然的话，我们松下家族，官、商、文都全了，是出类拔萃的家族。"

井下土龟补充道："松下家族很有钱，是大富翁。"

富士山游人如织，松下才郎领着仇九和及助手来到一片茂密的树林旁，松下才郎停住了脚步，指着一棵歪脖子树问道："那棵树好不好看？"

仇九和随声附和道："好看。"

松下才郎继续说："你看那片亭亭玉立的树，是很漂亮，可还是观赏歪脖子树的客人多，长得直的树多的是，但像歪脖子这样特别的树少，所以特别打眼，这证明丑到极致胜似美的理论是正确的。"

"师傅说得对。"

"走，我们到歪脖子树下照个相。"

照完相，松下才郎指着路边的休息凳说："坐下休息会儿吧。"松下才郎拉着仇九和坐在他身边，扶着仇九和的肩膀说："你回去后要组织专门团队帮忙运作，一年打闹台，二年打基础，三年见成效。写丑书没别的，就是怎么丑怎么写。"

"我只有几千元的退休工资，没经济实力组建专门的团队。"仇九和望着松下才郎说。

"你回去大胆地搞，我不光是你的师傅，也是你的经济靠山。"

"那我就叫丑字在中国发扬光大。"

"你提供一个专门的资金账号，回去大胆地运作。你要多少资金我就提供多少。"松下才郎拍着仇九和的肩膀说道。

几日后，中日文化友好交流活动结束，仇九和乘飞机返回北京。仇九和下了飞机，正拖着行李箱随团往外走，手机信息铃声响了，他打开手机一看，他的专门账号里，松下才郎打进了一百万美金。仇九和头脑一阵晕眩，向前踉了一步，心里像揣了只小兔子样怦怦乱跳，松下才郎真心想在丑书上在中国干一番事业啊！

回到家里，仇九和像打了鸡血般兴奋。松下才郎的丑书正合仇九和爱出风头的性格，他前半辈子几乎默默无闻，这次计划，借松下才郎在中国大出风头。仇九和不断在老婆面前吹嘘自己在日本拜了高师，遇到了贵人。

他老婆不解地问道："你拜的什么师？"

仇九和手舞足蹈地说："这样，连吼带舞地写字。"

"那是什么字?"

"丑书。"

"好学吗?"

"怎么丑就怎么写，师傅说丑到极致胜似美。"

"那叫什么字?"

"你不懂艺术。你见过画画不用笔墨，而是拿个鸡蛋往纸上摔得遍地花开吗? 该画拍出五万美金的好价。现在艺术在跟着时代变化，你不懂。"仇九和眉飞色舞地对老婆说。

仇九和有了钱后，在北京三环租了二百多平方米的房子，花高薪聘请了助手，并将"今日头条""抖音"的运营高手组成专业团队帮他宣传推广丑书。

门前挂着"仇九和丑书工作室"的牌匾，并用鎏金大字写着"丑到极致胜似美"的横匾。

仇九和买通小报记者跟踪报道，"今日头条""抖音"天天发他的"吼丑"书写表演。

仇九和工作室里，一干人马围着仇九和。仇九和拿起酒碗，猛喝了一口酒，然后将碗在地上摔得粉碎，他拿起扫帚似的大笔，学着松下才郎的样子，连吼带舞地画上不知是什么字的墨疙瘩。在一旁捧场的一群男女起着哄，叫着好。仇九和吼叫着拿起他的鸡血玉印章盖在了落款处，这样，一幅丑书作品就完成了。

仇九和根据松下才郎的要求，在北京大肆炒作。仇九和与助手联系上了捡大漏拍卖行，他要把他的丑书作品进行公开拍卖。

仇九和用金钱开路请来各路小报记者，花钱买来整版宣传广告，并花双倍的钱从电视剧拍摄现场请来大量群众演员参加他的拍卖专场会。

开拍那天，捡大漏拍卖行拍卖大厅座无虚席，人声鼎沸。

拍卖师手拿铜锤，高声宣布道："今日，在这里拍卖仇九和先生的丑书作品，每幅字一万元起拍，请礼仪小姐上台。"

两名礼仪小姐拿着仇九和的一幅写着"中日友好万古青"七个丑字的作品款款走上台来。

拍卖师高声喊道："一万块起拍!"

席下有人忙举起五万的牌子。

拍卖师用手指着举五万牌子的男子说："这位先生出价五万。"

席下有人举起十万的牌子。

拍卖师用手指着举十万牌子的女士说："这位女士出价十万。"

接下来十五万的牌子举起。

二十万的牌子举起。

二十五的牌子举起。

三十万的牌子举起。

最后，拍卖师拿起铜锤高声道："三十万，还有没有人往上加？三十万一次、三十万二次、三十万三次。"

铜锤落下，拍卖师喊道："三十万成交!"

台下掌声雷动。

又经过一番较量，拍卖师铜锤落下："'樱花盛开'三十一万成交。"

又经过一番举牌，拍卖师铜锤落下："'灵气洒满富士山'三十五万成交。"

……

今天共拍卖了仇九和八幅丑书，共得款二百六十八万人民币。

实际上，这是仇九和为了炒作而自编自演的闹剧。下面举牌的人都是他花钱雇来的，捡大漏拍卖行得了百分之五的佣金。

第二天，仇九和的丑字及捡大漏拍卖行拍卖仇九和丑字的盛况刷屏。小报上，宣传仇九和的报道铺天盖地。有的题目是："书法大师仇九和的丑书一绝。"有的是："丑到极致胜似美。"有的是："仇九和的丑书是中国书法界的一朵奇葩。"整版宣传着仇九和的丑书。

仇九和在书法界出尽风头，名气大振。

　　仇九和回到家里，得意扬扬地将一张银行卡往桌上一拍，对老婆说："老婆子，今天拍了八幅字，得款二百多万，以后你再也不会受穷了。"

　　仇九和老婆一听，喜上眉梢，伸手拿起银行卡，眉开眼笑地说："真的？那么多？你是秋后的柿子老来红呀！真没想到跟着你，老了还有出头之日。"

　　"有钱了我们换车子，换房子。"仇九和满面笑容地说。

　　他老婆撒娇道："有钱了你可别换老婆呀！"

　　正扶在写字台上练字的八岁孙子说："你们说的什么呀，一点都不文明。爷爷，把你的丑字写给我看看？"

　　仇九和走近写字台，说："孙子，你起来，爷爷写几个丑字给你看看。"

　　孙子起身，仇九和站在写字台旁，摊开宣纸，拿起毛笔写了"樱花盛开"四个丑字。

　　孙子拿起一看，一脸嫌弃地说："丑死了，爷爷，还不如我写的，奶奶你快来看。"

　　仇九和老婆走近一看说："真的还没有孙子写得好，难看死了，还能卖那么高的价？"

　　仇九和不屑一顾地说："你们不懂艺术。"

　　松下才郎没想到丑字第二年在中国就有这么大的影响，没想到仇九和有这么大的能耐，没想到仇九和办事效率这么高，没想到仇九和在中国成了丑书大师。松下才郎一高兴，第二年又给了仇九和推销经费一百五十万美元。

　　仇九和有了钱，他老婆便到世界各地随团旅游。从泰国游玩回来后，仇九和老婆在一群女人面前炫耀道："过几天再去韩国把我这眼袋割了。这次到泰国用去了二十多万，这副翡翠手镯就六万多，这个鳄鱼包包两万多，我们家老仇说只花了他一幅字的钱。"

　　一妇女接过话茬说："你家老仇真有本事。"

　　尝到甜头后，仇九和决心要将丑书在中国发扬光大，他要到全国各地办培训班。他以丑书大师自居，在全国各地招收徒弟。

仇九和的培训班办到了他江南老家。他带着一干人马，每天花五千元租了个体演出大厅，租期一个月，免费讲课，免费收徒。仇九和有全国书协会员、丑书大师的招牌，地方书协碍于情面，也出面帮忙捧场。培训班门前还是挂着"丑到极致胜似美"的大幅标语。

仇九和先从魏碑丑体讲起，讲丑书在中国自古以来就存在，讲到"丑到极致胜似美"，讲到笔直的树和歪脖子树……仇九和口若悬河，滔滔不绝地讲了两个多小时。

仇九和讲完后，还学着他师傅松下才郎的样子表演写字。仇九和故作玄虚，他拿起碗喝了一口酒，往脸上抹了一把墨，然后拿起扫帚般的大毛笔，大喊道："提笔，运气，气守丹田。"他连吼连跳地写了个奇丑无比的"丑"。

仇九和放下笔，讲解道："丹田以上的浊气随吼声而出，丹田以下的浊气随屁而出。写完字浑身像蒸了桑拿般轻松，这不光是练字，还包你强身健体，长命百岁。"

一个月的学习班下来，仇九和就收了吴四、柳斤两个徒弟。

在培训班结束后的答谢宴会上，当地书法界领导礼节性地来了几个。

五星级酒店豪华餐厅里，仇九和点了一大桌山珍海味。宾主落座后，当地书协领导抱歉地说："仇大师，真不好意思，有可能是我们的宣传力度不够，大师您才收了两个徒弟。"

仇九和说："丑书一定能在这里发扬光大的，星星之火一定可以燎原。"

吴四、柳斤的书法功底根本不行，他俩只是想借师傅仇九和的身份、名气在本地出一把风头。

特别是吴四，他五十开外，长得人高马大，蓄着长发，头发连着胡子，他没什么正当职业，平时靠给别人装裱字画赚钱维持生计，寒暑假靠办书法培训班招些学生收些培训费养家糊口。

年底，吴四、柳斤随当地书法家文化下乡，给老百姓写对联。

一位七十多岁的老者去晚了，别的书法家写的楷、行对联都被村民拿走，唯独吴四、柳斤写的对联没人要。老者随手拿了几副吴四、柳斤的丑书对联往回走。老者读初中的孙子跑来看热闹，一看爷爷手里拿着几副对联，拦住爷爷说："爷爷，我看看。"

爷孙俩展开对联，孙子看着奇丑无比的对联，直摇脑壳，说："爷爷，这对联是谁写的？"

爷爷指着吴四、柳斤说："是他们写的。"

孙子远远地望着吴四说："写的字跟他的头发胡子一样难看。"

爷爷忙说："不能要，不能要，贴上这样的对联一年都不会有好运的，会招鬼、招灾，要背时的。"

"留着长发长须就以为自己是文化人？写的字还不如我写的。走，爷爷，家里对联我写。"孙子说着将丑字对联扔到了地上。

吴四有大量的闲暇时间，他没事就将他的丑书发朋友圈，发抖音。这些丑书遭到当地书法界、广大书法爱好者的强烈抵触和厌恶。他们纷纷向当地宣传部投诉吴四、柳斤的丑书，称其是在颠覆人们的审美观，扰乱当地的文化市场。一封封群众来信寄到了当地宣传部门。

宣传部将这些群众来信集中归纳，指定负责这方面工作的副部长，找当地书协负责人及吴四、柳斤谈话。

宣传部小会议室里，会议桌一侧坐着宣传部副部长，旁边坐着年轻的女记录员，会议桌的另一侧坐着书协负责人和吴四、柳斤，桌上放着一大摞群众来信。

副部长文质彬彬，戴着一副金丝眼镜，开门见山地说："今天请你们几位来，是因为我们宣传部不断接到群众来信。对你们的丑书，群众很有意见，今天不算是批评，我们来交流交流。"

吴四捋了一把他的长胡子，说："我们一没反党，二没反社会主义，现在是百花齐放，百家争鸣。"

副部长拿出一封群众来信说："这封信里说丑书根本算不上百花，因为花是香的，美的，丑书只能算枯木上的一株毒瘤。"

吴四争辩道："丑书自古就有，国外有，中国有，我们当地也应该有。"

副部长又拿出一封群众来信说："这封群众来信说丑书颠覆了人们的审美观，扰乱了当地的文化市场，把假恶丑说成是真善美，用心不良，是文化乱象。若任由丑字在中国泛滥，将自毁中国传统文化，自污中国国粹书法。"

"哼！上纲上线了，他们不懂艺术。我们的理论是，丑到极致胜似美；我们的口号是，让丑书丑得好看；我们的目的是，让丑书登上大雅之堂。"吴四滔滔不绝地说道。

记录员翻了吴四一眼，随口说道："让狗屎也上酒席，让乌鸡也成凤凰。"

"是的，鸡毛也能飞上天。"吴四说道。

记录员气愤地说："除非鸡生鹅蛋！我一看到丑书就恶心。"

副部长扶了一下他的金丝眼镜，说："好了，这么多群众来信都是反对丑书的，公正地说，你俩的创作起码违背了文学艺术要为大众服务、为人民服务的创作初衷。你们不要说群众不懂艺术，群众的眼睛是雪亮的。"

吴四不解地说："我们写丑书招谁惹谁了？丑书也是艺术。"

副部长继续说："我们地区几百万人，喜欢书法的有几千人，但喜欢丑书的就你们几个人，绝大多数老百姓是反对、抵触丑书的。我看这样，上面也没说要封杀丑书，以后你们的丑书不要发抖音、朋友圈，不要影响大众，干扰别人的生活……"

吴四、柳斤你看看我，我看看你，满脸通红，吴四神情呆滞地拿出一支烟，拿出打火机点燃含在嘴里的烟，手一颤抖，燃烧的火苗灼焦了他的胡须……

养 老

苏家旺确实老了，今年七十二岁了。

苏家旺当了几十年的村支部书记。土改时他参加解放军，随四野部队打到海南岛。1950 年他又参加了抗美援朝战争，1953 年朝鲜战争结束，他随军回国，官至副排长，只差半步就成为国家正式干部。复员回乡后任大队支部书记，一直干到六十二岁离职。在乡镇的支部书记中，他是唯一任过乡党委委员的。

苏家旺养有一女两男，大儿子考上了地区农业学校，毕业后安排了工作，吃上了商品粮。

七十二岁的苏家旺身体并无大碍，只是双手总会颤抖。

五年前苏家旺老伴走了，姑娘早已出嫁，小儿子在外省打工，他只好跟着在本地乡镇农技站工作的大儿子生活。

大儿子苏传根和儿媳蒋正秀也很孝顺。儿媳在纺织厂常上夜班，儿子苏传根常下乡，孙子正上学。

苏家旺常常自己在家烧火做饭，但他的手颤抖得越来越严重，常把饭菜炒到锅外，更甚的是吃饭时手颤抖到无法把饭送到嘴里。

苏家旺看过中医，也看过西医，医生都说这病可以治，但需要时间，得花不少钱。这些苏家旺都知道，时间他有，可钱怎么办？离职时村里算断的钱有五千多块，可这笔钱用在了小儿子结婚上。老家的三间房子卖了六千元，两个儿子每人分了三千元。大儿子在城里买了房，但只是付了首付，每月还还着房贷，小儿子在外打工，在城里房还没买。自己一生清贫，两袖清风，没半分结余，病是想治，可这钱从哪来？

苏家旺想了很多，想了很久……

4月28日，苏家旺到理发店剃头，并嘱咐剃头师傅剃得细点。回到家后，他换上了新衣服，对儿子苏传根说："我要回老家，到你二爹那里玩几天。"

苏传根没说什么，回老家走亲戚是人之常情。他给了父亲一百元钱，说："给你五十元，给二爹五十元。"

苏传根的工作单位离苏家旺的老家有四十公里，下车后还要走两公里路。上午十点多，苏家旺才到龙家沟他二弟苏家明家。

苏家旺当书记时办事公道，在老家人缘好。湾子里人见了他还是老书记长老书记短地喊着，苏家旺也是满脸堆笑地应答着。年长的见了问长问短，嘘寒问暖，像见到了久别的亲人。

苏家旺进了兄弟的家门，老兄弟俩见面自然是喜不自胜，苏家明忙着让座倒茶。

苏家明今年六十八岁。他十七岁时患上骨髓炎，到现在还流脓不止，走路一瘸一拐的，因此至今未娶。三弟苏家启死得早，留下没满周岁的侄儿由苏家明抚养。当前侄儿一家外出打工，苏家明也是一人在家居住。

火房里，苏家明掌厨，苏家旺在灶下添着柴。

苏家旺边给灶里添柴边说："吃不了多少，少弄点菜。"

"我的腿脚不方便，菜园子里菜种得少。"苏家明答道。

饭桌上放着腊肉火锅和两个小菜，苏家旺、苏家明兄弟俩分别坐在桌子两侧。

苏家明给苏家旺斟上一杯酒说："哥，你喝点酒，我的腿长疮，不能喝酒。"

苏家旺端起酒杯，手抖得不行，等到嘴里，酒还剩不到三分之一，他叹了一口气，说："你看我这手。"

苏家明说："我给你盛饭。"

苏家旺接过米饭，拿起筷子，可双手抖得厉害，很难将饭菜喂进嘴里。

苏家明拿过哥哥的碗筷，说："唉，我来喂你。"说着连饭带菜地喂着哥哥。

苏家旺吃着，眼泪簌簌地往下掉。

一碗饭吃完后，苏家明说："再盛一碗，我来喂你，你要吃饱。"

苏家旺点着头说："盛大半碗，我自己时从来就只吃个半饱，好长时间就没这样吃过饱饭了。"

湾子里都是些留守老人和小孩，青壮年大多都出去打工了。下午，苏家旺到这家去看看，到那家去坐坐，跟老人们聊聊家常，湾子里的老人都是老熟人，有好些要留老书记吃晚饭。

晚上，苏家明的卧室里，苏家旺、苏家明兄弟俩靠墙坐在木制的双人床上，为了省电安装的 30 瓦的电灯显得屋里比较昏暗。

苏家旺叹了口气，对苏家明说："二弟呀，我死后就埋在三弟坟东一百米那块儿向阳的地上。"

苏家明为之一惊，随后附和道："干脆我们兄弟三个都埋在那一块儿。"

苏家旺移动了一下身子，真诚地说："二弟呀，我有好多事都觉得对不起你，当哥的没做好。老爸死得早，老娘在世时跟着你，我想养老娘，可你嫂子不同意，为此我与你嫂子吵过嘴，打过架，甚至还离了婚，最后看在三个娃子的分上，我们又复了婚。老三死得早，走时侄儿还不到一岁，是你将他抚养成人，并结婚生子。你拖着残疾的腿，帮我们尽孝、抚养侄儿，你对苏家的贡献比我大。"说着说着哭了起来。

苏家明帮苏家旺擦着眼泪说："都过去的事了，还提他干啥。哥呀，你今天是怎么了？"

苏家旺一边抽泣着一边说："我不想活了。"

苏家明安慰道："哥呀，不要瞎说。这个家主要还是亏了你。爸爸死得早，妈妈一人带着我们五人，你是老大，八岁就进山挑柴，帮妈维持着这个家。"

苏家旺擦了一把眼泪说："我是认真的，人活七十古来稀，我已七十二了。我现在生活不能自理，不能拖累后生了，后生们都忙。"

苏家明也跟着哭了起来："你就住在我这里，我天天喂你吃。"

苏家旺边哭边说："那是万万使不得的。我已想了很久很久了，人活百岁，我们兄弟终有一别。过几天就是五一劳动节，学校放假，儿女们、孙子们来办我的丧事也不耽误时间。这是我攒的二十颗安眠药。"说着抖抖索索地从衣兜里拿出一个小瓶。

苏家明抱着苏家旺大哭起来："哥哥呀，那是万万使不得的呀！"

苏家旺一边哭一边说："二弟呀，我死了对后生也是一种解脱，早死晚死，总会有那么一天。我二十岁就入了党，我们一家多亏了共产党，我攒了五百元钱，我走后你帮我交党费吧。"说着从上衣兜里拿出五百元钱交给苏家明。

苏家明怎么也说服不了哥哥，兄弟俩说说哭哭，哭哭说说。不知不觉，鸡叫三遍，东方欲晓。

苏家明翻身起床，说："我起床做饭，你多睡一会儿，千万不要做傻事。"

等苏家明出门后，苏家旺起身，端起床边的冷开水，颤颤巍巍地将二十颗安眠药送进嘴里，吞进腹中。

早餐时苏家明喂了苏家旺一碗鸡蛋面，吃完面，苏家旺要出去转转。

苏家明坐在房中，点燃了旱烟。药瓶空了，他知道哥哥已吃下了安眠药，他内心非常痛苦，是救还是不救？此刻他还进行着激烈的思想斗争。

抢救过来后今后的生活怎么办？饭都吃不到嘴里，若让病折磨死，还不如现在体体面面地走，想着想着，不由得又哭了起来。

苏家旺走到后山，又去看了看他自己的坟场。

苏家旺回到苏家明家时，已近中午。他一进门就对苏家明说："怎么还不见效果，是不是怪喝的凉水？是不是这药失效了？"

苏家明哭着对哥哥说："哥呀！现在抢救还来得及。"

苏家旺笑着对苏家明说："不用救，你要是救了那就是在害我。该说的我都说了，后生们都尽孝了，你们都尽心了。我们不分家是一家人，我死在你家，在这里做丧事你和侄儿都没意见吧？"

苏家明眼瞅着哥哥，万分悲伤地说："我们不会有意见，本身我们就是一家人。中午我们吃腊肉火锅，再喝点酒。"

苏家旺坐在椅子上说："我苦命的兄娃呀，你长的那个疮，不能喝酒，不然陪着我喝两杯。"

中午，苏家明端起酒杯将酒送进苏家旺嘴里，又用筷子夹着腊肉喂着哥哥。

苏家旺又喝了一杯酒说： "二弟，喝两杯可以了，我们来世还做兄弟。"

苏家明掉着眼泪点着头说："一定。"

苏家旺酒量小，两杯酒下肚有点儿醉态，他醉眼蒙眬地说："二弟呀，你对后生、外人就说我是起的陡病。我的瞌睡来了，我要睡觉了。"说着起身走进卧室。

苏家明含泪点着头，默许了哥哥的行为。但他是矛盾的，内心是万分悲痛的。

苏家旺的两儿子、儿媳妇、孙子、姑娘、女婿、外甥接到苏家明的电话赶回老家时，苏家旺已经药效发作，不能说话了。

后生们围着床喊着爸爸、爷爷。

苏家旺吃力地睁开双眼，扫视着儿子、媳妇、孙子、姑娘、女婿、外甥。

姑娘边哭边说:"爸爸,你前几天从我家走时还是好好的,怎么说病就病了?"

苏传根摸着父亲的手,急切地说:"赶紧送到镇卫生院抢救!"

内情只有老兄弟俩知道,苏家明流着泪说:"没救了,你们赶紧准备后事吧。丧事就在我这里办。"

苏家明说着,一家人大哭了起来。

苏家旺艰难地看了一眼他最喜欢的孙子,恋恋不舍地闭上了眼睛。

苏家旺的丧事定在五月一日晚上。

苏传根请来当地最好的厨师,最好的支客,最好的锣鼓唢呐班子。

姑娘花重金请来全县最好的戏班子。

苏家旺是老党员,镇党委委员,镇上派来管组织的副书记来参加葬礼。村上的支部书记是苏家旺亲自培养的,由他主持了追悼会。追悼会上,大儿子苏传根声泪俱下地致着悼词,念到悲痛处,下面哭声一片。

第二天早晨出殡,天空下起了小雨,鞭炮声、锣鼓唢呐声响彻云霄。孝布飘飘,哀乐阵阵,送殡的队伍足有半里路长……

老 母 亲

石小宝光着脚丫，匆匆小跑回家，到家一看，门上挂着一把锁，家里没人。他走到隔壁宋妈家，一屁股坐在房边的椅子上，喊道："宋妈，我的脚上又扎了刺，帮我将刺挑出来，好疼。"

宋妈走了出来，说："脚又让刺扎了，你妈呢？"

石小宝答道："我妈不在家。"

"小宝呀，宋妈年纪大了，眼睛不好使了，来，我帮你挑试试。"宋妈提来鞋篓，坐在石小宝一旁。

宋妈将针放到嘴里吮了吮，说："把脚放在我的腿上，刺在哪里？"

石小宝指着自己的脚板说："在这里。"

"宋妈的眼睛不好，你要忍着疼。"宋妈一边挑着刺一边说。

石小宝忍着疼，咧着嘴说："就在那，宋妈，轻点。"

宋妈一边认真挑刺，一边说："还扎了不止一根刺，好了、好了，挑出来了。"

"流血了，宋妈。"石小宝给伤口抹着唾液说。

宋妈边收拾针边笑着说："小宝呀，你妈给你做的这双鞋你一辈子都穿不烂，可就是怕扎。马上就霜降了，天气凉了，让你妈给你再做双布鞋。"说着用手量了一下石小宝的脚,"今年十二岁了吧,再过几年就有大人的脚大了"。

石小宝说:"我十二岁的生日已经过了,吃十三的饭了。现在早晚打赤脚冷得不得了,可我妈做的鞋都给五保户马大爷、王奶奶了。"

晚上石小宝洗着脚,他妈秦明玉在煤油灯下纳着鞋底。石小宝说:"妈,我的鞋子什么时候能做好,现在天气转凉了,打赤脚冷。"

秦明玉用针挑了一下灯捻子,房里灯火亮了一些,说:"快了。"

石小宝一边洗着脚一边说:"这次你一共做了六双鞋,爸爸一双,你一双,哥哥一双,姐姐一双,我一双,那还有一双给谁做的?"

"给杜大爷做的。"秦明玉纳着鞋底说。

"我们队里有三个五保户,你每年都给他们做鞋。"石小宝望着妈妈说道。

"是呀,他们没儿没女的,多可怜。"

"我都没鞋穿,你还老给别人做。"

"儿呀,人活在世上要多做善事,多积德才会有福。"秦明玉一边纳着鞋底一边说。

"妈,现在天气好冷,我天天盼着你把鞋做好,我好穿着新鞋走路。"石小宝瞅着他妈说道。

"你去睡觉,妈快点做。"秦明玉说。

石小宝倒在床上沉沉地睡去,很快进入梦乡。他梦见他妈将鞋做好,自己穿上新鞋,背上书包,欢快地奔跑在上学的路上。他再也不怕刺、树枝扎破他的脚,再也不用体验走在石子路上的痛苦。穿着新鞋暖暖和和的真好,脚再也不会被冻得通红通红。

这天,秦明玉在菜园里摘菜,曹秃子的二儿子从山上背着一捆柴从她田边走过,秦明玉发现曹秃子的儿子还光着脚。

曹秃子的儿子笑着跟秦明玉打招呼:"秦妈,在寻菜啊。"

秦明玉应答道:"快点回家吃饭,你妈的饭可能做好了。"

　　秦明玉回到家心里不是滋味，回想着曹秃子的儿子光着脚背着一捆柴的画面，她心里就非常难过，她看着给石小宝做好的一双新鞋，她想将这双鞋送给曹秃子的儿子。这孩子可怜，他妈是个瞎子，做针线活不方便，一家人就靠曹秃子一个人干活，比石家困难多了。现在天气也转凉了，若送给曹秃子的儿子，小宝怎么办？

　　秦明玉一咬牙，拿起石小宝的新鞋走出了家门。

　　曹家人正准备吃午饭。秦明玉一进家门便说："曹老弟，这双鞋送给你儿子穿，天转凉了，没鞋子不行。"

　　曹秃子起身拒绝道："秦大姐，这万万使不得，你家小宝还打着赤脚呢。"

　　"秦大姐不行呀，你总给别人做鞋，到现在自己的孩子还没穿上新鞋，不能要！不能要！"曹秃子的瞎子老婆说。

　　秦明玉放下鞋子，说："你们一定要收下，鞋子我可以再做。"

　　曹秃子拿起鞋子说："不行秦大姐，拿回去给你家小宝穿吧。"

　　"再说我就生气了，要不了几天我就能再做出一双的，拿着，我回家还要做饭。"说着强行将鞋子留下，匆匆走出了曹秃子的家门。

　　曹秃子媳妇一边擦着眼泪一边说："好人啊！"

　　晚上，石小宝回家寻找他的新鞋，但寻不到，便问妈妈鞋子在哪儿。

　　"儿呀，我再给你做，你那双新鞋我送给你曹叔叔的儿子了。"秦明玉说。

　　石小宝一听这话，急得哭了起来，一边哭一边说："你给这个做、给那个做，可我到现在还打着赤脚。"

　　"那些五保户都是没儿没女的老人，你还年轻，日子还长着呢。"秦明玉安慰着石小宝。

　　"五保户是老人，可曹叔叔的儿子不是与我一般大吗？"石小宝反问道。

　　"你曹叔叔的老婆眼睛看不见，做不了针线活。我眼好手好可以再给

你做，不哭儿子，两三天就能做好。"秦明玉哄着石小宝。

石小宝反驳道："就是做好了，也不知道你又会送给谁。"

秦明玉拿来毛巾给石小宝擦眼泪，说："这次谁也不送了，一定是你的。小宝，饭做好了，快吃饭。"

秦明玉端了两碗米饭出来，递给石小宝一碗，说："来，小宝快吃饭，妈保证三天给你做好新鞋。"

石小宝接过碗，吃了起来。

秦明玉刚坐下，一位蓬头垢面的老者拄着一根棍来到她家门前，靠着门框说："行行好，给点吃的吧。"

秦明玉看了看自己的一碗米饭，又看了看门前讨饭的老者，端起碗将自己的一碗饭倒进了老者的碗里。

石小宝盯着他妈问道："妈，那你吃什么？"

秦明玉摸着石小宝的头说："儿子，我看他像是几顿都没吃饭了，我这顿不吃，下顿还可以吃，他说不定下顿也吃不上饭。"

"来，妈，我这里还有半碗饭，给你吃。"石小宝说着将自己的碗递了过去。

秦明玉说："儿子，你吃，你现在正长身体。妈饿一顿没问题，怪我，今天的饭煮少了一点。"

……

两天后的一个清晨，秦明玉走到石小宝的床边，轻轻地将一双新鞋放在了石小宝的枕边。

老 父 亲

　　艾后代出生在新中国成立前的农村，没什么文化，但勤劳善良，他话语不多，别人开他的玩笑时，他总是笑笑。

　　艾后代干起活来是毫不含糊，人民公社修水利时，艾后代挑起过二百多斤的担子，记工员说数他挑的担数最多，工地上的大喇叭常传来表扬他的声音。

　　艾后代为人忠厚，从不占别人的便宜，与别人打交道，宁可自己吃亏。适逢生产队需要一名保管员，社员们一致推荐艾后代，将集体仓库的钥匙交给他大家放心。

　　三年困难时期，大家都饿着肚子。

　　艾后代有两男两女四个孩子，忍饥挨饿是家常便饭。最小的三岁的儿子饿得哇哇直哭，端着小木碗找妈妈要吃的。艾后代老婆急得直掉眼泪，用祈求的目光看着艾后代。

　　艾后代瞪了老婆一眼，说："瞅着我干什么？我还不知道你要说什么？我保管的是公家粮食，大家让我当保管员是对我的信任，你不要打公家粮食的主意，公家的粮食一颗都不能动！"

　　老婆无可奈何地说："你看孩子饿成这样……"

"我们的孩子饿，别人的孩子不是一样挨饿？"艾后代盯着他家婆娘说。

老婆叹息了一声，将哭闹的小儿子一把揽在怀里，撸起上衣将干瘦的奶头往儿子嘴里喂。

集体粮食仓库就在艾后代家隔壁，他家与粮食仓库共着墙，板墙洞与粮食仓库相通，他这边是用废纸堵的，将废纸一拿掉，粮食就会自动流出，但艾后代申明不准动。

干着急也不是办法，艾后代提上篓子，匆匆走出了家门。

老婆喊道："你到哪里去？"

艾后代答道："出去看看能不能找点吃的。"

灾荒之年，能吃的树皮、野草几乎被人们吃光了，在外很难找到吃的，艾后代要出去碰碰运气。

这天艾后代运气不错，刚下了一场雨，他在松树林里采了半篓子松菇菌，又在潮湿的山坳里采了半篓子地耳皮。艾后代提着一篓子野菜，高兴地回到家中，对老婆说："今天运气好，刚下完雨，山上长出这些东西，要再晚去半个小时，恐怕这些东西就被湾子里的刘大嫂、李大嫂采完了。"

一家人赶紧择着地耳皮里面的杂草枯叶。

艾后代将择好的野菜提起准备去门前的堰塘清洗。

老婆看着艾后代的背影说："人穷水不穷，将地耳皮洗干净。"

艾后代边走边说："知道。"

社员们在芝麻地里薅着草。

外号叫炸巴郎的与外号叫百话鸟的俩人在一起嘀咕着。

炸巴郎说："艾后代家里不缺吃的，他家隔壁就是粮食仓库。"

百话鸟说："仓库钥匙艾后代与队长一人一把，一个人是开不开锁的。"

炸巴郎说："他们不会合起来弄公家的粮食？"

百话鸟说："那也是。"

炸巴郎灵机一动，说："哎，我有个主意，看艾后代娃子屙的屎，要是吃粮食，屙的屎是黄色的，要是吃野菜，屙的屎是黑色的，你注意看。"

百话鸟佩服地说："对对对，我的娃子屙的屎就是黑色的。"

第二天，艾后代老婆带着小儿子出工锄草，小儿子喊叫着要屙屙尼尼。

艾后代老婆走了过去，将儿子抱起，可儿子涨红着小脸怎么也拉不出来。他老婆提起一看，儿子因吃地耳皮上了火，大便拉不出。

艾后代老婆大声喊道："炸巴郎，过来帮下忙。"

炸巴郎循声走了过去。

艾后代老婆对炸巴郎说："大姐，帮下忙，孩子上火，帮忙用棍子掏一下。"

炸巴郎捡来根合适的荆条棍，说："将孩子的屁股抬高点。"说着用棍去掏艾后代儿子的粪便。

由于没有消化好，带有地耳皮硬块的粪便被掏出。

掏完粪便回到地里，炸巴郎一边锄着草一边对百话鸟说："掏出的屎都是些没消化的地耳皮。"

百话鸟说："我们怀疑错艾后代了。"

由于艾后代诚实可信，生产队桃园、西瓜园所卖的现金都交给艾后代代为保管，艾后代用一小木箱将钱锁在里面。

一转眼，艾后代的小儿子已读小学三年级了。吃过晚饭，艾后代用热水洗着脚，老婆在煤油灯下纳鞋底。

艾后代洗好了脚，用蛤蜊油抹着脚上皲裂的口子。

小儿子凑了上去，说："爸，我的本子快写完了，我要买写字本，得八分钱。"小儿子边说拿过蛤蜊油，"我来给你抹，爸，这么大的口子疼不疼？怎么搞的"。

艾后代笑道："这是劳动时挖洋镐碰的，不是很疼。"

小儿子撒娇道："爸，我买本需要八分钱。"

艾后代对纳着鞋底的老婆说："明天卖些鸡蛋，给他买。"

老婆扬起头说："后天老表的孩子做三朝，我们送粥米的二十个鸡蛋还没攒够。"

小儿子一边摇着艾后代的大腿一边说："爸，你那小木箱子里不是有钱吗，先拿着用，卖了鸡蛋再还上不就行了。"

艾后代沉下脸，严肃地说："那可不行，那是公家的钱，用习惯了会出问题的。等几天，你妈卖了鸡蛋就给你买。"

小儿子嘟着小嘴，垂头丧气地走开了。

农村分田到户后，艾后代也老了。女儿早已出嫁，儿子也已成家单过，他与老伴生活在一起。田种不动了，他选择了种生姜。种生姜可是个技术活，他要重新学习。在农技站工作的老表的指导下，他学会了种植生姜的技术。

艾后代种了一亩生姜，生姜起来后他又套种了一季时令蔬菜，靠着这一亩地的收入维持着老两口的生计。只要自己能动，老两口从不向后生伸手。

在艾后代七十九岁那年，一场感冒从春上一直病到秋里，到医院一检查，由于持续发烧，患上了肺结核。他舍不得花钱，一退烧他就停止治疗，治疗是时断时续。

艾后代的头发长了，深秋的一天，老伴催他去理发。艾后代没到村里剃头铺去理，而是到离家十里地的集镇上去理，因为那里理发要比村里便宜两角钱。

艾后代理完发艰难地走回家，因长期生病，体质虚弱，艾后代体力不支，进门一头栽倒在房中。

老伴赶紧扶起艾后代，将他扶到椅子上坐好，老伴责怪道："为省五分钱，跑那么远去剃头，不知道你还病着吗！"

艾后代叹了口气说："在家也没什么事，能省点就省点，哪晓得自己这么不中用。"

老伴帮他擦干净脸上的灰尘，并用热毛巾敷他脸上的擦伤。艾后代摔倒后一病不起，儿女们把医生请到家里给他治疗，可他的病还是越来越严重。

艾后代知道自己这一病，将会在不久后离开人世。他声音柔弱地对老伴说："你把两个儿子叫来。"

不大一会儿，两个儿子、儿媳妇、孙子随着老伴来到艾后代床前。艾后代指着柜上的一个小箱子说："把小箱子拿来。"

老伴拿来旧到发黑的小箱子递给艾后代，艾后代伸出颤抖的手打开了小箱子。这里面有他卖生姜积攒的两万块钱。

艾后代望着床前的儿孙有气无力地说："我这一辈子也没啥本事，没给你们积攒什么家产。这是两万块钱，你们弟兄俩一人一万……"

说着说着，艾后代就断了气。

老 奶 奶

柯大英要是活着的话，现在也已一百五十多岁了，可惜她在 20 世纪 60 年代就走了，如今，她的坟上只有萋萋的芳草和后生立的大理石墓碑。

柯大英十七岁那年，带着丰厚的嫁妆坐上花轿，嫁到了二十里外的易家畈，与大她两岁的易老四成了亲。

柯大英出生在大户人家，家境殷实。她嫁的易老四也是大户人家，可谓门当户对、珠联璧合。

易家畈易家大湾大多数是易姓。易老四老太爷还在，老太爷没许分家，易家人一百多口在一起生活，徽派建筑一栋连着一栋，几乎占去了大半个湾子。

老太爷精于算计，治家有方，家有良田三百多亩，农忙时家人齐心收割庄稼，闲月时家里榨油、熬糖、磨粉、扎花、打套，做到闲月不闲。

柯大英二十多年给易家生了五个姑娘，她心里不舒服的是没给易家生上一个儿子。

天有不测风云，在柯大英四十一岁那年，一场瘟疫席卷易家大湾。这场瘟疫来势汹汹，人们接二连三地死去，往往是棺材还没抬上山，家里又倒下几个。

"房漏偏逢连夜雨，船迟又遇打头风。"易家烧的纸被一阵大风卷起，很快引燃旁边的柴堆，又引燃砖木结构的房屋。大火烧了三日三夜，将易家一排排房屋化为灰烬。

直到清明节过完，这场瘟疫才彻底结束。

可怜的易家，一百多口人最后就剩下九人。柯大英的五个女儿只剩下一个。这九口人，数易老四、柯大英辈分最长，易老四、柯大英将侄儿、侄媳、侄女收入自己门下。按年龄大小重新排列。侄儿为老大，柯大英亲生姑娘为老五。

老湾子经历如此大难，房屋也毁于一旦，易老四、柯大英搬到几里远一个叫九里岗的地方，倾其所有新建三间土房重新安了家。

柯大英将满脸憔悴的侄儿、侄女聚在一起，说："你们不要怕，只要我们有一口饭吃，就不会饿死你们，以后你们就叫我们四爹、四妈。"

柯大英亲生女儿眨巴着眼睛问道："那我呢?"

"我们现在是一家人，你也要叫四爹、四妈，听到没?"柯大英说着摸了摸五姑娘凌乱的头发。

五姑娘点着头"嗯"了一声。

侄儿三十多岁，结婚多年也没生下一男半女。这事急坏了柯大英，自己已年过四十，生育的可能性很小，易家不能在她手里绝后。

几个月过去了，侄媳妇肚子还是没有动静，柯大英却惊奇地发现自己怀孕了。

十月怀胎后，柯大英果真生下一健康男婴，那年她四十二岁。

易老四夫妻俩喜出望外，对男孩精心抚养，取名叫易幺。

易家十口人要吃饭，大些的姑娘眼看要出嫁，还要置办嫁妆。柯大英从小生活在衣食无忧的大家庭，现在却要独立支撑起这十口之家。

柯大英说服丈夫，她要出去帮忙干农活，以减轻家庭负担。自此，柯大英迈着三寸小脚，风里来雨里去，学会了各种农活。

六月伏天，一场连阴雨之后，棉花田、芝麻田里长满了野草，柯大英迎着伏天的骄阳迅速将野草锄掉，为的是趁着太阳将野草晒死。她在太阳下不喜欢戴帽子，头顶一块湿毛巾。柯大英人长得漂亮，皮肤白皙，毒辣的太阳将她的脸晒脱了一层皮。

姑娘们陆续出了嫁，每个姑娘都是同样的嫁妆。

最小的幺姑娘也要出嫁了，柯大英找丈夫商量，最小的幺姑娘一出嫁，家里负担就轻了，嫁妆多陪点。易老四同意了妻子的意见。

姑娘嫁出去后，家里负担也轻了，可因夏天常年顶着日头干活，柯大英得了眼疾，看了多次中医也没治好，柯大英双目失明了。

易幺二十岁那年，在父母的操办下成了婚。

新中国成立后的第二年，柯大英的大孙子出生了。

大孙子一岁多的时候，易老四一病不起。在他断气的那一天，他把儿子叫到床前说道："幺呀，以后这个家就靠你了。"说完就咽了气。

三年困难时期，柯大英已有两个孙子一个孙女，最小的孙子三岁。

灾荒之年，人民群众是忍饥挨饿。柯大英儿媳妇的哥哥在三十里外的一个大队当支部书记，儿媳妇的娘家在那里，回娘家时还吃上了大米饭，那里情况要比九里岗好得多。儿媳妇回家后做柯大英及丈夫的工作，要搬家投靠娘家，不然在这里连野菜都吃不到。

为了一家的生计，柯大英只好跟着儿子、儿媳妇恋恋不舍地离开了家乡。

柯大英的新家与集镇只隔一条河，依山傍水，条件要比九里岗好多了。

儿媳妇给柯大英盛来一碗白米饭，柯大英闻到了饭香，忙说："孙子他妈，这饭好香呀，你们都有吧？"

儿媳妇答道："都有。"

"把你们的碗拿来让我摸摸。"柯大英说。

儿子端着碗让她摸，说："这是我的。"

"孙子他妈的呢？"说着伸着颤巍巍的手向前摸。

儿媳妇将碗端到柯大英跟前，说："在这。"

"大孙子的呢？"柯大英欣喜地问道。

"奶奶这是我的。"大孙子说。

"奶奶这是我的。"二孙女说。

三岁的小孙子端着小木碗走到奶奶跟前说："奶奶，我要你喂。"

柯大英笑道："我们一家终于吃上一碗白米饭了。"

儿媳妇答道："是的，这里条件要比九里岗强，每顿碗里总有些粮食，再搭些野菜下饭。"

柯大英用筷子往嘴里扒了一口米饭说："幺呀，孙子他妈，人家的大恩大德千万不能忘呀。"

柯大英不想在家里吃闲饭，总想做点什么来减轻家里负担，可眼睛看不见什么也做不了。

这天，她摸着坐到儿媳妇的纺车前，试着纺线。她原先是纺线织布的能手，一试还真行。

自此以后，柯大英日夜坐在纺车前纺线，嗡嗡的纺车声不断从房里传出。每纺一斤棉花可挣五分钱，也算可以减轻些儿子、儿媳妇的负担。

柯大英从春纺到夏，从夏纺到秋，从秋纺到冬。

在一个寒冷的冬天，房外北风呼啸，大雪纷纷。鸡已叫了两遍，可柯大英还在纺呀纺，突然间，她头脑一阵昏眩，眼睛一阵发黑，头一歪，仿佛是睡着了。

这一觉，她永远也没醒来……

老 警 察

　　严克虎，这名字一听挺吓人的，其实他的长相更吓人。一米八几的个子，二百斤的体重，长得又黑又胖，倒八字眉毛又黑又恶，一边脸上长着一块疙瘩肉。剃头师傅最怕遇到他这种头型，特别是头后部沟壑不平，真考验理发师傅的手艺。

　　严克虎二十八岁就当上了镇派出所所长，由于长相吓人，小孩子见到他就躲闪。大人常把严克虎拿出来吓唬小孩，小孩子哭闹调皮，只要大人说严所长来了，小孩儿保准乖乖听话。

　　严克虎所在镇的犯罪率在全县是最低的，治安状况也是全县最好的。

　　一天，宫家寨一养牛专业户匆匆跑来镇派出所报案，他喂养的牛又被人杀死了一头。

　　宫家寨地处高山深林，人进去后几乎分不清东西南北。几十头牛春秋季节散养，主人将牛赶进大山，每头牛脖子上绑着一个铃铛，全天无人照看，这里山高草茂，自然放养可以大大降低养殖成本。

　　严克虎匆匆赶到，现场是惨不忍睹。犯罪分子心狠手辣，他们将肥壮的牛用绳子捆绑在粗大的树上，将最肥实的两条后腿卸下，严克虎走近现场时，牛还没死，少了两条后腿的牛瞅着来人还眨巴着眼睛。

严克虎怒从心中起,这案一定要破!

严克虎手机铃声响起,他接通了电话:"我是严克虎,什么?好,我马上执行。"这是县局指挥所打来的电话。

严克虎拨通了副所长的电话:"我是严克虎,你马上到交通路口设卡,有毒品犯罪分子在城区打伤我公安干警后正在逃逸。对,他们共四人,携带有枪支,开的是一辆黑色桑塔纳,好,一定要注意安全,我马上赶回来。"

养牛人一听心里凉了半截,问道:"严所长,我这案子怎么办?"

严克虎安慰道:"犯罪分子早已把赃物弄出了大山,这里又是两省交界处,很可能是外省流窜作案。你不要慌,这案子我们一定给你破。"

严克虎火速赶回镇上,来到省际公路的设卡点,跟副所长打了个照面。这时,严克虎发现前面一百米的地方,一辆黑色桑塔纳猛地刹停,从车上跳下四个人向山上跑去。

严克虎一挥手对身边的干警说:"就是他们,追!"

干警们跟随着严克虎朝山上奔去。

追赶途中,严克虎灵机一动,想到前面可以抄近道,他大声命令道:"副所长带着其他干警在后面追,堵住毒贩的退路,我和小周抄小路去堵住毒犯的去路,决不能让毒贩在我们眼皮底下跑掉!"说着,严克虎与小周抄近路飞奔而去。

山高林深,毒贩若钻进密林,则会对追捕增加许多困难。毒贩气喘吁吁,看到公安干警堵住了去路后,一毒贩跳下了麦田,从衣兜里掏出子弹已上膛的手枪。

说时迟,那时快,严克虎饿虎扑食般跳下麦田,将持枪的毒贩扑倒在地,并重压在身下。

毒贩扣动了扳机,一声沉闷的枪响,子弹飞出了枪膛。

子弹从严克虎的胳膊上穿出,还好,并没有伤着筋骨。血顺着伤口流了出来,迅速染红了警服。严克虎顾不得自己的伤痛,拿出手铐将毒贩铐了起来。

听到枪声后，副所长带着干警也赶了过来，干警们与毒贩们扭打在一起。干警们训练有素，对付这些乌合之众不在话下，几个回合就将毒贩制服，并铐上了手铐。

这场对毒贩的阻击战顺利完成，为此，严克虎荣立了二等功，派出所荣立集体三等功。

老百姓的事无小事，严克虎的伤还没好，就打着绷带，又去破杀牛案件。

严克虎派出精干民警化装成普通农民，又派出几名侦查员勘查进出山的地形和进出口。严克虎分析，犯罪分子不会就此罢手，他令侦查员们守候着进出山的路口。严克虎下了死令，不抓住犯罪分子决不收兵。

一个星期后的一天上午，四个壮年每人背着一个蛇皮袋子，大摇大摆地进了山。

侦查员们远远地悄悄地跟在他们身后。

果然，四个大汉寻着牛的铃铛声而去。他们走近了分散的牛群，朝着一头肥硕的牛走去。来到近处，他们放下蛇皮袋，一人从蛇皮袋中拿出绳索，迅速套上牛脖子，四人拽着绳索就将牛牢牢地捆在了一棵大树上。一人从蛇皮袋中拿出一把锋利的钢刀，正准备向牛下手时，侦查员高声喊道："不许动！我们是警察！"

侦查员们从腰间掏出手枪，黑洞洞的枪口对准了犯罪分子。

犯罪分子先是一惊，定睛一看大势不好，两名犯罪分子挥着手中的钢刀想夺路逃跑。另一犯罪分子挥舞钢刀扑向了侦查员。

一侦察员举起手枪朝天开了两枪，喊道："不许动！再动就打死你们！"

随着两声清脆的枪响，犯罪分子安静了下来，自知刀根本不是枪的对手，这次是栽在警察手里了。

侦察员大声命令道："把手中的刀放下，争取宽大处理！"

犯罪分子纷纷丢下手中的钢刀，束手就擒。

侦查员拿出手铐将罪犯一个个铐了起来。然后押着垂头丧气的罪犯，向山外走去。

……

严克虎在乡镇派出所一干就是二十多年，因表现突出，经组织考核，在四十六岁那年当上了副局长，直到六十岁光荣退休。

退休后的第五年，严克虎与老伴出门旅游，准备到哈尔滨去领略"千里冰封，万里雪飘"的景致。他们坐上了北去的火车。

火车到信阳车站时，车上挤进几个年轻人。车上的人比较多，走道上也站满了人。

车启动后，这伙人开始行窃。靠严克虎座位一边，一小偷一手用报纸遮住一旅客的双眼，一手开始行窃，因衣兜难以解开，他拿出刀片准备割那人的衣兜。

由于职业的习惯，这伙人一上车就引起了严克虎的注意。

扒手刚将那人的衣兜割开一条大口子，严克虎就起身厉声道："住手！"说着，一把抓住了小偷的衣领。

其他扒手一见，迅速围了上来，起哄。

严克虎大声道："起什么哄！我是人民警察。"说着从衣兜里掏出他原来的警官证。

乘警见车厢乱了起来，急忙走了过来。问明了原因后，因扒手割破旅客衣兜的证据都在，乘警将扒手扭送到车厢警务室。

被割破衣兜的旅客一摸自己的钱包还在，忙对严克虎道谢。

严克虎看着被扭走的扒手，说："小毛贼在我眼皮底下干这！"

严克虎与老伴看完哈尔滨的冰雕，领略了千里冰封的北国风光，回到家乡已是腊月二十二，第二天就要过小年了。严克虎下火车时已是深夜三点多，严克虎拉着行李箱与老伴走出了火车站。

严克虎随着乱哄哄的人流走到车站广场中间，发现有人正在砸车抢劫。他怒吼了一声："有人在砸车抢劫!"说着将行李箱交给了老伴,吆喝着几个年轻人跑了过去。

抢劫分子看到有人向他跑来,拎起车里黑色密码箱准备向广场外跑。

严克虎高大的身躯挡住了抢劫分子的去路。

抢劫分子恼羞成怒地说:"老家伙,你不要过来!"

严克虎喊道:"我是警察!放下手里的箱子!"

抢劫分子一看是警察,恨从心中起,怒从胸中生,他是被警察抓过两次,坐过两次牢的惯犯。他掏出裤兜里的弹簧刀,怒视着严克虎。

严克虎毫不畏惧,上前徒手夺刀。他伸出双手想扭住犯罪分子的胳膊,顺势夺下犯罪分子的弹簧刀,可他毕竟是六十多岁的人了,力不从心。犯罪分子一刀捅入严克虎的小腹,接着又是一刀。

严克虎死死地抓住抢劫犯。最终,众人合力将犯罪分子制服。

严克虎被救护车紧急送往了医院。

经救治,严克虎苏醒了过来,看见老伴坐在床边抹眼泪。

严克虎握住了老伴的手。

老伴心疼地说:"你没退休时,过年时你一个人忙,今年我看全家人都要为你忙,跟着你就过不上一个安生年。"

严克虎望着老伴笑了笑,说:"没办法,这是职业习惯!"

老 军 人

梅冠武十七岁时报名参加志愿军，要到朝鲜去打美国鬼子，因没到十八岁，县人民武装部没同意。他壮着胆子去找接兵首长，部队首长问他为什么要参军，梅冠武用洪钟般的声音回答道："抗美援朝，保家卫国！"

部队首长问："打仗随时都会牺牲，你不怕吗？"

梅冠武响亮地回答道："不怕！我上面还有两个哥哥。"

部队首长仔细打量了一番梅冠武。梅冠武长得魁梧雄壮，一米八五的个头，到部队是块扛机枪的料。

部队首长对站在身旁的武装部长说："让他报名吧。"

就这样，梅冠武如愿当上了志愿军。经过两个月的新兵训练后，他随着大部队雄赳赳、气昂昂地跨过了鸭绿江，奔赴抗美援朝的第一线。他把手中的轻机枪擦得锃亮，只等部队首长一声令下，他就冲向杀敌的战场。

在一次战斗中，梅冠武所在连为掩护团主力撤退，顶着敌人一个加强营的轮番进攻。敌人几次冲上阵地，阵地险些失守。梅冠武从倒下的战友手里拿起刺刀，连捅死七个敌人，硬是将冲上阵地的敌人打了下去。梅冠武与战友们死死守住了阵地，使团主力顺利地撤退到上级指定地点。

还有一次战役，美军的飞机对我军阵地狂轰滥炸。梅冠武跃出战壕，端起机枪，对着敌机就是一阵扫射。轮番轰炸的敌机向我军阵地俯冲，投下罪恶的炸弹，炸弹的冲击波将梅冠武掀倒，他被炸弹的碎片击中，身负重伤，倒在血泊中……

经抢救，梅冠武从死神手里逃过一劫，但脑部留下了难以取出的六粒弹片。

朝鲜战争结束后，梅冠武光荣地退出现役，被组织安排在县城邮政局工作。

梅冠武在县邮政局一干就是几十年，直到退休。

随着年纪的增长，梅冠武越来越想他死去的战友，想念他身处祖国各地的战友、首长。他满脑子都是过去在部队战斗生活的场景。他让儿子在外找回有关抗美援朝的故事片光碟《英雄儿女》《奇袭》《上甘岭》、京剧《奇袭白虎团》等片子反复观看。

近年来，梅冠武的头疼越来越厉害，并伴有间歇性老年痴呆。在八十二岁那年，他看到《新闻联播》上播放美国航母编队在南海耀武扬威的新闻。他拍着桌子站起来怒斥道："他妈的，联合国军又来了，又想跟老子们较量了！"

老伴吓了一跳，忙安慰道："你不要激动，真的来了还有人民子弟兵呢。"

"老子才不怕他们呢！在战斗中老子连捅死过七个美国鬼子！"梅冠武激动地说。

老伴拉着梅冠武的衣服笑着说："是的，坐下看电视，为这你还立过一等功呢。"

梅冠武坐下愤怒地说："不服气，老子再真刀真枪地跟他们干一仗！"

晚上梅冠武梦见了他部队的首长，部队首长命令他立即返队，去抗击美帝国主义。

第二天吃过早饭，老伴出门买菜去了，儿子、儿媳妇上班去了，孙子也上学去了。梅冠武想起了昨晚部队首长的归队命令。他穿上箱底发白的军装，戴上军帽，扎上武装带，胸前挂上一等功勋章一枚，二等功勋章两枚，并找出他的退伍证装在口袋里。他要服从命令，他要归队，要去找他的老部队。

梅冠武叫了出租车先到了火车站。他排队去买火车票，但因没有身份证，没买到火车票。他又来到汽车站。

售票员走到梅冠武跟前客气地问："老同志，您到哪里？"

"你们车到哪里，是不是往北开的？"梅冠武问。

售票员答道："是往北的，终点站是信阳。"

"好！多少钱？"梅冠武说着掏出一百元钱递给了售票员。

售票员接过钱，撕了票说："我们是过路车，来，我给您找个座位。"

车到信阳后，梅冠武又上了去往郑州的车，他要继续往北走……

老伴提着菜篮回到家中，一看梅冠武没在，到卧室一看，床、柜、箱翻得乱七八糟，她慌了，忙拨通儿子的手机，声音颤抖地说："儿子不好了，你爸不见了。"

儿子急急忙忙赶回家，了解情况后说："妈，我们赶紧报警。"

报警后，老伴、儿子动员亲朋好友满城寻找着梅冠武。

梅冠武到了郑州后，他来到车站值班室，拿出他的退伍证问道："同志，你知道这本本上的部队吗？"

值班员接过发黄的复员证看了看，说："不知道。"

梅冠武的举动和打扮引起了值班人员的注意，值班人员忙安排梅冠武进屋落座，并拨通了车站派出所的电话，随后给梅冠武倒了一杯热开水。

不大一会儿，两个警察走进了值班室。

梅冠武一见警察，忙说："警察同志，我不是坏人，我是接到上级的命令，回归老部队的，我们准备再与美国人干。"

警察见多识广，一看情况心里就明白得差不多了，和蔼可亲地说："老同志，就是打仗现在也轮不到您上。告诉我您是哪里的，明天好送您回去。"

梅冠武一听要送他回去，不高兴地说："没找到部队就要送我回去？我不告诉你。"

警察耐心地说："老同志，我能看看您的身份证吗？"

梅冠武摸了一下衣兜，生气地说："没拿，有也不给你们看。"

梅冠武家，亲朋挤满了一屋子。梅冠武老伴哭红了双眼，几个亲朋安慰着她。全家人都在等奇迹的出现。

儿子着急地说："派出所到现在还没有消息。"

一年长的亲戚建议道："梅大哥是国家的功臣，转业军人，要不明天去报告武装部，帮想想办法。"

郑州车站派出所警察请示了所长，所长指示先安排梅冠武到宾馆休息，明天再说。

安排梅冠武住下后，派出所安排警察看守，以防梅冠武再次走失。

所长没有休息，在电脑上搜索梅冠武，可全国有几百个叫梅冠武的。根据分析，梅冠武是从南边来的，所长又查南方邻近省名叫梅冠武的，可南方邻省叫梅冠武的也有二十多个，梅冠武到底是哪里人成了一大难题。

第二天一上班，梅冠武老伴、儿子、亲朋一行来到武装部，并向武装部领导报告了梅冠武走失的情况。梅冠武是一等功臣，这一情况引起武装部的高度重视，相关负责人迅速报告了县委、县政府，县里马上报告了省公安厅，请示协查。

省公安厅迅速向全国各省公安厅发出紧急协查公告。一封封查找梅冠武的电文飞向全国各地。

郑州车站派出所收到协查公告，经比对，所长喜出望外，在他们这里的正是要寻找的对象。

郑州的电文不到半小时就到了梅冠武家所在地。

当地政府派专车和警察与梅冠武儿子一起到郑州接回了梅冠武。

梅冠武回到家后，梅家对他是严加防范，格外小心。梅冠武也似乎恢复了正常，不乱说乱动。时间一长，家人也放松了警惕。

　　寒冷的冬天到了，下起了鹅毛大雪，气温骤降至零下七八度。

　　梅冠武想起了朝鲜寒冷的冬天，想起了朝鲜长津湖之战，想起了志愿军战士身穿单衣，顶着零下三十多度的严寒，伏在雪地里，被活活冻死还保持冲锋姿势的场景。因他是先期入朝，所以配有棉衣。他越想越伤心，他要给长津湖的志愿军送棉衣棉被。

　　那天下午，老伴给读高三的小孙子送棉被去了。梅冠武用绳子捆了两床棉被，瞅着家中没人，背着被子走出了家门。他隐约记得上次坐车出门，结果被儿子接回来了，所以认定这次不能坐车，他要徒步走。

　　梅冠武出门后一直往北走。

　　北风呼啸，大雪纷飞，梅冠武背着被子迎着北风，顺着公路往北走呀走走呀走……

　　天渐渐黑了下来，雪越下越大。迎面的汽车打开了大灯，大灯一闪，梅冠武一个趔趄，滚到了路边的深沟里，被子被甩到了一边，梅冠武倒在沟里昏死了过去。

　　好心的司机看到后报了警。

　　警察赶来后救起了梅冠武，与此同时，梅冠武老伴、儿子也开车找来了。儿子赶紧把梅冠武送到医院抢救。

　　经抢救，梅冠武慢慢苏醒过来，他睁开眼睛看了看老伴和儿子，说："我到长津湖了，找到部队了。"

　　老伴边擦着眼泪边说："不要说话，好好休息。"

　　梅冠武说："不行！美国鬼子马上就要攻上来了。"

　　梅冠武脑海里浮现出白雪皑皑的阵地上，一队队端着枪的美国鬼子往阵地上冲的画面。阵地上的志愿军战士向美国鬼子猛烈开火，一排排美国鬼子在志愿军的枪口下倒下。美国鬼子败下阵来，掉头就跑。

　　梅冠武左手高高举起，喊道："冲啊！杀鬼子去！连长，我来了！"

　　梅冠武高举的手垂了下来，永远地闭上了眼睛。

老 木 匠

二十五岁的严振山带着他十八岁的徒弟石成林，刚给别人打完嫁妆，正背着木匠家什，迎着晚霞急匆匆往家里赶路。

不料走到半路被国民党上前线的军队抓了壮丁。

二人会木匠手艺，被分配到师工兵营。

师徒二人随着轰隆隆的火车到了东北，投入到辽沈战役。

东北战场上，国民党军队一败涂地，严振山、石成林所在的师看到国民党军队兵败如山倒，突围无望，便全师起义，被共产党改编成中国人民解放军。

经过短暂的整编、整训教育，严振山、石成林换上了解放军军服，随着四野大军入关，投入到平津战役之中。

平津战役结束后，四野大军横扫华中，直捣中南诸省。

1950 年，朝鲜战争爆发。严振山、石成林又随大军星夜兼程，饮马鸭绿江。随着军委一声令下，部队跨过鸭绿江，投入到惨烈的抗美援朝战争中，与以美国为首的联合国军进行殊死较量。

美国飞机对志愿军补给线进行狂轰滥炸时将一座公路桥梁炸断。

严振山、石成林深夜抢修桥梁时，美国飞机投下照明弹，对着抢修的志愿军投入无数炸弹。

严振山炸伤了左腿，石成林炸伤了右腿，俩人被埋在乱石堆里。

战友们从乱石堆里将晕死过去的严振山、石成林救了出来。医护人员将二人血肉模糊的双腿进行简单包扎后，由朝鲜老乡用担架送往部队卫生队。

严振山、石成林因伤势过重，被送回国内后方医院进行治疗。

经过一段时间疗养，严振山、石成林已能拄着拐杖在医院花园里散步。二人走到木制座椅前坐了下来。

石成林将拐杖放在一旁，摸了一把受伤的右腿说："师傅，我这腿不知好不好得了，与你的腿差不多，粉碎性骨折，可我连媳妇儿都没有，还没尝到女人的滋味呢。"

严振山微笑着说："想媳妇了？等伤好出院后，师傅给你介绍一个。"

"要是好不了怎么办？"石成林有些担心地说。

严振山望着南方说："离开家乡已六年了，也不知道你师娘、大贵、二贵和红杏现在怎么样，我走时大贵才六岁，今年已十二岁了，最小的也七岁了。到时我一定叫你师娘给你介绍个媳妇。"

石成林问道："腿残疾了有人跟吗？"

严振山拍着石成林的肩膀说："要是不当兵，你的小孩应该会打酱油了。"

经过半年的康复治疗，严振山、石成林的伤基本痊愈，但落下了一瘸一拐的残疾。

一天，部队领导领着两位政工干事来到严振山、石成林的病房。

部队首长说："你俩的伤好得差不多了，我们来征求下你俩的意见，出院后你们有什么要求？"

严振山想了想说："我俩在火线加入了共产党，已是党的人了。若战场需要，我俩随时可以重回战场，继续与美国鬼子干！"

石成林附和道："对！"

　　首长笑了笑说:"重回战场是不可能了,你俩的腿也残疾了。"

　　严振山说:"那我们回老家参加社会主义建设,绝不会给部队丢脸。"

　　首长紧握着严振山的手说:"我们会跟当地政府联系,他们一定会照顾好你们的。"

　　就这样,严振山、石成林就结束了他俩的军旅生涯。

　　严振山回到自己家中,儿子大贵、二贵,女儿红杏怯生生地瞅着他。严振山从帆布包里拿出糖果、点心分发给大贵、二贵和红杏。

　　老婆范忠秀更是喜出望外,忙招呼着儿女们,说:"他是你们的爸爸,快叫爸。"

　　大木床上,严振山、范忠秀躺在床头,严振山吹灭了床头的油灯。

　　范忠秀头枕在严振山宽厚的胸膛上,说:"这么多年没一点消息,想死我了。"说着泪水扑簌簌地直流。

　　严振山眼含着泪花说:"这么多年,苦了你了。"

　　石成林回到自己家中,父母惊喜得泪水涟涟,紧盯着儿子左瞅右看。

　　父亲连连说: "回来就好,回来就好。我和你妈还以为你不在人世了。"

　　由于腿伤,严振山、石成林不能参加生产劳动,他俩又捡起了木匠手艺,给十里八乡的人家制家具,打嫁妆。

　　严振山、石成林对做工要求精益求精,从不允许有半点马虎。他俩走南闯北,见多识广,对家乡的传统家具进行了革新,制作出来的家具广受家乡人们的欢迎,生意好到忙不过来。

　　生活安定后,石成林的婚事纳入了严振山的议事日程,作为头等大事来完成。他四处托媒给徒弟介绍对象。

　　石成林年纪偏大,已过三十,腿又有残疾,高不成,低不就,也就一直没寻到合适的对象。

　　石成林三十二岁那年,邻村二十二岁的蔡秋菊因不能生育被婆家赶了出来，严振山想说成这门亲事。

严振山来到石成林家，对石成林说："后山的蔡秋菊离婚了，才二十二岁，我见过，人长得非常漂亮。"

石成林有些矛盾，说："师傅呀，我也见过她，可是别人说她是个石眼，不能生育才离婚的。"

严振山开导道："这件事我想了几个晚上，你已三十多了，再过些年就老了，身边没个人怎么能行？管她石女不石女的，老了有个伴就行，总比没有强，总不能打一辈子光棍呀。"

石成林想了想说："腿残疾了，年纪又大了，不好找老婆了，师傅说得对，我听师傅的。"

这门亲事在严振山的撮合下成了。

蔡秋菊生得白净，长得漂亮，是标准的美人。婚后俩人恩爱有加，如胶似漆。说来也怪，蔡秋菊来到石家当年就有了身孕，六年给石成林生了两个大胖小子。石成林四十五岁那年，蔡秋菊又跟他生了个么姑娘。姑娘长得跟她妈妈一样美，活泼可爱，被严振山、石成林两家视为掌上明珠。

严振山、石成林在战场上是生死战友、兄弟。石成林有小孩后，俩人又结拜为干兄弟，双方儿女称严振山、石成林为干老，喊范忠秀、蔡秋菊干妈。

么姑娘二十二岁那年要出嫁了。严振山与石成林商量，么姑娘的柜、椅、箱、床由严振山亲自制作，电器、被子由石成林置办。

严振山七十多岁的人了，他打算给么姑娘打最后一套嫁妆就息手，老了做不动了，做套满意的家具以了心愿和往日的遗憾。

严振山提前半年精心挑选上等木材，一刨、一钻、一斧、一锯、一凿地精心制作，没有半点马虎。制作中，严振山多次把石成林喊来，让他提意见。

做好后，严振山左瞅右瞅，围着细看了三天，觉得满意后才叫石成林抬走。

家具抬走后，严振山常一件件地回想，不是觉得柜子欠火候，就是觉得桌子欠点刨工，要不就是椅子缝隙稍大，他越想越不满意。

幺姑娘出嫁那天，丰厚的嫁妆惊动了整个湾子，全湾子的人都出来看热闹。

范忠秀进门看到严振山坐在房中愁眉不展、心事重重，便说："幺姑娘今天出嫁，你怎么不高兴？快出来送送幺姑娘。"

严振山抬头看了一眼范忠秀说："来，这是给幺姑娘一千块压荷包的钱。"说着从兜里掏出早已准备好的崭新的连号钱。

范忠秀拉着严振山的衣服说："走，我们俩一起送送幺姑娘。"

严振山无限感叹地说："你一人去送吧，幺姑娘的嫁妆我没做好，我不想看。"

范忠秀说："别人都说好。"

"那是别人的奉承。我做了一辈子的木匠手艺，可没有一件是我满意的。我越来越不敢看我做的东西，你快把压荷包的钱给幺姑娘送去。"说着，将范忠秀推出了家门，"砰"的一声，将门重重地关上了。

老 作 家

　　连河镇河东有个龙家湾，湾子先前住着几十户人家，一百多口人，人们依河而居。河水滋养着这片土地。

　　改革开放后，湾子里的年轻人都相继外出打工，离开了这里。湾子里基本上只剩下老年人和留守儿童。

　　湾子住着三个七十挂零的老头。

　　一个是中国作协会员，姓范，名健。七十多岁了还笔耕不辍，常在刊物上发表一些文章。

　　一个是砌匠，姓罗，名水华。因砌的墙不整齐，所以人送外号罗水货。

　　一个是退休职工，姓胡，名闹。每个月退休工资四千多块。说乡里空气好，退休后与老伴回老家居住，没事常到街上打麻将。

　　三人互相瞧不起，常在心里嘀咕对方的闲话。

　　范健在心里嘀咕道："真是胡闹，天天没事打麻将，跟一行尸走肉有什么区别？"

　　胡闹在心里嘀咕道："罗水华真是个罗水货，出了一辈子的力，也没发个财，老了还出去做工，风吹日晒的。"

　　罗水华在心里嘀咕道："范健真是犯贱，差点连肚子都搞不饱，天天还在屋里写，写给谁看，擦屁股别人还嫌纸粗糙了。"

　　其实一路走来最不容易的就是范健，到现在还住着三间红砖瓦房，别人都住上了小洋楼。

　　范健是老三届高中毕业生。在学校时语文成绩突出，老师经常把他写的文章当范本张贴在宣传栏。回乡后也没丢下他手中的笔，开始写些诗歌、散文向报纸杂志投稿。

　　范健一有时间就把自己关在房里写。夏天，全湾子的人都到堰边的大皂角树下乘凉、聊天，唯独范健把自己关在家里写文章。他总是打来一桶井水，将双脚放进水里，一来可以降温，二来可以防蚊虫的叮咬。

　　范健投出的稿件，有的石沉大海，有的遭到退稿。邮递员算把范健认熟了，有时也不太给范健面子，当着全湾子老少的面高喊："范健，你的退稿又到了。"常弄得范健无地自容。

　　口直的长辈也不给范健情面："你真是犯贱，写文章能写出名堂来？"

　　范健的父母也拿他没办法，常常唉声叹气。

　　父母将管束范健的希望寄托在他媳妇身上。范健结的媳妇是狠，他给媳妇取外号叫母老虎，可母老虎也管不了他。因为写文章，范健没少与老婆吵嘴打架。

　　一天，范健老婆瞅着范健不在，将他的笔、纸一股脑拿到灶里烧了。

　　范健回家一看，气上心头，大怒道："你简直不可理喻。"

　　范健老婆回骂道："一天到晚什么家务活都不干，只知道写！你能写出钱来，你能写出粮食来！"骂着上前抓住范健就扭打起来。

　　他俩从灶屋打到堂屋，又从堂屋打到院子。还好，范健父母刚好回家，将俩人扯开了。

　　范健老婆冲着公婆大哭道："这日子没法过了！"

　　范健这一架与老婆打了个平手。

　　晚上，范健老婆翻来覆去睡不着，找这么个男人，她心有不甘，她侧转过身，一把抓住范健生殖器，范健直疼得哭爹叫妈。

范健老婆问道："你还写不写？"

范健痛苦地求饶："你快松手，我不写了。"

没承想，只过了一个星期，范健就又买来纸和笔写起了文章。这架也不能天天打，他老婆也无可奈何了。

改革开放后，一河南老板来湾子承包了原大队砖瓦厂，范健老婆到砖瓦厂打工。

五十多岁的河南老板死了老婆，范健老婆长得有几分姿色，因对婚姻不满，常与河南老板眉来眼去。

河南老板也心领神会，常三十五十地给范健老婆钱。

河南老板在没人的时候，对范健老婆说："你老公也太不顾家了，今年砖厂承包到期，你要愿意跟着我，我们到时就一起走。"

范健老婆点着头说："行！跟着他我看没有出头之日。"

河南老板与范健媳妇的勾搭，早已引起范健叔伯家哥哥的注意。

一天，河南老板在砖瓦厂里正准备与范健老婆亲嘴时，范健的哥哥一块砖头打过去，俩人受到了惊吓。

范姓在这一带是大姓，在范姓人家的齐心协力下，河南老板自知在理亏，灰溜溜地走了。

往后的日子里，范健还是不断地写。终于有一年，各种文学杂志上刊登了一些范健的文章。范健先后加入了县作协、市作协。五十六岁那年，因一篇中篇小说《茅坑里石头》加入了省作协；六十二岁那年因一部十几万字的长篇小说《神鞭张三》发表在《今古传奇》上而加入中国作协。范健因这篇文章得了稿费四千八百元，这是他所得的最高的一笔稿费。尽管他的作品没引起轰动，还是不温不火，但他内心得到了满足。

近年来，范健共发表作品近二百万字，下一步他打算整理、编辑他原来的文章，然后出书。他没钱，老婆讨厌他，不支持，可他的儿子支持他出书，儿子现在已是上市公司的高管。

在一个月光皎洁的夏夜，范健、罗水华、胡闹坐在湾子前的大皂角树下乘凉、聊天，每人手里拿着一把大蒲扇。

范健穿着的确良短衬衫，胡闹穿着冰丝短袖，罗水华光着膀子，露出他强健的肌肉。

罗水华一边摇着扇子，一边问道："范健呀，你天天说你是作家，是人类灵魂的工程师，你一年的稿费到底能弄多少？我们那里工程师每年最少也要挣个十来万。"

范健摇着扇子回答道："我一年能弄个一万两万的，但作家的价值是不能用金钱来衡量的。"

罗水华说："狗屁，现在有谁会看书？用来当手纸擦屁股别人还嫌纸硬。"

"你不要这样说，文化的价值是钱买不来的。"范健反驳道。

罗水华笑着说："你还不如跟着胡闹到街上打打麻将。自己掏几万块钱出书，谁要？我看你是疯了！"

范健说："打麻将那是在消耗生命，有什么意义？"

胡闹摇着扇子说："嗯，打麻将有打麻将的乐趣。要是来个杠上五星开花，那心情愉悦得比喝蜂蜜还要甜。天天坐在家里码字，那哪是作家，依我看那是坐家。"

范健说："我写作也有乐趣，我能把活人写死，把死人写活。"

罗水华反问道："写书能养家糊口吗？我们砌砖去年每口一角八，今年涨到两角。你码字，人家不给你发表你一分钱不值。"

"我们是生产精神食粮的，你看的电视剧都是我们写书人写的。"范健说。

罗水华争辩道："去你的吧，你们最不值钱。你一年最多挣两三万，就是我老头子出去干半个月也能挣五千多，我一年玩玩打打的也能挣五六万，你这个码字的，还不如我这个码砖的大老粗。"

"精神食粮是不能用金钱来衡量的。"范健说。

罗水华反驳道："我听你这句话都有一百遍了，你的精神食粮连你老婆都不吃，不是差点就跟别人跑了。"

范健的脸红一阵白一阵，他瞅了瞅罗水华，瞅了瞅胡闹，哑口无言了。

老 工 人

　　吴明辉原在国有企业上班，汤久亮原在商业局当局长，俩人年纪差不多，现都已退休多年。吴明辉退休工资三千多，汤久亮退休工资六千多。他俩住在一个小区，吴明辉的房子是他当老板的儿子买的，汤久亮的房子是他自己买的。

　　吴明辉与汤久亮是相识几十年的老熟人，退休后俩人常在小区的凉亭内喝茶、聊天、下象棋，俩人常为悔子争得面红耳赤，不欢而散。但要是三天不见，俩人又像掉了魂似的，盼着对方下楼，去凉亭喝茶、聊天、下象棋，再杀得昏天黑地。

　　老人们见面常聊的是儿女、家长里短，但聊得最多的还是过去。常常是过去的事记得一清二楚，几天前的事却忘得一干二净。

　　吴明辉常讲他年轻时当工人是如何如何厉害、风光。吴明辉20世纪60年代初被招进国有大型企业当工人，跟着师傅学烧电焊。他积极肯干，没几年就成为技术能手，被厂里评为先进标兵，并入了党。

　　吴明辉作为工宣队员，被选调到县商业局，全县商业系统职工接受工人阶级再教育，商业局里的大事小事由吴明辉说了算。

　　汤久亮作为县商业系统的积极分子，被"老中青三结合"进了局领导班子，二十八岁时就当上了商业局长。

吴明辉进驻商业局后展开走访，调查局长及局领导班子成员有没有贪污腐败、男女作风不良等问题。他明察暗访了两个多月，没发现局班子成员有任何问题。

吴明辉躺在床上，辗转反侧怎么也睡不着。

吴明辉老婆埋怨道："快睡，在被窝里翻来覆去的，弄得我也睡不着，我明天还要上班。"

"睡到一边去！"吴明辉吼道。

吴明辉进行着激烈的思想斗争：组织上信任我，让我到商业局，可这么长时间除了开会，听局长们的工作、思想汇报，却没发现任何问题。工人阶级觉悟高，只有找到问题才能教育他们，没发现问题怎么教育？没发现问题证明自己的觉悟还不够高。不行，我不能给咱们工人阶级丢脸，全县商业系统有八大公司，一千多名职工，我就不信找不出问题来。对，我要深入基层，深入实际去找。

第二天，吴明辉决定到下面公司去调查。他准备一天转一个公司，不允许有任何局领导陪同。他先后转了五金公司、百货公司、纺织品公司、餐饮服务公司……八大公司转完了，还是没发现任何问题。

吴明辉准备向领导汇报自己水平低，发现不了问题，还是回他的工厂继续烧他的电焊。

一天，吴明辉转到商业局二级单位工农兵商场。商场坐落在县城最繁华的十字街，商场有三层楼，商品琳琅满目，下面乡镇的若上县城，必然要逛逛工农兵商场。

吴明辉转到副食柜，一中年妇女正在买糖果。

营业员一手提着定盘绳，一手往秤盘里增添糖果，一会儿添几个，一会儿减几个，一副心不在焉的样子。

中年妇女看了一眼营业员说："秤要够数哈。"

营业员没理会中年妇女，将称好的糖果往纸袋里装。

中年妇女嘴里嘀咕道："听说你们这里的秤不够数。"

营业员抬起头，态度恶劣地说："不够数又没请你到这里买！"

中年妇女一声没吭，付了钱，拿起糖果走了。

吴明辉一看，计上心来，是不是可以从短斤少两上着手？

吴明辉冲营业员说："营业员同志，我也买一斤。"

吴明辉付完钱，拿着糖果走了。

吴明辉拿回家用秤一称，九两半，他放下秤，拍了一下手，喜不自胜。

吴明辉一连三天每天都买一斤糖果，但每次都少点秤。他兴奋地将三斤糖果拿到商业局办公室，并召集了局机关股长以上的干部开会。

吴明辉主持会议，并请来了工宣队长。

吴明辉黑着脸说："你们都看看，每斤都少半两，我们算笔账，汤局长，光糖果，工农兵商场一年能卖多少？"

汤局长严肃地说："一万两千多斤。"

"就打一万两千斤，一斤少半两，十斤少半斤，一百斤少五斤，一千斤少五十斤，一万斤少五百斤，一万两千斤就少称六百斤。糖果是六角钱一斤，六百斤就是三百六十块钱，是两个营业员一年的工资。我们要好好查查这些多出的东西到哪里去了，这些钱到哪里去了。"吴明辉滔滔不绝地讲着。

汤局长情绪低落地说："可能是营业员怕亏损。"

吴明辉声音洪亮地说："怕亏损就短斤少两，就坑人民群众？这是思想问题，没有全心全意为人民服务的思想，这是剥削阶级的思想。而且营业员的服务态度恶劣，没把人民群众当亲人。这与你们在座的各位思想教育不够有直接的关系。这仅仅是食品柜的问题，是冰山的一角，可想而知全系统有多少问题，简直是触目惊心！"

汤局长脸上红一阵白一阵，冷汗都冒出来了，他嗫嚅道："这事……我要负主要责任。"

吴明辉继续说："我们要先调查看有没有贪污行为，再听我们工宣队的处理。"

吴明辉带着财务股的人到商场，调查去调查来，却没调查出一个结果，这成了一个悬案。

工宣队要汤局长、商场营业员先写深刻检讨，等候处理。

处理会还是在商业局会议室召开，那天当事营业员也被叫了过来。

吴明辉高声宣布道："经过工宣队研究，并报上级领导批准，给予营业员下放到农场劳动一年，汤久亮同志下放农场劳动半年的处分。"

营业员是才结婚不久的小媳妇，一听到处理结果便哭了起来，一边哭一边说："我做错了，我对不起领导。"

吴明辉继续说："你看你们是到三喜农场去，还是到工农兵农场去？"

营业员抽泣着说："哪个农场条件艰苦我就到哪个农场去。"

吴明辉想了想说："那你俩就到三喜农场去吧。但调查还没结束，若是有问题，再作进一步处理，希望你们好好在劳动中改造思想。"

吴明辉驻商业局成绩显著，回厂后升任车间主任。

汤久亮半年后回县继续当他的局长。

改革开放后，国企实行改革，职工买断工龄。

吴明辉在家待业，买断工龄的钱已花得所剩无几。

吴明辉老婆跟他吵："你出去找事做，不能在家坐吃山空，孩子还要读书！"

"我堂堂的国有企业车间主任，去给私人老板、资本家打工？我不干！"吴明辉争辩道。

吴明辉的老婆气得掉下了眼泪："不出去做事，饿死你。"

吴明辉老婆一人出去做事，所挣的钱实在是入不敷出，吴明辉只得一百个不情愿、一百个不服气地找了家民营企业继续烧他的电焊，直至退休。

这天，吴明辉与汤久亮在小区凉亭里下象棋，俩人又吵了起来。

吴明辉嚷嚷道："说好不悔棋，你偏要悔，你以为你还是局长！"

汤久亮争吵道："没看清，悔一步就不行吗？"

吴明辉理直气壮地说："不行！"

汤久亮满脸涨红地说："就悔了！有本事你再把我弄到农场去改造。"

一说这话，俩老头又哈哈大笑起来。

老 农 民

　　庹老三在父亲那里学了一身种田的好本领。他常说一年学个生意手，十年难学种田人。

　　庹老三对"布谷声传，割麦磨镰""霜降种麦，不相问得""庄稼一枝花，全靠肥当家""一斗地九条沟，人家不收我家收""清明断雪，谷雨断霜"等农家谚语滚瓜烂熟，对"早上放霞，等水烧茶""晚上放霞，干死蛤蟆""早霞不出门，晚霞行千里""上怕初三雨，下怕十六阴""鸡子不入门，明早雨淋淋"等天气谚语熟烂于心。

　　人民公社时期，生产队长安排农时活路要先问问庹老三；私有地、菜园子里，年轻人看到庹老三种什么就跟着种什么，免得播错种下错秧。

　　庹老三种起田来，真是一顶一的好手。

　　包产到户后，庹老三把他种田的技术发挥到了极致。那时他正值壮年，似有用不完的力气，他勤扒苦做，精耕细作，全村的庄稼数他田地里长得最好，自然收成也比别人多一到两成。

　　说来也怪，种田各种费用都涨，可粮食价格就是不涨。湾子里的青壮年大多都出去打工，在外打两个月的工比在家勤扒苦做、脸朝黄土背朝天地干一年要强。

庹老三不信这个邪，他不相信种田不能致富，种田没有出路。他把别人抛荒了的田捡来自己种，最多的时候他种的田有二十多亩。

二十多亩的田，全年收入也就四万元，扣除种子、农药、化肥等费用，全年纯收入也就近三万元。还要供一儿一女读书，一年下来也没什么结余。

庹老三的老婆常在他面前唠叨谁家在外面发财了，谁家夫妻俩在海里帮别人捕鱼，一年收入有十几万，谁家的人在工厂当上了中层干部。

庹老三反问道："种田人不想种田是什么道理？"

秋收结束后，庹老三的老婆又在他面前唠叨："今年的小麦不种了，我跟湾子的王大哥已经说好了，过完年跟他们一起出去帮别人捕鱼，趁我们还有把力气，好好出去干几年，攒上一笔钱，将我们这房子盖成三层小楼，再回家种点口粮田，够吃就算了。"

庹老三翻了老婆一眼，问："你还有完没完？"

老婆生气了，站起来嚷道："现在还有多少人种田？死脑筋，累死累活挣得了几个钱？"

庹老三呛道："怕苦你可生错了地方，要是你出生在县长家，你就不用种田了！"

庹老三的几句话将老婆气得哭了起来，她边哭边说："姓庹的，你把话说明点，我跟你这么多年，给你生儿育女，我什么时候偷过懒，几十亩地还不是我累死累活地帮着干！"庹老三的老婆越说越有气，上前要去抓他。

庹老三一看情况不妙，溜出了家门。他记住了他爸的话：好男不跟女斗。

庹老三踏着皎洁的月光向前走，走到他承包的田边，一屁股坐在田埂上。他心里想，真是稀奇了，身在农村不想种田。他用手抓起一把刚犁过的新土，他这地是油沙土，种啥长啥，抓一把土，几乎能捏出油来，这么好的土脚不种庄稼真是可惜了。不行，要去捕鱼她一个人去，这田不能丢，我一人也要将这田种起来。

过完年，庹老三的老婆真的跟王大哥夫妇到沿海去捕鱼了。

庹老三憋着一口气，心想：我要干给老婆看看，没有女人我照样把田种得好好的。他老婆也憋着一口气，心想：到年底让你姓庹的看看，看是我挣得多还是你挣得多？

年底，庹老三的老婆回到家中，将没散捆的三万块钱往桌子上一摔，说："庹老三，这是我一年的成绩，在两个娃子身上还用了四五千，你呢？"

庹老三冲老婆翻着白眼，半天说不出话来。

他老婆继续说："庹老三，你说呀！"

庹老三无可奈何地说："老祖宗留下这么好的田，总得有人种啊。"

自从老婆走后，他一人根本种不过来这二十多亩田，插秧要请人，收割要请人，把这些开支一除，剩下最多两万块。

庹老三老婆从提包里拿出一件棉衣，说："这是我花五六百给你买的羽绒服，你穿试试看。"

第二年庹老三还是没跟他老婆外出打工。

庹老三的儿子、姑娘相继大学毕业，在城里参加了工作。他老婆动员儿子、姑娘回家共同做父亲的工作，叫他不要种田了。

庹老三老婆说："趁儿子还没娶媳妇，我们出去干几年，等儿子结完婚，有小孩后，想出去都不行了。"

庹老三看了一眼儿子、姑娘，说："反正我不出去。"

庹老三的力气是一年不如一年，种的田是一年少过一年。

一晃十几年过去了，庹老三的儿子已是副处级国家干部，儿子实在过意不去他爸一个人在老家，回家劝说他爸到城里与他住在一起，好一家人团聚，让他享享清福。

庹老三对儿子说："我到城里只会增加你们的负担，我在家种点田，总能养活自己。"

儿子劝说道："我现在养得起你，你一个人在老家，我妈，还有妹妹都不放心。"

庹老三说："有什么不放心的，我还能劳动。你看，你们回来，还可以吃上我没施化肥的菜，走时还可带上没施化肥的粮食，这鸡、鸡蛋、堰塘的鱼都是人放天养，绿色健康，吃得放心。"

最后儿子生气了，强行收起庹老三的行李，硬是把他拉走了。

到城里后，庹老三是浑身不自在。出门是马路，汽车喇叭声吵死人，小区人进进出出，可一个都不认识。回到屋里像被关进了火柴盒，只能听到电视机播放的声音，狗叫呢？鸡叫呢？鸟叫呢？庹老三天天闷闷不乐，怄着闷气。

老伴早就看出他的心事，对庹老三说："你天生的贱骨头。"

庹老三对老伴说："我确实不习惯，夜夜做梦都是老家。"

儿子让庹老三跟老年人一起在小区棋牌室里打打麻将。

庹老三说不习惯，不去。

儿子把庹老三带到健身房让他跑步。

庹老三说不习惯，不跑。

庹老三患上了流行感冒，连续高烧，最后转成了肺炎。庹老三大病了一场，在医院里躺了两个多月。

大病初愈，庹老三苍老了许多，背也驼了。出院后，庹老三跟老伴、儿子说要回老家看看。老伴答应陪他一起回趟老家。

庹老三一回老家，就像换了个人似的来了精神，忙里忙外地打扫着老家的卫生。

吃过饭，庹老三对老伴说："老婆子，现在孙子也大了，我们还是回老家住吧，还是老家好。"

老伴微笑着说："嫁鸡随鸡，嫁狗随狗，我一辈子都没拗过你。"

庹老三来到田边，回忆着抢种抢收时紧张的劳动场面，回忆着人们对着歌插秧热闹的劳动场景……

而此时，庹老三能看到的，只有一片片荒芜的良田，他眉头紧皱，黯然神伤。

老 校 长

　　付礼荣教书育人四十多年，可谓桃李满天下。算起来他教初中毕业班二十年，每个班按四十多人计算，教过的学生近千人。他四十岁正年富力强时，领导要他当校长，在初中校长的位置上，他一直干到六十岁退休。其实他是正校长，因为姓付，而被人们喊了几十年的付校长。

　　付礼荣过七十大寿时，他教过的学生从祖国各地前来给他祝寿。他的学生中，政界、军界、科研、商界等各行各业的都有。

　　祝寿活动是付礼荣的得意学生秦倚春组织的，秦倚春官至副部，现在还在任上。来给老师祝寿的学生每人出五百元，不够的费用由经商、办企业的学生补上。

　　来给付礼荣祝寿的学生有二十多桌。

　　付礼荣不光教书育人，学生们有什么困难他也会尽其所能地给予帮助，做的好事无数，所以深得学生们的爱戴。

　　寿礼在镇上最豪华的酒店举行。主席台上挂着醒目的"寿比南山不老松德高望重　情深似海父子情恩重如山"的对联。大厅里充满着祥和喜庆的气氛。付礼荣的学生们陆续就座，秦倚春拿起话筒，健步走上主席台，大声讲道："各位校友，今天我们从全国各地赶来，看望我们德高望重的恩师，首先请我们的老校长致辞。"

付礼荣身穿深蓝色对襟唐装，在学生们的一片掌声中走上了舞台。他从秦倚春手里接过话筒，面带微笑地说："今天各位同学从各地来到这里，我能与大家欢聚一堂，心里非常高兴！在座的各位同学都比我有出息，我何其荣幸能接受同学们的祝贺……"

秦倚春望着老校长，眼睛模糊了，他回想起几十年前在老校长身边读书的艰苦岁月……

那是 20 世纪 70 年代初，付礼荣是秦倚春的班主任。临近初中毕业，秦倚春没报名升高中，这让付礼荣感到不可思议。秦倚春品学兼优，聪明好学，但家境贫寒，经常打着赤脚来上学。他每星期一挑着一担柴到镇上卖，用卖柴的钱来当这一周的生活费。秦倚春的学习成绩总是第一，这么好的苗子不读书就可惜了。

付礼荣看在眼里，急在心里，他把秦倚春叫到办公室，开门见山地问道："倚春，你为什么不读高中？"

秦倚春想了想说："我家兄妹六个，我是老大，我妈今年住院做了手术，家里太困难，书读不成了。"

付礼荣拍了拍秦倚春说："困难我们想办法克服，你不读书太可惜了。"

秦倚春情绪低落地说："付老师，我也想读啊，可家庭条件不允许呀。"

付礼荣在房间来回踱着步，说："你不要慌，让我想想办法，让我想想办法。"

当天下午，付礼荣来到秦倚春家所在的大队，找到大队书记。

付礼荣对大队书记说："书记，秦倚春不读书可惜了，他是个读书的料。"

大队书记很为难地说："付老师，倚春妈害病住院，合作医疗以外的费用我们大队全报了。"

付礼荣着急地说："班上数他最聪明，学习成绩最好。"

大队书记搓着手说："那我们再想想办法。"

付礼荣走了二十多里的山路来到秦倚春家，到秦倚春家时已是日落西山。

秦倚春家住着三间土砖屋，房中只有一个神柜、两张床、几把椅子和一张用于吃饭的桌子。他妈还没完全康复，坐在房中的椅子上，秦倚春的爸爸正好扛着锄头放工回家。

付礼荣看了一眼家徒四壁的秦家，对秦倚春父母说："秦倚春不读书就白瞎了这么好的苗子。"

秦倚春的父亲说："我们也想让他读书，可你看看我家里情况。"

"我们大家都想想办法，这是我积攒的一百块钱，你们先拿着解决临时困难。"付礼荣说着从衣兜里掏出钱递给了秦倚春父亲。

秦倚春的父亲忙推辞道："这钱我不能要，攒一百块钱多不容易呀！"

付礼荣忙说："你一定要拿着，这是我的心意。"

秦倚春的父亲说："这钱不能要，书让他读，我们家里苦着点过。"

秦倚春的母亲拿出手绢擦着眼泪。

付礼荣将钱放在桌子上，转身边走边说："明天学校要汇总名单，我今天得赶回学校。"

他走出秦家时天已经黑了。

秦倚春就这样读上了高中，高中毕业又赶上国家恢复高考，秦倚春没让付礼荣和家人失望，以高分考上了全国重点大学。

虽然秦倚春升学离开了，但付礼荣还是一直关心着秦倚春的读书、生活和家庭情况。

秦倚春参加工作后第一次拿工资，就给付礼荣买了一双高档棉皮鞋，帮老师暖暖脚，他知道打赤脚的滋味不好受。

只要秦倚春回乡，就必然要去看他的恩师。

……

付礼荣继续讲道："我看到在座的各位，在各自的岗位上奋力拼搏，取得了非凡的成就，我作为一个园丁，为你们感到由衷的高兴、光荣和自豪……"

秦倚春没有忘记他来自农村，没有忘记老师的教导，没有辜负老师的培养，任县委书记、地委书记时，他殚精竭虑，努力探寻老百姓的致富门路。他发挥当地几百座水库的资源优势，大力发展水产养殖事业，成立养殖合作社，政府牵线搭桥搞销售，引进大学、科研院所专家来当地指导养殖，防病治病，仅养鱼一项就给当地老百姓增收十几个亿。

为解决当地的旱情，使水库、堰塘不缺水，使养鱼事业健康发展，秦倚春跑国家水利部，跑省政府，在国家水利部、省政府的大力支持下，将汉江水引到当地，打破了当地靠天吃饭的传统，助力当地养殖业持续发展。

……

付礼荣在来宾热烈的掌声中结束了讲话。

秦倚春上前接过话筒代表来宾发表讲话："尊师重教是我们中华民族的优良传统。没有千百万老师的辛勤付出就没有我们的今天。教育强则国家强，教育弱则国家衰。在这里，我代表在座的校友由衷地感谢老校长的教育培养，愿我们的老校长福如东海，寿比南山，身体健康，永远年轻！"

大厅的主宾席上，学生们簇拥着付礼荣。一个大蛋糕摆在付礼荣面前，上面插着七根蜡烛，代表他七十岁寿辰。

付礼荣弯腰一口气吹灭了七根蜡烛，然后高声说道："我许的愿是，希望在座的各位和我教过的学生，以及从这所学校出去的人，家庭幸福、身体健康，永远快乐。"

大厅内响起雷鸣般的掌声和欢呼声。"祝你生日快乐，祝你生日快乐……"的歌声在大厅内回荡。

老 伙 计

农村实现包产到户后，二十九岁的赵老三买了一头六颗牙的牸子。牸子长得剽肥体壮，干活从不偷懒，深得赵老三的喜欢。

忙月时，牛陪着赵老三披星戴月，犁田打耙。闲月时赵老三的两个儿子骑在牛背上玩耍。开始是赵老三将儿子扶上牛背，后来是儿子自己抓着牛角爬上牛背。时间一长，只要赵老三的儿子往牛的跟前走来，牛就自然低下头让小主人从头上爬到背上。

夏天到了，水牛怕热，常到池堰、河里去泡水。赵老三的两个儿子也让牛驮着走进水里，兄弟俩随水牛在堰塘嬉戏玩耍，玩累了就爬上牛背歇息。牛背几乎成了赵老三两个儿子快乐的天堂。

赵老三牢记他父亲的话，"人是吃牛的一碗饭的"。赵老三对他家的牛是尽心饲养。逢年过节，赵老三也从没忘记他家的牛，宽大的牛角上贴上"四季平安"的红对联，喂精饲料香饼给牛吃。三十那天，赵老三还用泡好的黄豆来喂它，让牛也过上足食的年。

一晃二十年过去了，赵老三的大儿媳妇要临产，在床上疼得溻湿了被子。

老伴急忙找到在外放牛的赵老三，说："赵老三，大儿媳妇要临产，你赶紧回去架上牛车，把儿媳妇送到镇医院去。"

赵老三赶忙赶着牛急匆匆向家里走。

赵老三套上牛车，铺上被子后，大儿子扶着老婆躺到牛车上。

赵老三抬头看了一下天色和远方的群山，远山如黛，万木葱茏，山间薄雾缭绕。

赵老三看了一眼老伴说："昨天下了一场透雨，不知河里能不能过去？"

大儿子答道："河里涨水不大，刚才还有人过河。"

赵老三赶着牛车到了河边。河里有一座漫水桥，不涨水时桥面露在外边，涨水时桥面便被水淹没了。今天河水已漫桥面，但水不深，在膝盖以下。

赵老三指着牛车对老伴说："你上去，可以走。"

老伴坐上牛车后，赵老三赶着牛车将儿媳妇送到了河对岸的镇医院。

赵老三独自赶着牛车往家走，走到漫水桥正中间时，牛车直往下滑，赵老三怎么也控制不住，牛车滑向了漫水桥下面的深水潭，下滑的牛车将牛也带向了漩涡翻滚的潭水。来时牛车上有两个人，回来时牛车上没人，浮力大容易被水冲走。

岸上的人一看，大喊道："快下到水里，将牛的缰绳解掉，不然牛会被淹死的！"

赵老三扑通一声跳进水里，迅速地解开了缰绳，水牛挣脱了缰绳的羁绊，游上了水面。

突然，一个漩涡将赵老三卷入了水里，赵老三在水里挣扎着。漩涡的劲太大，赵老三根本无法挣脱。赵老三绝望地想到，难道是因为今天赵家要添一口，所以天老爷要收走一个？

漩涡将赵老三卷入了水底。看到这一幕，人们在岸上、桥上惊呼着。

漩涡又将赵老三送出了水面。赵老三露出了头，他用手抹了把脸上的河水。

赵老三只听见岸上传来："快抓住牛尾巴！快抓住牛尾巴！"

赵老三顿时醒过神来，一把抓住了牛尾巴，死死不松手。

这点水对水牛来说不算什么，它顺势带着赵老三向下游游去。牛仰起头，嘴里不停发出"哞哞"的叫声。

在河下游水流平缓的地方，赵老三拽着牛尾巴上了岸。

赵老三心想，要不是这头牛，今天说不定就见阎王了。

几年以后，牛背又成了赵老三孙子的乐园。

一年隆冬，赵老三的儿子、媳妇到南方打工去了，老伴带着俩孙子回她娘家去了。

晚上大风呼啸，鹅毛大雪纷纷扬扬。下半夜两点多，雪越下越大。偏屋的水牛惊恐万状地鸣叫着，叫声悲壮而凄凉，惊醒了赵老三。

赵老三感到奇怪，今天是怎么了？牛的叫声不对，莫不是病了？他穿衣下床向房外走去，准备探个究竟。

赵老三刚走到院中，身后的房屋就轰的一声倒塌了。

原来，房顶因大雪覆盖而不堪重负，发出的吱吱声，惊得水牛心神不安，所以发出了惶恐的叫声。

这次老牛真正救了赵老三一命。

赵老三的年纪大了，田他种不动了，牛也老了。

有牛贩子愿出五千块钱将赵老三的老牛买去，宰了卖肉。

赵老三想了三天难定主意，卖了确实舍不得，老牛对他家有功。但老牛的牙已掉了好几颗了，吃干草都有点费力，更别说犁田了。赵老三一咬牙，决定将老牛卖了。

牛贩子怀揣着五千块钱来到赵老三家。赵老三对牛贩子说："莫慌，这牛对我家有功，我要让它饱餐一顿。"说着端上一盆老牛最喜欢吃的泡黄豆，放在老牛跟前让它吃。

老牛似乎知道今天要与主人分别，它有些恋恋不舍。不住地抬头看男女主人，发出"哞哞"的凄凉叫声。

赵老三拍了拍老牛的后背，说："老伙计，今天是我对不起你了，我也种不动田了，你也犁不动地了。"

老牛低头吃着泡黄豆，摇着尾巴。吃着吃着，眼泪开始吧嗒吧嗒往下掉。

女主人上前用手擦着老牛的眼泪，可老牛的眼泪还是不停地往外漫。

女主人的眼泪也跟着往下流，冲着赵老三说："这牛不卖了！"

赵老三擦了一把眼泪，对牛贩子说："这牛我不卖了！"

牛贩子怏怏地走了。

赵老三继续喂养着老牛。没事时就驾着牛车带上老伴、孙子到镇上赶集。

老牛一看主人拉出牛车，就知道主人要上街了，老牛轻车熟路，不用拐弯，直接将主人送往镇上。

老牛一年老过一年，越来越消瘦，几乎是骨瘦如柴。在一个隆冬的下午，老牛终于倒下了。任由赵老三拉扯，老牛怎么也起来不了。

赵老三请来了兽医，兽医看了看老牛的牙口，说："这牛你喂了几十年了吧，老了，没救了。"

老牛喘着粗气，双眼紧盯着赵老三，眼泪从眼角流了出来。

到了晚上，老牛已气如游丝，只有进气，难有出气。

赵老三是万分舍不得老牛，他晚上做了一个梦，梦见老牛年轻时力大无比，梦见老牛在水中驮着儿子、孙子玩耍，梦见在河水中他拽着牛尾巴上岸，梦见在大雪中老牛凄凉的叫声，梦见他走到院中，房屋轰然倒塌的场景……

赵老三决定老牛死后将它的皮剥下垫在他的床下，一来可驱寒，二来可以让老牛永远陪伴着他，好留个念想。

第二天早上，老牛已断气，赵老三亲手剥着老牛的皮，他剥得非常仔细，生怕弄坏老牛的皮毛。当赵老三打开老牛的肚膛时，发现一处碗口大的硬疙瘩。赵老三隐约知道有的牛长牛黄，是一种很珍贵的中药，但他拿不准。

赵老三请来兽医，将这块肉疙瘩一同拿到县里去鉴定。

经鉴定，真是牛黄，据说值十几万呢。

老 连 长

二十四岁的伍民权退伍回乡了，他在部队当了六年兵，还入了党。

复员时，正好原大队民兵连长升任大队副书记，由于伍民权根正苗红，有在部队磨炼的经历，又是共产党员，便接任了大队民兵连长，成了伍连长。

伍连长朝气勃勃，干劲十足，立志为改变农村的面貌而贡献自己的青春和热血。

伍连长长得威武雄壮，国字脸，他看过《列宁在一九一八》，学着瓦西里，衣兜里装着牛骨梳子，经常拿出梳梳他的大背头。他像在部队样，风纪扣总扣着，用家乡的普通话与别人交流，伍连长说没办法，普通话讲惯了。

伍连长的个人问题还没解决，领导、亲朋到处给他物色对象。

伍连长找朋友有着严格的要求：一是政治面貌必须是共青团员，因为他是共产党员；二是文化程度必须是初中毕业，因他在解放军大学里锻炼了六年；三是必须是青头姑娘，因他还没谈过恋爱。湾子的人总结的是三不要：不是共青团员的不要；不是初中毕业的不要；不是青头姑娘的不要。

一晃几年过去了，伍连长的个人问题还没解决。

大年三十，伍连长的妈找到喝得醉醺醺的儿子说："民权，你过完年就二十九了，对象标准能不能降降？"

伍连长红着脸答道："妈，标准不能降，我一个堂堂的民兵连长还愁找不到媳妇？"

为这事领导也非常着急，开春，领导好不容易在别的公社给伍连长介绍了个大队妇联主任，她因为忙工作，高不成低不就，到二十五岁还没嫁人。

上门见面那天，伍连长的妈妈喜上眉梢，杀鸡宰鹅，忙里忙外，一百块的打发钱都准备好了。

领导、媒人、亲戚来了一大桌子，还特别请来了公社武装部长。酒过三巡，菜过五味，武装部长微笑着对相亲的姑娘说："我们伍连长干劲足，样样工作都走在全公社的前面，是狗撵鸭子'呱呱叫'，你看怎么样？"

姑娘偷偷瞟了一眼伍连长，腼腆地说："我没意见。"

伍连长用手摸了一把油亮的背头，从发白的军装上衣兜里掏出各种本本，说："这是我的党员证，这是我的退伍证……"

姑娘脸一红，说："我已听说了，伍连长的要求高，我初中只读了一年。"

伍连长的爸爸客气地表态道："这事只要姑娘没意见，我们这边巴不得。"

伍连长的妈妈欣喜地说："我看这事就这么定了，俩人年纪都不小了，年底把婚事办了。"

客人离开的时候，伍连长的妈妈硬塞给了姑娘一百块钱，并拉着姑娘的手，一直送到河边。

送走了客人，伍连长的妈妈对一脸不快的儿子说："我看这姑娘行，长得细皮嫩肉的。"

伍连长不耐烦地说："行什么行，文化低了。"

妈妈微笑着说说："我说儿子，哪有那么合适的，差不多就行了。"

爸爸走进家门，听到母子俩的对话，插嘴道："我看行，这次由不得你了。"

伍连长生气地说："不行！我不搞！"

爸爸气上心头，怒道："老子跟你操这么多心，你说不搞就不搞吗！我已答应了人家，你不搞，老子搞！"

"你要搞你搞，反正我不搞！"说着往房外走去。

父亲看到儿子要走，拿根扁担撵了上去。

伍连长一见，拔腿就跑。

自此，"儿子不搞老子搞"成为一个笑话，没几天就传遍了全大队。

伍连长工作起来那是一顶一的负责，他的亲哥哥伍民友砍了几棵树准备弄回家做扁担，伍连长知道后，带着几个民兵将他哥哥捆了起来，过后让他哥哥肩扛着树，后面跟着人敲着锣，围着水库工地游斗。

后面的人一边敲锣，伍民友一边喊："我叫伍民友，我私心太重，偷了集体的树木，大家不要向我学习！"

伍连长六亲不认，他哥嫂为此与他再不来往。

伍连长的爸妈对他失去了信心，再也不管他的婚事。

伍连长快四十了，父母相继过世，父母在时，洗衣浆裳、烧火做饭、打柴种菜，样样有人打理，现在他什么都要亲自动手。他守着父母留下的三间房屋，孤苦伶仃，他想有个家，进门有个人说话。

伍连长将他的新衣服、新被子故意晒在湾子显眼的地方，以彰显他的干净、富有。逢公社民兵集训、开会，他主动跟女民兵连长、妇联主任打招呼，以引起别人的注意。

公社民兵训练结束，伍连长带领的民兵取得了全公社第一名的好成绩。训练结束那晚，公社组织训练总结和文艺演出，伍连长自然受到表扬，胸戴大红花。他独自表演了几个节目，军事训练他行，但文艺表演他真不行，跳舞丑态百出，唱歌五音不全。他表演是想引起女干部的注意，显示他多才多艺，可效果适得其反，把台下的女干部们逗得眼泪直往下掉。当他节目表演完时，台下的人鼓掌高喊着："伍连长，来一个！伍连长，来一个！"其实是想看他出洋相。

眼看年纪越来越大，婚姻还没有着落，伍连长开始到处托媒，并降低婚姻标准，现在是三要：第一，离过婚的他要，可带小孩；第二，"四类分子"的姑娘也要，可丑可美；第三，不是初中毕业的他要，文盲也行。

尽管标准从三不要调整到三要，可伍连长依旧是孤身一人，没人跟他。

改革开放后他已五十多了，民兵连长自然要调整下来，他也死了再找媳妇的心，知道再也不会有人看上他了。

伍连长跟组织提了要求，让村里把全村的光棍都分给他，他要带着一帮光棍到马蜂山上去植树，那里曾经林深茂密，"大跃进"时树木被砍去炼钢铁，现在成为一座秃山。

民兵连长他不干了，可湾子里的人还称他为连长，只是把伍字除掉，加了个老字，人们喊他老连长。

老连长领着一帮光棍在山沟里盖起了几排房子，购置了农具、耕牛，在山沟里扎下寨来，过着自给自足的生活。

老连长分给每人一天八个树窝的任务，他们夏天挖、秋天挖、冬天挖、春天栽。栽的最多的是水杉、松树，土质不好的地方也栽栎树、板栗树，土壤肥沃的地方栽各种果树。

老连长养猪、养鸡、养羊、养鱼，过着丰衣足食的生活。

一晃，十几年过去了，老连长不停地植树，前期植的树已经成林。

老连长管理起树来也有股犟劲，六亲不认。因村支书的侄儿砍了部分栎树种香菇，老连长硬是要派出所去抓人，村支书上门讲情也不行。在老连长的管理下，树越栽越多，片片荒山变成了绿洲，附近的人也不敢轻易来偷树。

镇上的地痞鲍老八看到这片山林有利可图，打起了主意。鲍老八找到了老连长说："老连长，我花钱买你这片山场。"

老连长坚定地说："贵贱不卖。"

鲍老八引诱道："你已六十多岁了，还能活几年？把卖树的钱拿去享享清福不好？"

老连长斩钉截铁地说："我已六十多岁了还要钱干什么？我要留下这片绿山！"

鲍老八没达到目的，天天派人来耍赖皮，对老连长软磨硬泡。

老连长对鲍老八派来的小兄弟说："你们回去告诉鲍老八，让他死了这条心。"

鲍老八软硬兼施，和老连长周旋了大半年仍没有结果，最后只好放弃。

老连长七十多岁时去世，去世前还在尽心看护这片山林。

如今，老连长的坟墓已长满萋萋荒草，也没人来给他上坟，不过他将永远陪伴着他亲手种植的这片森林……

老 不 慌

老不慌今年二十四岁，初中毕业后回乡务农，别人像他这个年龄，恋爱、结婚、生子忙得不亦乐乎。可老不慌至今没人上门提亲，因他家庭条件不好，住着三间土房子。他做事慢慢腾腾，人取外号老不慌，其实他有一个很好听的名字叫许先锋，但湾子里的人像忘了似的，总叫他老不慌。

老不慌自知没人看得上他，他也懒得琢磨这件事。

当别人问他什么时候娶媳妇时，老不慌总用"慌什么"来回答。

隆冬的早上，队长喊完出工，全队社员扛着铁锹来到抽水机沟渠，准备在农闲时清理水利设施，为明年的农业丰收做准备。

队长说："今早把这条抽水渠清理完，放工回家吃早饭，不清理干净不放工。"

社员们正准备挥锹清沟，队长突然想起了什么，说："前畈有条小水沟，今年沟又被冲垮了，谁去清一下？"

前畈那条小水沟原是一地主老财的宅子，日本人打来时将这处深宅大院给烧了，沟里多是砖土瓦砾，水一冲就容易垮，不好清理。大家你瞅瞅我，我瞅瞅你，谁也不想去。

队长瞅了眼老不慌说："老不慌你去。"

老不慌什么都没说，扛起铁锹就向前畈走去。

老不慌埋头清理着水沟里的砖土瓦砾，一锹下去，碰到了土里面的硬物，他再往下挖，发现里面是一人围的大坏子，揭开坏盖往里一看，好家伙，里面全是金条、银锭、现洋。

怎么办，这笔横财莫不是我命中注定有的？老不慌思索片刻，主意已定，又用泥土将坏子盖上，继续清理沟里的泥土。

当晚鸡叫过一遍后，老不慌背着家人，挑了一担箩筐，拿上一把铁锹出了家门。

老不慌挖开了坏子上的泥土，将坏子挖起，放在一头的箩筐里，为保持平衡，在另一头放了些泥土。他将坏子坑用土填埋恢复了原样，然后挑着担子向家里走去。

老不慌将坏子从箩筐里抱出，数出二百块大洋放在箩筐里，然后将坏子深埋在房后的自留地、新翻的田园子里。他不慌不忙地检查，觉得一切恢复原样后才拍了拍手上的灰土，挑着箩篓回家，美美地睡了一觉。

出早工时，老不慌将二百大洋交给了生产队长，说是昨天清沟时挖出的。

生产队长接过二百大洋不敢怠慢，当天交给了大队，大队交给了公社，公社交给了县文物局。县文物局认为，这些现大洋都是袁大头，是近代民国的，算不上文物，就又退给了公社。

公社领导找大队书记商量，大队书记建议公社领导将这笔大洋退给老不慌。一则这笔钱的主人下落不明，属无主财产；二则老不慌家庭条件太差，到现在还没说到媳妇，用这笔钱将房子建好，好找个媳妇。

老不慌在地下挖出金银财宝的事，被湾子里人传得神乎其神，一传十，十传百，迅速传遍了十里八乡。

老不慌用这笔钱盖起了湾子里最漂亮的红砖大瓦房。此后，来说媒的人踏破门槛，连刚高中毕业，邻村的村花也托媒人要跟着老不慌，要当他的媳妇。

年底，老不慌与二十一岁漂亮的朱红晴结婚，这年老不慌二十五岁。

改革开放后农村实行分田到户。老不慌分得七亩六分地，他决定将这些地转包给他叔伯家的哥哥，唯一的要求是哥哥保证他一家六口的口粮，并按市场价给他钱。

为此，朱红晴与老不慌大吵了一架。这个架吵得昏天黑地，鸡飞狗跳。

朱红晴面红耳赤地争吵道："把田都转了，农村人不种田一家人喝西北风去啊?!"

老不慌慢腾腾地说："我种田种不赢别人，为什么我非得种田!"

朱红晴争吵道："生在农村不想种田，稀奇了!"

老不慌争辩道："我就是不想种田，怎么了?!"

老不慌的父亲拿根棍子要打老不慌，老不慌的妈妈上前扯着老伴，哭着说："一家人就不能好好商量吗?"

俩小孩看到大人又打又吵，哭叫着依偎着朱红晴。

老不慌吼叫道："说什么都行，这田我是坚决不种了!"

父亲气不打一处来，抢起棍子准备打来，老不慌一把夺过父亲的棍子，说："我保证让你们过上好日子，这田坚决不种!"

老不慌不知哪来这么大的脾气和胆量，父母、老婆硬是没拗过他，他硬是把田转了。

老不慌安排他父母、媳妇天天到山上去挖黄荆树蔸子，说山上的树蔸子多的是，挖到有用。

老不慌读书时严重偏科，他的数理化从没及过格，可对美术特别感兴趣，画的画有模有样，但农村的娃子的这种天赋没能引起老师、家人的注意。

老不慌想发挥自己的美术特长，搞根雕。有次他到省城工艺美术商店，看到一个根雕作品卖到万把块。他读初中时，省美术院的根雕大师到他家乡采风，顺道到学校里看了看，当时还夸了老不慌的画。

大师的姓很特别，姓查。老不慌相信省美术学院姓查的不多，好找。

老不慌果真在省美术学院找到了查大师，与查大师沟通后，查大师很支持老不慌的想法。老不慌把查大师请到了家乡。

查大师看到老不慌家这么多、这么好的根雕资源，喜出望外，当即决定与老不慌合作，共同开发根雕产品，让中国根雕走向大城市，走向海外市场。

这些过六月的黄荆树蔸，经过查大师、老不慌的日夜修整、打磨、雕刻上漆，第二年投放到市场，很快销售一空。

等湾子里人拼上三年五载换上红砖瓦房时，老不慌又盖起了别墅。

老不慌决定扩大规模，让湾子里的人上山挖黄荆树蔸，他花钱收购。老不慌实行规模化生产，成立公司，一般人做着整枝、上漆的简单工作，聪明、灵光的人被他收为徒弟。

老不慌公司产出的"八仙过海""牛郎织女""鹊桥相会""十八相送"等栩栩如生的根雕作品广受国内外市场欢迎。产品供不应求，老不慌赚了大钱。

后来，老不慌建成一处具有明清风格的五千平方米的现代化花园式的根雕工厂，收购着方圆百里的黄荆树蔸，规模生产着根雕产品。

在一个春暖花开、阳光明媚的上午，老不慌领着父母、老婆拿着锄头、铁锹来到他埋藏宝物的菜地。

老不慌指着一块地说："就在这下面，有份惊喜给你们。"

坛子挖出后，老不慌打开坛盖，拿出金光闪闪的金条给亲人们看。

父亲欣喜地说："怪不得那时你非要把土地转包，原来有这东西给你撑腰。"

朱红晴满脸堆笑："你真是慢人有个慢人福。"

父亲问道："这些钱怎么办？"

老不慌慢条斯理地说："我想捐给政府修建老人院，这回你们都没意见吧？"

一家人迎着太阳，发出爽朗的笑声。

老 眼 子

　　俗语说:"碰到光棍吃饱饭,碰到眼子尽捣蛋。"陈家老湾就出了一个老眼子,一个陈光棍。老眼子本姓宫,可人们从来都是直呼他老眼子,不叫他本名。

　　这天,生产队组织社员抢薅棉花草,队员一边干着活,一边说着笑。

　　李大嫂说:"周大姐的猪子长得多好呀,年底要杀二百多斤肉。"

　　陈光棍插话道:"周大姐做什么都强,做鞋子好看,纳的鞋底平的腰好看,绣的金鱼闹水草的袜底跟真的一样,好看极了。"

　　周大姐接过话茬:"陈个兄娃又会说话,又会夸人。"

　　老眼子换了个姿势薅草,接着说:"猪子喂得再好,出气的东西,说死就死了。"

　　李大嫂瞅一眼老眼子说:"数你个老眼子不会说话。"

　　周大姐的脸沉了下来。

　　这说的是动物,若说的是人,不干起架来才怪呢。

　　老眼子在生产队是不招人喜欢的。

　　李大嫂改变了话题:"王三哥的儿子要参加工作了,吃上商品粮了,听说每月拿三十多块。"

周大姐接过话茬："听说是供销社招的工，好单位。"

陈光棍说："那孩子聪明能干，参加工作后一定有出息。参加工作跳出农门，风不吹，雨不淋，日不晒，工资月月拿。"

老眼子说："还不是有个好舅舅，在县里当局长，上面有人。"

李大嫂拿起锄把捅了一下老眼子，玩笑道："数你个老眼子说话不好听，又喜欢插嘴。"

老眼子争辩道："我说的是大实话。"

周大姐又换了个话题："老喜哥的儿子去年当兵，今年嘉奖的喜报就寄回家了。"

陈光棍赞扬道："这孩子有出息，不要三年就能穿上四个兜的干部服，能找上有工作、吃商品粮的媳妇。"

老眼子又插话道："还不是老喜哥会送，给民兵连长送白糖、糕食，不然的话咋当得上兵呢？"

陈光棍争辩道："这你个老眼子又说别人的瞎话了，老喜哥是个老实人，小喜子是接兵连长看上的。那天民兵正在打靶，小喜子九发子弹打了八十八环，接兵连长直接要走的，说小喜子是块当兵的料。"

周大姐说："小喜子做什么事都伶俐，是个好苗子，要是窝在农村就可惜了。"

老眼子插话道："打起仗来子弹又不长眼睛。"

李大嫂叹了口气说："老眼子么事都跟你聊不拢，总是往散处聊。"

周大姐建议道："我们不聊了，唱歌。"

李大嫂赞同道："好，我们唱《想起往日苦》。"

大家同声唱道："想起往日苦哎，两眼泪汪汪哎，家破那个人亡哪好心伤……"

正唱得兴起，放牛的祥大爷气喘喘地跑来，边跑边喊："快去救人，砍田边的二顺子被葫芦蜂蜇了。"

众人听到祥大爷的喊声，纷纷丢下锄头向前方的秧田埂跑去。

大家围着躺在地上的二顺子交头接耳、不知所措。

祥大爷大声呼道："葫芦蜂今天蜇到明天蒙（埋）。哪个女的有奶水？快用奶水洗洗，奶水可解毒！"

一个小媳妇迅速掀起上衣，双手挤出奶水，滴在二顺子的伤口上。

二顺子嘴唇乌黑，不省人事，奶水根本不起作用。

老眼子上前一看，急忙说："人快不行了，陈光棍，赶紧将二顺子扶上我的肩膀，快送到街上卫生院去抢救。"

众人将二顺子扶起，老眼子背起二顺子就跑。老眼子其实只四十多岁，身材魁梧。

到了卫生院，老眼子放下二顺子，一屁股跌坐在走廊的木椅子上。他的肺累得要炸，直喘着粗气，汗水早已湿透了衣服。

周大姐、李大嫂也相继赶来，忙拿着草帽给老眼子扇着凉风。

二顺子经过医院全力抢救，苏醒了过来。医生说再晚来十分钟，二顺子就没命了。得亏老眼子在关键时刻冲了上去，救了二顺子一命。

有一天，老眼子在家与他老婆吵架。

房里传出老眼子老婆洪亮的声音："倒八辈子霉了，找了你这个眼子货，把湾子的人全得罪了。"

老眼子争辩道："我又没说假话，今天队长安排得就是不合理。后冲的那么一点活，安排七八个好劳力！"

"与你的屎相干？若不是我背时跟了你，谁要你哟！"老眼子老婆争吵道。

"打单身还好些，免得听你天天啰唆。"老眼子说。

周大姐听到吵声走进老眼子家，劝道："大妹子，大家都晓得老眼子的脾气，没得哪个见他的怪。"

老眼子媳妇哭了起来，擦了一把眼泪说："倒八辈子霉，队长安排活路与他的屎相干！跟人家队长争得面红耳赤的。"

"好了大妹子，吃饭嘛，马上就要出工了，去晚了又要扣工分。"周大姐劝道。

老眼子夫妻俩在周大姐的劝说下停止了争吵，各自扛着锄头走出了家门。

陈光棍的儿媳妇要临产，陈光棍与他儿子准备用麻制的单架把儿媳妇抬到卫生院去接生，正准备抬起扁担上肩时，老眼子碰巧路过走了过来。

老眼子忙叫陈光棍停下来，说："这担架时间长了，朽了，你们赶紧换板车送吧。"

陈光棍说："前几天这担架还送过人到医院。"

老眼子态度很坚决，说："这担架的绳子早该换了，我跟队长说过几次，要不是出工忙，我早就把这绳子换了。"

老眼子媳妇走上前来埋怨道："你个讨人嫌，担架好好的，怎么不能抬人！"

"上次抬的是老人，体重轻，你看你的媳妇长得好，又怀了身孕，上路肯定不安全。"老眼子又对陈光棍说。

陈光棍对儿子说："那我们赶紧去找板车。"

陈光棍儿子说："板车还在后山拉土。"

"也就是十几分钟的路程，用板车拉安全。"老眼子说。

陈光棍与儿子犹豫不决时，儿媳妇躺在担架上痛苦地"啊"了一声。

陈光棍老婆忙说："儿媳妇的羊水已破，再不快点就生在路上了，不要听老眼子的。"

陈光棍儿子也着急地说："爸，赶紧走，不然会出问题的。"

陈光棍一咬牙，将扁担放在肩上，对儿子说："走！"

陈光棍父子俩抬起担架就走。

老眼子眼巴巴地望着陈光棍父子俩离去。

老眼子老婆狠瞪了老眼子一眼，恶狠狠地说："真是个眼子，还不走，要迟到了！"

　　不料，陈光棍与儿子抬着孕妇走到半路，麻绳真的"哗"的一声断了。孕妇重重地掉在地上。这一摔，还算幸运，孕妇一用力，胎儿一下子生了下来。陈光棍老婆掀开被子一看，是个大胖小子。

　　陈光棍一家后悔没听老眼子的话。

　　因婴儿是在半路生的，陈光棍便给孙子取名叫"路生"。

　　陈光棍感慨道："老眼子的坚持有时是对的。"

　　老眼子知道后也感慨道："总说我是老眼子，可我从来不说假话，还总惹得别人不喜欢。"

　　实践证明，顺耳的话要听，逆耳的话也要听。恭维奉承的话有些不见得是真话，刺耳的话有时可能是实话。

老 裁 缝

冯裁缝今年七十多岁，这天，他准备约几个老友到他家打"上大人"。可是，等了半天凑不拢班子，只来了李铁匠、张屠户。

熊染匠因上次打牌时，为二块钱，别个放了他的诈和，正闹着别扭，发誓再不跟他们打牌了。陈砌匠领着他的建筑班子到工地干活去了，不能来凑角。

班子没凑拢，三人打又累，冯裁缝、李铁匠、张屠户只好坐在房里喝茶、吸烟、聊天。

冯裁缝一边给李铁匠、张屠户发着烟，一边说："陈砌匠那老小子，过去数他混得最差，当砌匠风吹日晒，又苦又累，可如今生活好了，他还不闲着，手里有钱，与我们打牌时总是加码'种一个'。"

李铁匠将手里烟点着，说："陈砌匠一直没闲着，攒了不少钱，现在他一天挣百把块，一年就是万元户了。"

张屠户抽了一口烟，呷了一口茶说："过去数老冯最牛，我们都干些又脏又累的活。"

李铁匠接着说："熊染匠那小子屄不到三天，就会自己跑来，为两块钱争得面红耳赤，他把钱看得跟命一样。"

冯裁缝过去确实很牛。

随北一处重镇，帆船舟楫可直达镇中码头。镇上商铺林立，热闹非凡，该镇逢双是集，十里八乡来赶集的人常把街道挤得水泄不通。冯裁缝的商铺坐落在正街，有五间门面。冯裁缝生于裁缝世家，从小耳濡目染，再加他聪明好学，练就了一身好手艺。逢年过节，婚丧嫁娶，人们都赶着要在冯裁缝手里定制衣服。

冯裁缝裁衣不用尺量，只要他看一眼你的身材，保准衣服穿在身上得体合身。

新中国成立后，书记、县长的中山服都在他这里定制，穿上冯裁缝制作的衣服到省里开会，领导、同事们都夸冯裁缝衣服做得好。

冯裁缝最拿手的是做旗袍，尤其是他亲手做的蝴蝶纽扣，穿在身上更是锦上添花，走在街上行人都要多看几眼。

20世纪70年代初，缝纫机进入市场，镇上冯裁缝第一个购买了缝纫机。市场上流行中山装后，他对制衣工艺进行了改进，将布纽扣换成了塑料扣，大受好评。这样，冯裁缝靠着自己的手艺，在镇上过着衣食无忧的体面生活。

这日，李铁匠、张屠户正在冯裁缝家聊天，熊染匠满脸堆笑地走了进来。

李铁匠微笑着说："我说你屙不到三天。"

熊染匠回应道："你还说，放我的诈和。"

冯裁缝说："不就是两块钱吗？"

熊染匠说："两块钱还不是个性命？"

"好了，不说这些了。今天我们不打牌，镇上正在招商引资建服装厂，我们去看看。"冯裁缝建议道。

冯裁缝、李铁匠、张屠户、熊染匠一行人来到镇服装厂建设工地。

建设工地上红旗招展，"安全第一，质量第一"的标语挂在工地显眼的位置。各种建筑车辆进进出出，工地上一片繁忙的景象。

陈砌匠见老熟人来了，忙招呼道："你们四位过来转哈。"

冯裁缝回应道："没事过来看看。"

"老伙计们，这里征地一百多亩，要安装五百台缝纫机，每天生产出的衣服要用汽车装，有的还销售到国外。"陈砌匠介绍道。

冯裁缝不屑地说："机械做出来的东西一个样，人有高有矮，有胖有瘦，能合身吗？"

陈砌匠边砌着砖边说："我听说了，衣服分号，各种型号的都有。"

冯裁缝争辩道："我就不相信有我手工做的贴身。"

熊染匠说："城里开什么印染厂，搞得我都没生意了。唉，陈老弟，我没饭吃时到你这里来帮忙提桶哈。"

陈砌匠笑道："你别开我的玩笑，我们这行又脏又累。"

冯裁缝边走边说："明天有雨，工地不能干活，到我家来打牌。"

陈砌匠将一口砖抛起，熟练地嵌入墙中，说："好嘞！"

冯裁缝的生意是一年不如一年，现在只有老年人来做些棉衣棉裤，他的缝纫铺生意惨淡。

冯裁缝找到镇长，他要求到服装厂去参观，去看看。

镇长和服装厂老板通过电话后，服装厂老板安排专人热情接待了冯裁缝。

服装厂技术员详细介绍着生产工艺、工序、产品型号，冯裁缝却听得云里雾里。

服装厂技术员说："我厂除了熨烫、缝制扣子、装箱入库外，其他工序全是机器自动化作业。从下料到制作，一条生产线下来，就可以见到成品了。全厂五百多人，年产值一个多亿，平均每人年产值二十多万元，每人每年给国家缴纳税收一万多元。"

冯裁缝听得目瞪口呆，说："我的乖乖。"

技术员指着毛料西服和中山服问道："老同志，你想不想试试？"

冯裁缝点了点头。

技术员问道："是试西服还是中山服？"

冯裁缝说："我试中山服。"

技术员瞅了一眼冯裁缝的身材，说："我看你穿八十的。"说着拿了一套八十号黑色毛料中山服递给了冯裁缝。

冯裁缝拿着中山服左瞅右瞅，问道："技术员同志，你这领口这么硬扎，是怎么做的？"

技术员答道："衣领里面用了一种胶黏合，不然不笔挺。"

"你这双肩是用什么做的？"冯裁缝又指着衣肩问道。

技术员答道："衣肩是用海绵垫做的，穿起来人显得威武挺拔。"

冯裁缝穿上衣服，在镜子前左照右照，欣喜地说："真好！"

技术员说："我们老板说了，送一套给你作个纪念，我们是同行，你为别人做了大半辈子的衣服。"

回到家里，冯裁缝穿上新衣服让老伴欣赏。

老伴扯了扯衣角说："比你做的好多了。"

冯裁缝叹了口气，说："唉，我们的生意越来越少，是因为人家做的比我做的要强。"

老伴感慨道："熊染匠、李铁匠早就没事做了，你现在也没事做了。"

冯裁缝看了一眼老伴说："镇长说了，时代进步了，社会发展了，我们这些老工匠必然会被淘汰。"

冯裁缝把跟了他几十年的大桥牌缝纫机擦了又擦，擦着擦着，眼泪吧嗒吧嗒直往下掉。擦好后，把该上油的地方上好油，然后就用布将缝纫机罩上了。

没过多久，冯裁缝将他的五间门面租给了卖水果的，从此再也不做裁缝了。

老 干 部

初春的早上，春寒料峭，天才蒙蒙亮，梨家河村的村民大多还没起床，隆隆的挖机开进声就开始在村子上空回响。挖机前面有好几辆执法车，上面坐着穿制服的城管人员、公安人员，最少有三四十人。

前面白色执法车里坐着县执法局三十多岁的牛副局长。今天由他带队，要强拆梨家河村蔡友贵的所谓涉农项目违法建筑。

蔡友贵的涉农项目休闲山庄坐落在梨家河村泉水冲水库东岸，这里山清水秀、景色怡人。

休闲山庄是八年前投资兴建的，那时蔡友贵在沿海一省份办了个来料加工企业。村支书郭国兴动员蔡友贵回乡投资，带动村民一起致富。

蔡友贵经过考察，将项目选址定在梨家河村。梨家河村离县城只有五公里，依山傍水，是城里人休闲度假的好地方。他投资了八百万元，在梨家河泉水冲水库东岸办起了农家乐，建有生态养猪场、养鸡场、水果采摘园、农家菜园、餐馆。

休闲山庄的建设耗时两年，目前开业已六年了。每到节假日，客人是络绎不绝，生意非常好。

下一步蔡友贵准备加大投资，开办民宿，增加垂钓项目，使客人来得了，留得住。

但这一项目，蔡友贵只跟村里签了流转山地的手续，其他手续太过烦琐，他也不知道怎么办。

被轰隆隆的机械声惊醒的村民纷纷起床，出门围观。

牛副局长的车停在蔡友贵餐馆前。蔡友贵赶来后，牛副局长向蔡友贵出具了《违建强拆通知书》，并大声对蔡友贵说道："你这餐馆没办征地手续，本来你是涉农项目，却私自改变土地用途，因此被定为违法建筑，经上级决定，我们将对餐馆实行依法拆除。"

蔡友贵拿着《违建强拆通知书》争辩道："我怎么没办手续？我跟村里签了三十年的《山场土地流转合同》。"

牛副局长说："山场土地都是国家的，村里有什么权力批？"

蔡友贵没有理会牛副局长，拿起手机拨通了村支书郭国兴的电话。

村子里的人越围越多，郭国兴骑着摩托匆匆赶来。

郭国兴上前与牛副局长握了手，疑惑地问："这房子建好多年了，为什么要拆？"

牛副局长解释道："蔡老板办的是涉农项目，但他现在却开了餐馆，改变了土地用途，所以上面来了指示，要拆掉。"

这时，从人群中走出一七十多岁的老者，郭国兴忙上前招呼道："胡书记也来了。"

胡书记扫视了一圈，冲着牛副局长问道："为什么要拆？"

"改变了土地用途，属违章建筑。"牛副局长答道。

胡书记盯着牛副局长问道："补办手续不行吗？"

牛副局长说："未批先建谁敢补办？"

胡书记问郭国兴说："要强拆，你们村里知道吗？"

"不知道。"郭国兴答道。

牛副局长争辩道："你怎么不知道？上个星期我来过，还是你接待的。"

"你来只是核查面积，没说要拆。"郭国兴据理力争。

胡书记紧盯着牛副局长说："这位同志，这个项目你知道吗，解决了几十名村民的就业问题，光这个餐馆就有五六个村民在里面就业。就要拆也要做前期的思想工作呀，怎么能说拆就拆？"

牛副局长无奈地说："您说的这些我们都考虑过，可餐馆确属违建，上级通知拆，我只是来执行的。"

胡书记早年是这里的大队书记，因表现突出，积极肯干，被转为国家干部，任地区副书记，在任上时一直管着农业，对农民、农业、农村有着深厚的感情。故土难离，退休后又回老家居住，并帮村里出谋划策，帮村民找门路致富。

胡书记严肃地说："这位同志，你们事先不宣传，日常不监管，已经营多年了你们又来强拆。"胡书记顿了顿继续说，"老百姓弄点钱容易吗？你们几铲子下去几十万就没有了。再说，你们把餐馆给拆了游人吃饭怎么办？"

牛副局长赔笑脸说："老领导，我们也是在执行公务，还请您老多谅解。"

胡书记黑着脸，用手指着餐馆和挖机："这个餐馆在这里五六年了，你们原来干什么去了，你们这是不是渎职？老百姓对法律不是十分了解，你们要多宣传，而不是采取这种简单粗暴的工作方法……"胡书记越说越激动。

"您老歇一会儿，"郭国兴说完转身对牛副局长说："牛副局长，你再跟县长汇报汇报，如果需要补办什么手续，我们全力配合！"

牛副局长看了眼胡书记，说："那我再请示请示上头。"说着招手让挖机熄火，走到远处，拿出手机给上级请示去了。

骚动的人群安静了下来，人们小声地议论着什么。蔡友贵用感激的目光看着胡书记。

过了一会儿，牛副局长健步向人群走来，面带微笑。

　　牛副局长对大家讲道："县长讲了，强拆暂时停止，重新调查研究，摸清情况，恶意强占的还是要拆的，对乡村发展确实有利的，相关部门将上门服务，补办手续。"

　　牛副局长恭敬地上前握着胡书记的手说："老领导一定多保重。"说完向着挖机及一干人马挥手道："撤！"

　　随后，挖机隆隆的机器声、汽车喇叭声和人们的欢呼声响彻村子上空。

老两口

三岁半的洋洋趴在奶奶的床上玩变形金刚。客厅传来脚步声，他抬头看见奶奶背着一个包正往外走，喊道："奶奶，去哪里？"

"出去买东西，马上回来，跟爷爷在家玩会儿。"奶奶答道。

洋洋一边玩着变形金刚一边说："快点回来哈。"

"好！"说完，奶奶走出了家门。

洋洋玩累了，想起了奶奶，问坐在一旁的爷爷："爷爷，奶奶咋还不回来？"

"快了。"爷爷说着，下意识往门口瞄了一眼。

洋洋丢下变形金刚，扫视着玩具架上的其他玩具：汽车、直升机、挖土机、火车……他觉得都不好玩，就上前拉着爷爷去找奶奶。

爷孙俩在街道上转了半天，也没见洋洋奶奶的踪影，着急地嚷道："爷爷你给奶奶打电话！"

爷爷默着脸一声不吭。

洋洋急得哭了起来，一边哭一边喊道："奶奶！奶奶！"

孙子一哭，爷爷慌了，忙掏出手机拨通了老伴的电话："洋洋要你！"

"我已经到天河机场了！"

洋洋对着手机哭喊道："奶奶！回来！"

洋洋伏在爷爷的肩膀上越哭声音越大，哭着哭着汗水浸湿了头发。

洋洋是爷爷的心头肉，含在嘴里怕化了，捧在手里怕摔了，洋洋的哭声像锋利的尖刀剜着他的心，他也跟着孙子急出了一身汗来。他此刻对老婆只有一个恨字。这次他是坚决反对老婆出国旅游的，孙子还小，儿媳妇要上班，老婆子怎么就这么狠心丢下孙子跑到国外去旅游？

爷爷叫孔健山，奶奶叫叶温馨。俩人 20 世纪 80 年代初结婚。孔健山在外地工作，俩人婚前对彼此缺乏深入了解，叶温馨性格恰和她的名字相反，直爽刚烈，遇事不与别人商量，喜欢自作主张，独立性强。孔健山也是不服输的性格，为人仗义，有担当。

孔健山、叶温馨婚后新鲜感一过，常为一些家庭琐事吵嘴。

叶温馨婚后的第二个月就怀了身孕，孔健山对叶温馨只能妥协和忍让，他听别人说，女人在怀孕期间爱发脾气，等孩子生下来后就会好些。

但孩子生下后家庭琐事更多，孔健山、叶温馨的争吵更为频繁，三天一小吵，五天一大吵。隔壁邻居帮转弯都转够了，转懒了。

叶温馨生下孩子后，孔健山将他老妈接来帮忙带小孩。

寒冷的冬天，叶温馨下班回家，老婆子正一边照看着摇篮里的孙子，一边生着煤炉子烤着火。叶温馨一看气上心头，饭没做，还烤着火，便忙拿着火钳将烧红的蜂窝煤夹出，一边夹一边生气地说："我身上还在出汗，烤什么炉子，浪费煤。"

老婆子气得满脸涨红说不出话来。

孔健山正好下班回家，看到这一幕。

老婆子看到孔健山进门，对儿子说道："儿子，人老了怕冷，我要是她的妈，她会这样吗？"

孔健山是个孝子，为此与叶温馨大吵了起来。

俩人互不相让，吵声越来越大，吵醒了摇篮里的婴儿，婴儿被吓得哇哇大哭起来……

叶温馨气愤地说："这日子没法过了，我们离婚！"

"离就离！"孔健山毫不示弱。

说着俩人就走出了家门，准备去民政局。

老婆子抱起哭闹的孙子，撵出了家门，一边拉着骑上自行车的儿媳，一边说："不要离婚，都是我的不好……"

孔健山骑着自行车走在前头，他一边蹬着自行车一边想："离婚容易，大人都好办，孩子怎么办？见得了娘，见不了爹，离婚伤害最大的就是孩子。"想着想着放慢了速度。

叶温馨追了上来，说："怎么着，快走呀！"

孔健山跳下了自行车，说："十二点多了，民政局下班了，等下午民政局上班再去。"

下午，孔健山一头扎进车间上班去了，他没有理会叶温馨的闹腾。

就这样磕磕碰碰、风风雨雨几十年过去了。

明天是星期天，叶温馨为时一周的出国旅行也该结束了。孔健山、叶温馨婚后几十年，从没离开过这么久。孔健山一人在家，自己动手烧火做饭不说，连个说话的都没有，眼前常浮现老伴的影子，进出门总觉得少了些什么。他担心起老伴来，外国的饭菜可不可口？外国的气候能不能适应？天天坐车累不累？身体受不受得了？孔健山心想，难道这就是书上说的思念？

星期天上午十点钟，旅游大巴把叶温馨送到了家门口。刚拉着行李箱走进家，儿子就领着儿媳妇、孙子进了家门。孙子见了奶奶，一头奔向奶奶怀里撒起娇来，叶温馨抱起孙子亲了又亲。

孙子问道："奶奶给我买什么玩具了？"

叶温馨笑容满面地说："买了，买了，奶奶给你拿。"说着放下孙子，开行李箱拿出各种时兴玩具递给了孙子，拿出法国香水、口红递给儿媳妇，最后拿出一盒海狗油丸递给孔健山说："这是降血脂、软化脑血管的，别人说这种药效果比较好。"

孔健山接过保健药,望着老伴笑着,他感到无比温馨。

儿子笑着说:"我今天在温馨酒店定了包间,时间不早了,走,我们一起吃饭去。"

菜上桌后,儿子拿出一瓶洞藏酒说:"今天给老妈接风,就喝这瓶三十年的洞藏酒。"

叶温馨玩笑道:"你们是借我的光喝这洞藏酒。"

孔健山接着说:"这洞藏酒好喝不上头。"

一家人推杯换盏、气氛热烈,三四杯酒下肚,孔健山满脸红光。

孔健山对儿子说:"儿子,我对你说,什么叫家呢?家就是温馨的港湾,不管你在外遇到多少不顺心的事,家人永远都是你的靠山。"

儿子忙点着头说:"对、对,老爸说得对。"

孔健山端起酒杯一饮而尽,说:"儿子,你要记住,只有相互宽容、包容,家才能走得远。"

老 头 儿

郝老头在县城集贸市场挨打了，伤得不轻，后脑勺开了花，被 120 救护车送往医院救治，伤口缝合了十七八针。

郝老头年轻时逢人总是一副笑脸，在家听老婆的，老婆说一不二，典型的妻管严。在外从不招事惹事，是远近闻名的老好人。

老伴赵秀英知道丈夫被打住院后，从三十公里外的老家匆匆赶往县医院。看到躺在病床上脸色苍白的老伴，赵秀英急忙上前嘘寒问暖。

赵秀英心里纳闷了，在外从不招谁惹谁的郝老头为什么被人打成这样？

前些时赵秀英胃不舒服，吃饭不香，口里老泛酸水，便与老头来到县医院做了胃镜检查，顺便做了全身检查，医院让过几天来拿检查结果。

深秋是板栗上市的季节，郝老头自己山场的板栗已成熟，郝老头与赵秀英采摘出八十多斤板栗。这板栗在下面集镇上卖比在县城便宜一块钱，郝老头心想：正好也要到县城拿老伴的检查报告，那就把板栗带到县城卖掉。

郝老头与老伴商量，顺便把板栗带到县城来卖。

郝老头用扁担挑着两蛇皮袋子板栗，坐上汽车，来到县城集贸市场。

他刚找了个摊位放下板栗，擦了一把额头上的汗珠，四个剃着小平头的年轻人就迎面走了过来，一个小胖子对郝老头说："把摊位费交了。"

郝老头问说："多少钱？"

"二十块。"小胖子说。

郝老头一摸衣兜，身上就剩下十块钱。他早起就想到了，卖掉板栗就是钱，身上没必要装那多钱，钱多了招贼。

小胖子催道："快点。"

郝老头满脸堆笑地商量道："我身上就剩下十块钱，我先交十块钱，剩下十块等我把这板栗卖了再交，你们看可以吧？"

高个儿小平头不耐烦地说："别磨磨叽叽的，我们还要收下家的，都像你这样，我们得收到驴年马月？"

郝老头一脸苦笑道："我真的没带那么多钱。"

"没带那么多钱就别到这里卖。"高个儿小平头说。

"这是我们老板私人投资的，收的钱还不够投资利息。"另一小平头说。

郝老头瞅了瞅两袋板栗，心想：这东西不在这里卖还能到哪里卖？自己在这县城人生地不熟的，也不知道别的地方。他又赔着笑脸跟小平头商量道："我大老远来趟不容易，等我卖完板栗再付那十元钱。"

"不交钱就走，哪那么多废话！"高个儿小平头说。

郝老头哭丧着脸说："你们让我到哪里去？你们怎么不受商量？"

小胖子指挥着另外两个小平头说："不交钱把他的东西扔出去。"

那两个小平头提着郝老头的蛇皮袋子就往外走。

郝老头上前拦住，死抓住他的蛇皮袋子不放，后面的小平头一把抓住郝老头的衣背，推搡中蛇皮袋里的板栗撒落一地，郝老头踩到滚落的板栗，一下子倒在地上，后脑勺重重地磕在水泥楼梯上，郝老头后脑勺顿时裂开一道血口子，鲜血迅速涌出。

集贸市场好心的顾客叫来了120救护车，拉走了郝老头。

四个收费的小平头不见了踪影。

赵秀英问明了事情的来由后，第一时间报了警。

警察来后问了情况，做了询问笔录，又到现场调查了情况。

一个星期后，郝老头马上就要抽线了，公安局却还没有动静，赵秀英经人指点，来到县公安局，找到了主管刑事的副局长。

赵秀英拿出法医开出的轻伤鉴定报告放在副局长的桌子上，说："领导，这是鉴定报告，把人打成这样，都不来看一眼，你们公安局也不作声。"

副局长说："我们正在调查，请你耐心等待。"

"欺负我们农村来的老实人，你们公安局可要主持公道。"赵秀英说。

副局长拿起鉴定报告看了看，说："根据我们的初步调查，是老郝自己摔倒撞的。"

"他明明是被几个小青年推倒的。"赵秀英争辩道。

"那要有证人。"副局长说。

"我老头说现场有人看到，这么长时间了，你们连点动静都没有。"赵秀英说。

副局长脸默了下来，说："我一年要处理上万件案子，得一件件办，你先回去吧。"

郝老头抽完线，与赵秀英一起又来到县公安局，找到那位主管副局长。

副局长见到两位老人，爱理不理的。

赵秀英拉上郝老头说："他是当事人，你问问他。"

副局长不耐烦地说："我说这位老人，哪有自己证明自己的？"

赵秀英盯着副局长说："那就这样算了？"

副局长说："那这样，先赔你们两万块钱，处理结果等我们调查清楚后再说。"

赵秀英说："两万块钱？到现在为止我们花费了多少钱你知道吗？我们是不懂法，有人懂法，轻伤负什么责我可听别人说过了。"

"你这个老人怎么胡搅蛮缠？我马上要开会了。"副局长有些恼火。

郝老头拉着赵秀英的衣服说："我们走。"

县委书记办公室里，书记手机铃声响起，书记接通了电话："喂，老同学，郝市长，回老家了？有什么指示？什么？你爸爸被人打伤了，打成轻伤？我们一定严肃处理！好的，我们一定要依法办事。"

县委书记挂断电话后，立马打给了县政法委书记。半个小时后，政法委书记领着县公安局长走进了县委书记办公室。

郝老头与赵秀英婚后生下一对双胞胎儿子，儿子个个有出息，一个在本省的地级市当市长，一个在部队当师长。

儿子们多次把老两口接到城里，可郝老头、赵秀英住不习惯，住几天就吵着要回老家，说城里空气不新鲜，房子像火柴盒，住在里面闷得慌。在老家从事力所能及的劳动，既锻炼了身体，又减轻了后生们的负担。

不要看不起街上打赤脚、穿草鞋的，说不定身后还有穿皮鞋的。

老 嬷 嬷

春兰和菊花自小在一起长大，俩人同岁，是很好的闺密。二十岁那年，一同从邻村嫁到周家湾，两人的丈夫一个姓王，一个姓聂，两家就住隔壁。

春兰、菊花无话不谈，大到国家形势，小到家长里短，细到与丈夫床第之事。俩人最爱唱的是那时时兴的歌曲《洪湖水浪打浪》。

春兰为人豪爽大气，热情好客，心地善良。菊花斤斤计较，爱占小便宜，得理不饶人。

春兰的丈夫王大力精明能干，结婚三年后就当上了生产队队长。菊花的丈夫聂有发木讷，爱钻牛角尖。菊花常把自己丈夫与春兰的丈夫作比较，越比较越对自己的丈夫有怨言，因此，俩人常闹些小别扭。

这天，菊花与丈夫正坐在家里吃饭，隔壁春兰的丈夫敲响了出工的钟声，并喊道："请社员们快点出工，明天有雨，今天一定要将割好的麦子捆好上堆！"

菊花听到王大力的喊声，瞅了一眼丈夫，说："你看春兰的老公，人家当队长，在几百人面前吆五喝六的，你看你，社员一个。"

聂有发白了菊花一眼，说："队长就一个，不能说人人都去当队长。"

"你就没别人那本事，让你干你也干不了。"菊花愠怒道。

聂有发将筷子往桌上一摔，怒道："别人有本事你跟到别人去！"

菊花毫不示弱，说："只怪我当时瞎了眼！姓聂的，你跟我说清楚，我随便说下我就要跟到别人？"

聂有发起身匆匆走出了家门，碗里饭只吃了一半。

麦收四快的农村，男女老幼齐上阵，一片热火朝天的景象。岁数大的和妇女在地里捆草头，男壮劳力拿起钎担挑草头，小朋友们在地里拾麦穗，做到颗粒归仓。

聂有发被队长王大力安排去堆草头，相比挑草头要轻松一点。

聂有发堆着草头，想着中午老婆的恶语，气上心头，一不小心脚一滑，一头滚下了草堆，将腰摔伤。经过一段时间的治疗，落下轻度残疾，一到阴天下雨就腰疼。

菊花因此在心里怨恨起王大力来，不该安排她丈夫去堆草头，要是挑草头，也不会摔伤腰。

因春兰和菊的这层关系，王大力总是安排些轻松的活路给聂有发。修水利别人拉板车，聂有发平土；栽秧时让他看秧水，肩挑背驮的力气活自然不会让他干。

春兰热心快肠，家里有什么好吃的，总忘不了给菊花家送一些。冬月春兰家杀了年猪，给菊花送去一大块猪肉和血花汤。菊花一家围着桌子吃着春兰送来的猪肉，喝着春兰送来的血花汤。

聂有发吃下一块猪肉说："我们总是吃别人家的东西，我们杀了年猪也给春兰家送点。"

"他是当队长的，家里有，他家今年年猪杀了二百多斤肉，你看我们家的年猪才多大一点，只能杀一百多斤。"菊花接过话茬说道。

"老吃人家的不好。"聂有发说。

"他当队长干活轻松，又可以多挣工分，说不定猪子吃的糠都是公家的。"

"怎么会呢？当队长多操心啊！农忙时要比别人起得早，要前冲后冲地跑，还不是跟社员一样下力。"

"若不是他让你堆草头，你会落下腰疼吗？"

"自己不小心摔的，怎么能怪别人呢？"

"我懒得跟你说，不是他让你堆草头，你会摔吗？"

春兰、菊花同样生了一双儿女。俩人的儿子同岁，一个叫王兵，一个叫聂军。

王兵、聂军在十八岁那年高中毕业，光荣地加入了中国人民解放军。新兵训练后俩人分到同一个连里，王兵在一排，聂军在三排。俩人都憋着一口气，要在部队里好好锻炼自己，做出成绩，为家乡争光，为父母争光。

王兵、聂军在部队严格要求自己，刻苦训练，在全团大比武中，王兵取得射击第一名的成绩，聂军投弹七十二米八，也是全团第一名。第一年年底俩人的喜报就寄达了家乡，被父母挂在了墙上。

第二年，王兵当上了副班长，聂军还是战士。

年底评先进奖励时，全连多数干部、战士推荐王兵为模范，荣立三等功。

聂军是一百个不服气，他来到连队办公室，连长、指导员都在，聂军开门见山地说："连长、指导员，我的表现哪点不好，怎么进步跟不上王兵？三等功也是他？"

指导员安慰道："不是你的表现不好，而是立功受奖的名额有限。"

聂军争辩道："我看你们是偏心。"说着从上衣兜里掏出一个红色的记录本，翻开念道，"我今年义务帮厨八十四次，打扫厕所七十六次，给新战士理发九十六次，老战士老冯的妈生病我寄去十五元……连长、指导员你们看，都在这本子上"。说着将红本子放到办公桌上。

指导员和蔼可亲地说："聂军，你的表现的确不错，要端正思想，明年争取吧。"

第三年，王兵当上正班长，入了党，聂军当上副班长。

聂军把材料汇总，反映到团部，说连领导偏心，没一碗水端平，要求调往别的连队。

聂军是投弹标兵，团部对他的来信很重视，派了两名干事到连队调查核实情况。

调查得到的结论是：王兵为人大气，有亲和力，带出的班各项工作走在全连前面；聂军也很优秀，但个人英雄主义突出，思想格局太小，与王兵比思想上还有差距。根据团里调查和全连官兵的反映，团里把王兵定为干部苗子，进行重点培养。

第四年，王兵被提为排长，聂军任班长，因组织问题还没解决，党小组长不同意聂军入党，说思想觉悟与一名共产党员还有距离。

聂军觉得前途无望，于年底写了退伍申请。

上级批准了聂军的退伍申请，考虑到聂军当兵多年，对部队作出了一定的贡献，连队领导想解决他的组织问题。

连队办公室里，指导员召开了支部扩大会议，讨论聂军的入党问题。

指导员说："聂军已超期入伍一年，投弹取得全团第一名的成绩，给连队争了光，军事素质、文化素质都可以，我个人意见，同意他入党。"

副指导员接着说："入党不光要组织入党，还要思想入党。聂军的思想动机有问题，做点好人好事还用小本子记下，他离一名合格的共产党员还有距离。"

连长说："聂军军事素质、文化素质过硬，本应是棵好苗子，没把他带出来，我作为军事主官有很大的责任。"

"我应负主要责任。"指导员接着说。

最后通过举手表决，通过聂军加入中国共产党。

春兰的姑娘，考入了省城大学，参加了工作；菊花的姑娘没考上大学，早已嫁人。

聂军回乡结婚后，婆媳关系搞不拢，常闹矛盾，父子、婆媳分开单过。

春兰有什么好吃的，还是常送给菊花尝鲜。菊花已经习以为常，认为春兰的家里条件好，儿子在部队当军官，姑娘在大城市当干部，该送。

每年腊月三十，春兰必须要给菊花送上一大碗拿手的豆皮子。

这年腊月三十晚上，菊花洗完澡，生上了火笼，头上搭着一块干毛巾，坐在火笼边烤火，烤着烤着便睡着了。菊花迷迷糊糊中觉得春兰今年必定会给她送豆皮子。她打着瞌睡，头一点，毛巾掉了下来，她猛然惊醒，双手将毛巾接住，忙说："多谢你的豆皮子。"

恍惚中，菊花以为是隔壁的春兰送来了豆皮子。